C.F. Henningson

Die merkwürdigsten Ereignisse eines zwölfmonatigen Feldzuges unter Zumalacarregui

Zweiter Teil

C.F. Henningson

Die merkwürdigsten Ereignisse eines zwölfmonatigen Feldzuges unter Zumalacarregui

Zweiter Teil

Unveränderter Nachdruck der Originalausgabe von 1837.

1. Auflage 2022 | ISBN: 978-3-36840-401-7

Verlag: Outlook Verlag GmbH, Zeilweg 44, 60439 Frankfurt, Deutschland
Vertretungsberechtigt: E. Roepke, Zeilweg 44, 60439 Frankfurt, Deutschland
Druck: Books on Demand GmbH, In de Tarpen 42, 22848 Norderstedt, Deutschland

ZUMALACARREGUI.

Dessiné d'après nature par C. F. Henning,
officier de sa cavalerie et de son état major.

Lithographie de F. W. Henng

Die
merkwürdigsten Ereignisse
eines
zwölfmonatlichen Feldzuges
unter
Zumalacarregui
in
Navarra und den baskischen Provinzen.

Von

C. F. Henningson,
Capitain im Lancier-Regiment des Don Carlos.

Aus dem Englischen und mit einem Anhange
von
A. v. Treskow.

Zweiter Theil.

Quedlinburg und Leipzig.
Druck und Verlag von Gottfr. Basse.
1837.

Inhalt
des zweiten Theiles.

	Seite
Erstes Capitel. Angriff der Höhen von Orbisco. — Ueberzug der Gewehrläufe. — Ein Tag mit der Infanterie. — Flucht. — Nächtliche Expedition. — Kanonengießen. — Niederlage Oraa's. — Mina's Grausamkeit.	1
Zweites Capitel. Zweites Gefecht von Arquijas. — Mina erschießt die Ochsen. — Angriff auf Los Arcos. — Behandlung der Verwundeten. — Lächerliche Furcht eines Geistlichen. — Gefecht bei Larraga. — Gefecht bei Llaregui. — Mina's Rückzug.	15
Drittes Capitel. Die Ayuela. — Belagerung von Echarri-Arenas. — Ein Ueberfall. — Carlistische Artillerie. — Das Fort versucht zu capituliren. — Verheerung in demselben. — Behandlung der Gefangenen.	29
Viertes Capitel. Die Guiden von Navarra. — Das dritte und sechste Bataillon. — Cavallerie. — O'Donnels Herausforderung. — Lopez und O'Donnel. — Anekdote von Lopez. — O'Donnels Tapferkeit. — Niedermetzelung der Christinos.	42
Fünftes Capitel. Valdez übernimmt das Commando. — Seine Entwürfe. — Er rückt in die Amescoas ein. — Schneller Marsch Zumalacarregui's. — Valdez zieht sich zurück. — Die Amescoas.	52
Sechstes Capitel. Lord Eliot's Sendung. — Streitkräfte der Carlisten. — Besuch eines Klosters. — Belagerung von Irurzun. — Der englische Chirurgus. — Militairische Härte. — Fortschritte der Carlisten. — Gebirgsposition. — Rückzug der Christinos. — Carlos O'Donnel.	71

Inhalt des zweiten Theiles.

Seite

Siebentes Capitel. Die Carlisten in Estella. — Oraa's Niederlage. — Val de Lana. — Vernachläsigung der Verwundeten. — Eine Flucht. — Belagerung von Villafranca. — Die „Verlorne Hoffnung". — Capitain Lathchica. — Plötzliche Bewegung Espartero's. — Seine Niederlage. — Uebergabe von Villafranca. — Uebergabe von Bergara. — Räumung von Salvatierra. — Angriff auf Ochandiano. — Fall desselben. — Unmuth des Onkel Tomas. 91

Achtes Capitel. Bilbao. — Portugalete. — Belagerung von Bilbao. — Mangel an Munition. — Zumalacarregui wird verwundet. — Folgen davon. — Der König besucht ihn. — Thätigkeit des Feindes. — Mißverständniß. — Aufklärung. — Eine Unterredung. — Schwäche des Don Carlos. — Versuch in Bilbao einzudringen. — Tod Zumalacarregui's. 121

Neuntes Capitel. Hoffnungen der Christinos nach Zumalacarregui's Tode. — Die Belagerung von Bilbao wird aufgehoben. — Hinrichtung zweier Deserteurs. — Tod Erafo's und Reyna's. — Lopez Reyna. — Der Verfasser verläßt die Armee. — Ursprung dieses Werkes. 140

Zehntes Capitel. Betrachtungen über die Intervention. — Widerlegung der Ansprüche, welche die Königin auf eine solche haben soll. — Falschheiten, um das Publikum zu täuschen, aufgedeckt. — General Evans und die Hülfstruppen. — Was sich wahrscheinlich mit ihnen zutragen wird, wenn sie ins Feld rücken. — Die Folgen, wenn sie in der Garnison bleiben. 150

Anhang.

1. Zustände der Carlisten und Christinos im Januar 1836. . . 164
2. Intriguen am Hofe Ferdinands VII. zur Abschaffung des salischen Gesetzes. 210
3. Belagerung und Entsatz von Bilbao im December 1836. Von Frederick Burgeß, Chirurgus in der Armee des Don Carlos. (Aus dem „United Service Journal".) 236
4. Bericht über die Ereignisse im nördlichen Spanien vom November 1836 bis Ende Februar 1837. Von einem Augenzeugen. (Aus dem „United Service Journal".) . . . 256

Erstes Capitel.

Angriff der Höhen von Orbiso. — Ueberzug der Gewehrläufe. — Ein Tag mit der Infanterie. — Flucht. — Nächtliche Expedition. — Kanonengießen. — Niederlage Draa's. — Mina's Grausamkeit.

Um die Mitte des Monats Januar 1835 versammelten die Carlisten eine ziemlich bedeutende Truppenzahl um Maëstu, als wollten sie dasselbe einschließen, während Zumalacarregui bei Santa Cruz und Orbiso mit vier Bataillons bereit stand, die Stellung von Zuniga und die Brücke von Arquijas wieder zu besetzen, wo Cordova am 15. des vorigen Monats geschlagen worden war. Um diese Zeit hatte er nur immer die Absicht, den Feind so oft wie möglich zu Gefecht zu reizen, um ihn durch die Verluste zu schwächen. Es kam ihm nicht darauf an, diese oder jene Stellung zu gewinnen oder zu behaupten; diese waren nur wichtig für ihn, insofern sie seinen Leuten Deckung gewährten, der Verlust des Feindes aber vergrößern halfen. Seine große Geschicklichkeit, seine Kenntniß des Landes, und viele andere bereits erwähnte Umstände machten, daß der Feind immer mehr Leute verlor als er, selbst wenn die Carlisten geschlagen wurden. Ich will ein Beispiel davon anführen.

Eine starke Truppenmacht von mindestens 10,000 Mann besetzte von Los Arcos aus das Beruesa-Thal, doch schien sie das Defilé von Arquijas nach der früher dort erlittenen Niederlage zu scheuen. Zumalacarregui zog sich daher von Zuniga nach Orbiso zurück, höflichst Platz machend. Sogleich nahmen die Christinos — wie er es vorausgesehen hatte — Zuniga in Besitz; und nachdem sie einmal die gefährliche Stelle passirt hatten, griffen sie sogleich Zumalacarregui an, der sich — wie sie wußten — in Orbiso, etwa zwei englische Meilen davon, mit nicht mehr als vier Bataillons oder 2800 Mann befand. Orbiso wird von Zuniga durch eine weite, fruchtbare Ebene getrennt; sie ist mit Reben bepflanzt, und an der rechten Seite durch einen Wald von Encina begrenzt. Orbiso liegt am Fuße eines steilen Berges, über welchen die Straße nach Contrasta führt. Zur Rechten hemmen dicht mit Arbutus besetzte Berge die Passage, — zur Linken des Berges, der mit Gesträuch bedeckt ist, befinden sich mehrere unzugängliche Stellungen, jenseit einer tiefen Schlucht, worin ein ganzes Heer allein durch das Hinabrollen von Felsstücken vernichtet werden kann. Unter dem Schutz dieser Flügelanlehnungen postirte sich Zumalacarregui mit zwei Bataillons auf den Berg; die beiden andern stellte er weiter zurück, entweder als Reserve, oder nur, um sie dem Feuer zu entziehen. Der Name des feindlichen Anführers bei dieser Gelegenheit ist mir entfallen; ich glaube, es war Lorenzo. Wer es aber auch gewesen, so ist ausgemacht, daß sich kein General mit 10,000 Mann von einem so unbedeutenden Häuflein würde die Spitze haben bieten lassen, ohne dasselbe unverzüglich anzugreifen. Die Guiden von Navarra und ein Bataillon Alavesen sahen von ihrem Berge herab dem Angriff mit einer Gleichgültigkeit entgegen, die für kein so gutes Zeichen wie ihre sonstige, geräuschvolle Begeisterung galt. Die Ebene von Zuniga bis Orbiso war gänzlich mit anrückenden

Colonnen bedeckt. Langsam schritten die dunklen Massen vor, und gaben sich nur durch das Blitzen ihrer Gewehre kund.

Ich muß hier anführen, daß die englische Armee ihre Gewehrläufe braun überzieht, während die meisten andern Armeen sie blank putzen. Obgleich dieß der Waffe ein schönes Ansehen giebt, so ist doch jenes im Kriege viel vortheilhafter. Die braunen Gewehrläufe sind viel eher in Ordnung zu halten; hauptsächlich aber lassen sich die Märsche von Truppen mit solchen Gewehren weit leichter geheim halten, während die blanken Läufe eine Abtheilung immer schon durch ihr Blitzen verrathen, wenn man sie noch lange nicht durch ein unbewaffnetes Auge entdecken kann. In einer Gebirgsgegend findet sich häufiger Gelegenheit zu dieser Bemerkung, als im Flachlande.

In der Front von Orbiso fließt ein Bach, der im Sommer — wenn ich mich nicht irre — austrocknet; im Winter schwillt er jedoch bis zu einer Breite von dreißig und mehr Fuß an, wie sich aus seinem Bette voller Gerölle und Kieselsteinen beurtheilen läßt. Der Feind nahte sich demselben, ohne Widerstand zu finden; hier aber machte ihm eine aufgelöste Compagnie Guiden einige Minuten lang den Uebergang streitig. Bald wurde indeß der Fluß durch eine feindliche Schwadron überschritten, und da die Guiden bis zu unsrer Stellung über eine Ebene mußten, so hielten wir sie für verloren.

Die Cavallerie wagte sich jedoch ohne ihre Infanterie nicht vor, und den Guiden gelang es, tiraillirend den Fuß des Berges zu erreichen. Nachdem der Feind bald nachher drei Colonnen gebildet, und unsere Guerrillas zurückgeworfen hatte, begann der ernstliche Angriff. Der erste Schuß von unserer Seite warf einen feindlichen Stabsoffizier vom

Pferde; später erfuhr ich vom Capitain, daß ihn ein französischer Schneider, ein Deserteur, abgefeuert. Er hatte seine Absicht, den Stabsoffizier aufs Korn zu nehmen, vorher erklärt; in der Entfernung von 250 Yards *) traf er natürlich sein Ziel nur durch Zufall. Der Fehler in unserer Disposition war, daß wir nicht Leute genug hatten, eine so lange Front gehörig zu besetzen. Wären die Bataillone, die auf den Höhen von San Vincente und in dem Thale der unteren Amescoas in Reserve standen, mit uns gewesen, so hätten wir uns den ganzen Tag über halten können. Eine Niederlage wäre jedoch auch alsdann äußerst gefährlich gewesen, und Zumalacarregui wollte offenbar in keinem Falle etwas aufs Spiel setzen.

Der Feind schien mit wenig Selbstvertrauen anzugreifen, so daß wir ihn fast eine und eine halbe Stunde lang zurücktrieben. Endlich wichen einige Compagnien der Alavesen, nachdem der Feind in unserer linken Flanke mit einer kleinen Colonne auf dem Berge festen Fuß gefaßt hatte. Der einarmige Valdespina sprengte auf seiner Schecke im dichtesten Kugelregen umher, und war beim Rückzuge der letzte. Da mein Pferd — das einzige, welches ich damals besaß — seit einigen Tagen lahmte, so folgte ich zu Fuß dem Bataillon der Guiden, wobei sich gerade nur ein Offizier befand; und als dieses Bataillon sich zum Gefecht anschickte, sendete ich meinen Bedienten mit dem Pferde zurück, ihm einschärfend, sich nicht eher von einer alten Eiche, die ich ihm bezeichnete, zu entfernen, bis ich selbst oder die Compagnie, der ich mich angeschlossen, zurückkehrte. Ich hing meinen Säbel an mein Pferd, nahm mir ein Gewehr und Patronen, und ging mit dem Offizier, Namens Garcia,

---

*) Ein Yard beträgt 2' 10" 11¼''' rheinländischen Maßes.

vor, der früher Adjutant bei den Guiden gewesen. Obgleich mein Pferd lahm war, so befand sich doch sein Reiter in einem noch üblern Zustande, und im Fall eines Rück- zugs wollte ich es gebrauchen; denn ich hielt mich kaum für fähig, fünfhundert Yards zu Fuß zu gehen. Als die Alavesen wichen, schien eine allgemeine Muthlosigkeit einzu- treten, und der Rückzug begann. Die sechste Compagnie, bei der ich mich befand, und die hinter Felsstücken einiger- maßen verdeckt gestanden, war jetzt von den drei Compag- nien, die den Rückzug decken sollten, die vorderste. Fast eine Stunde hatten wir uns mit beträchtlichem Verlust ge- halten, während welcher Zeit die Alavesen zurückgegangen waren, und die Feinde etwa zwei Bataillons auf dem Pla- teau formirt hatten. Noch standen unsere Leute, doch schos- sen sie schon ziemlich unsicher.

Es ist in Bezug auf das unsichere Zielen mit dem Gewehr eine Lieblingsredensart der alten französischen Sol- daten, daß sie ohne alle Besorgniß im Gefecht sein würden, wenn sie nur stets überzeugt wären, daß der Feind nicht eben auf einen ihrer Nebenleute, sondern nur auf sie ziele. Diese Ansicht ist nicht ohne Grund. Da die Offiziere um diese Zeit noch ausschließlich die rothen Mützen trugen, hör- ten wir die Christinos oft sich unter einander zurufen, auf diese zu schießen. Wir hielten diese Kopfbedeckung daher für eine sehr unvollkommene Auszeichnung, doch litten eigent- lich nur unsere Nebenleute darunter, und die meisten der Getroffenen waren aus der Nähe der Offiziere. Den leich- testen Tod giebt eine Schußwunde am Kopf; er ist weder durch Schmerzen, noch durch convulsivische Zuckungen, Ver- zerrung der Gesichtsmuskeln oder sonstige Verdrehung des Körpers begleitet. Ich hatte Gelegenheit, dieß an zwei Beispielen dicht neben mir zu bemerken. Das eine lieferte ein Rekrut hinter mir, der viel zu hastig feuerte, um etwas zu treffen, und von dem ich in jedem Augenblick selbst getroffen zu werden fürchtete, da ich ein- oder zweimal die Wärme des Feuers auf meinem Nacken fühlte. Er hatte nach jedem Schuß ein wildes Freudengeschrei ausgestoßen; — als ich meinen Helden nicht mehr hörte, wandte ich mich um; — er lag todt auf der Erde, und hatte nicht einen Laut von sich gegeben. Ein anderer Soldat kniete eben hinter einem Felsblock nieder, als ihm eine Kugel durch den Kopf ging. Er fiel in derselben Stellung zurück, und blieb ruhig liegen. Ich würde ihn kaum für todt gehalten haben, wenn ihm nicht das Blut hinten aus dem Kopf geströmt wäre.

Das Feuer wurde jetzt so heftig, und der Feind erklimmte die Höhe in solcher Anzahl, daß es unmöglich war, sie länger zu halten. In diesem Augenblick erhielt der Lieutenant Garcia einen Schuß in den Schenkel, und gleich darauf noch einen in den Unterleib, daß er umfiel, und die Beine auf eine höchst komische Weise in die Höhe streckte. Ich glaubte zuerst, er mache sich einen Scherz; als er jedoch nicht wieder aufstand, ließ ich ihn aufrichten und forttragen; seine Wunden waren indeß tödtlich. Noch hielt ich die Compagnie etwa zehn Minuten lang fest, bis die beiden andern Compagnien sich, aus Furcht umringt zu werden, auflösten und zurückgingen; jetzt ließen sie sich nicht länger halten.

Etwa dreihundert Schritt hinter uns war eine kleine Abtheilung aufgestellt, um unsern Rückzug zu decken; auf diese repliirten wir uns. Mein Bedienter, den ich hier mit dem Pferde anzutreffen hoffte, war nicht zu sehen. Die Straße läuft über eine halbe englische Meile an der Seite des Berges hin, ehe sie die Ebene von San Vincente erreicht. Hier hatte Zumalacarregui für den Fall eines Unglücks seine Reserve aufgestellt; da die Alavesen jedoch nicht Stand gehalten, die erste Stellung umgangen worden, so mußten sich diejenigen, welche sie besetzt hatten, zurückziehen. Zu gleicher Zeit war Thauwetter eingetreten, und die Straße war, wegen des steinigten Grundes, zwei Fuß hoch mit einem dünnen Schmutz bedeckt, so daß es unmöglich wurde, die Ordnung zu erhalten; die Flucht wurde daher allgemein. Einige Tirailleurs hinter Felsenstücken über uns hielten den Feind im Schach, der, wenn er vorgedrungen wäre, ein entsetzliches Blutbad unter den beiden Bataillons angerichtet und mit zwanzig Pferden Alles niedergeritten haben würde. Er schien sich jedoch vor unsern Guerrillas zu fürchten, und benutzte unsere Verwirrung nicht.

In diesem unglücklichen Moment, wo ich in dem Schmutze kaum fort konnte, befand ich mich ganz wider meinen Willen unter den Allerhintersten, und wäre sicher in Gefangenschaft gerathen, hätte der Feind nur etwas lebhafter verfolgt. Ich vernahm das Geschrei der Verwundeten, die man hatte aufgeben müssen, und die bald nachher durch die feindlichen Bajonnette umkamen; meine Reflectionen waren nicht eben von sehr angenehmer Art, da ich fürchten mußte, vielleicht bald ein ähnliches Schicksal zu erleiden. Endlich fühlte ich mich so erschöpft und entmuthigt, daß ich — Alles verloren gebend — mich schon niederwerfen wollte, — da bemerkte ich Zumalacarregui. Er war zu Fuß, ohne alle Begleitung, und sprach — den gezogenen Säbel in der Hand — den Leuten mit mächtiger Stimme zu. Als sie ihn hörten, formirten sie unwillkürlich ihre Glieder, und gingen langsamer, doch fielen sie später wieder in ihren haftigen Schritt. Bald nachher zeigte sich die Ebene und das Dorf San Vincente, wo drei Bataillons am Fuß der gegenüber liegenden Höhen in Schlachtordnung standen; zu gleicher Zeit sprengte eine Schwadron Cavallerie durch die Ebene heran, um unsern Rückzug zu decken. Zumalacarregui hatte Thomas Reyna abgeschickt, um das Commando dieser Schwadron zu übernehmen.

»Sie müssen auf jeden Fall angreifen,« sagte Zumalacarregui, »wenn der Feind in Masse nachbringt, und sollte die ganze Schwadron geopfert werden; denn die Reserve darf sich nicht rühren.«

»Es wird geschehen,« antwortete Reyna, »und wenn wir Alle untergehen sollten.«

Es fand sich keine Gelegenheit zum Angriff, doch stand er mit hundert und funfzig Pferden dazu bereit. Der Feind, — vielleicht einen Hinterhalt vermuthend, — folgte nur Schritt für Schritt, und säuberte vorsichtig das ganze Terrain zu beiden Seiten der Straße von unsern Guerrillas. Auf diese Weise bekamen die beiden fliehenden Bataillons Zeit genug, sich wieder zu sammeln, und sich in guter Ordnung hinter die Reserve zurückzuziehen, die der Feind zu seinem größten Erstaunen in Schlachtordnung aufgestellt fand. Viele der Verwundeten, die wir mit fortgetragen hatten, starben auf der Flucht. Einer rief, als er den Geist aufgab: „Viva el Rey!" Oft habe ich Ausbrüche von Enthusiasmus von Verwundeten gehört, von Niemandem jedoch so unmittelbar vor dem Tode.

Es war neun Uhr Abends, bevor wir zu Contrasta einquartirt wurden; hier fand ich endlich meinen Bedienten mit dem Pferde wieder. Er entschuldigte sich damit, von den Fliehenden fortgerissen worden zu sein. Ich bekam zwar noch etwas Wein, doch war sonst von Lebensmitteln nichts mehr zu haben. Zumalacarregui hatte, wie ich glaube, darauf gerechnet, seine erste Stellung zu behaupten; dieß war nicht gelungen, doch hatte der Feind noch einmal so viel verloren als wir. Es waren ihm mindestens 450 Mann außer Gefecht gesetzt worden.

Dreihundert seiner Verwundeten wurden nebst einigen Waffen, Pferden, Geschützen unter einer Escorte nach Los Arcos geführt. Zumalacarregui setzte dieß voraus oder war durch seine Kundschafter davon unterrichtet worden. Obgleich er seit Tagesanbruch zu Pferde gewesen, so marschirte er doch um Mitternacht, ohne die Trommeln schlagen zu lassen, mit zweihundert der muthigsten Infanteristen und funfzig der frischesten Pferde ab, um diesen Transport aufzuheben. Nach einem langen Marsch über rauhe Berge, die man für unwegsam hielt, passirte er die Ega, und gelangte in den Rücken der feindlichen Armee, die für diese Nacht in Orbiso und Zuniga einquartirt lag. Der Feind befand sich daher jetzt zwischen ihm und seinen eigenen Truppen. Er würde seinen Zweck vollständig erreicht haben, wenn der Transport nicht Gegenbefehl erhalten hätte, und die Nacht über in Zuniga geblieben wäre. Er überfiel jedoch eine kleine Cavallerie-Abtheilung, und vernichtete sie. Vor Tagesanbruch war er mit seinen todmüden Leuten wieder zurück. Selbst nach den längsten Märschen hatte er die Gewohnheit, den Feind durch diese nächtlichen Expeditionen in Schrecken zu setzen. Die moralische Wirkung davon war bedeutend; denn sie zeigten den Feinden, daß sie, selbst nach einer Niederlage der Carlisten, sich nicht von ihren Colonnen entfernen durften.

Unter den verwundeten Christinos befand sich ein englischer Major im Dienste der Königin. Ich erfuhr es später in Orbiso, wohin man ihn transportirt hatte, und wo er auch starb. Ich war überzeugt, daß die Patrona sich in Bezug auf die Nation nicht geirrt (obgleich sie mir seinen

Namen nicht sagen konnte); denn sie hatte vollständig »God dam« sagen gelernt. Sie erzählte mir, er habe diesen Ausruf besonders oft gebraucht, wenn man ihm seine Wunden verband, und es müsse wohl etwas Aehnliches wie »Jesu Maria!« oder »Maria José« bedeuten. Es waren ihm beide Beine zerschmettert worden.

In den Militaircollegien Spaniens werden alle Zöglinge mit liberalen Ideen aufgezogen; daher sind sämmtliche Artillerie- und Ingenieur-Offiziere Republikaner. Dieß ist auch der Grund, warum wir durchaus keine Offiziere dieser Waffengattung hatten; es fanden sich in der ganzen Armee in der That nur zwei: der Brigade-General Montenegro und der junge Reyna. Dieser galt auf der Akademie für den geschicktesten Zögling, und seine Leistungen haben dieß hinreichend bewährt. Von Geburt ein Westindier — er war in Havanna geboren — stammte er aus einer reichen Familie, und war Lieutenant in der Garde-Artillerie gewesen. Beim Tode Ferdinands gab er ein bedeutendes Vermögen auf, ließ seine Mutter in Madrid, und ging mit seinem jüngern Bruder, einem Cavallerie-Offizier, zu den Carlisten. Damals war er der einzige Artillerie-Offizier in der Armee.

Zumalacarregui fühlte lebhaft den Mangel an Artillerie, und begriff, daß er, um sich Geschütze zu verschaffen, zuvor wenigstens einige haben müsse. Eben so konnte er die Provinzen nicht verlassen, ohne vorher die festen und mit Garnisonen belegten Plätze einzunehmen; aber auch dieß war nur mit Artillerie möglich. Er gab daher Reyna den Auftrag, den Versuch zu machen, einige Mörser zu gießen. Da dieser von dem ganzen Geschäft nur die Theorie kannte, so mußte er sich erst mit dem Schmelzen der Metalle vertraut machen, die unerfahrenen Leute selbst instruiren, und die nöthigen Werkzeuge nach seiner eigenen Angabe verfertigen lassen. Als Material waren ihm nur alte kupferne Kessel und andres Geschirr der Art geliefert worden, die man im ganzen Lande umher zusammengekauft hatte. Damit begann er sein Werk in einer entlegenen Gebirgsschlucht; doch war er in den ersten zehn Monaten stets genöthigt, alle Augenblick vor den feindlichen mobilen Colonnen zu entfliehen. Seine ersten Bemühungen blieben ganz fruchtlos; die Geschütze wollten nicht gerathen, und die Ankunft derselben bei der Armee wurde bei den Soldaten zum Sprüchwort für alles Unwahrscheinliche. Reyna ließ sich jedoch durch nichts entmuthigen; er schmolz seine Geschütze wieder und wieder um, bis es ihm endlich gelang, zwei siebenzöllige und zwei dreizehnzöllige Mörser zu Stande zu bringen. Bei dem ersten Versuche hatte man die Sache umgekehrt, die Mörser wurden zu den Bomben gegossen, die bei Ausbruch der Insurrection in einer Gießerei gefunden und in Biscaya vergraben worden waren; später jedoch mußten Bomben zu den Mörsern gegossen werden. Es war bis zur Niederlage des Valdez die Gewohnheit der Carlisten, alle schwere Geschütze zu vergraben, um die Schnelligkeit ihrer Märsche nicht zu hemmen, wodurch sie sich so furchtbar gemacht hatten. Auf diese Weise war einer der großen Mörser im Bastan-Thale verloren gegangen, und Reyna sah sich genöthigt, einen andern zu gießen. Wenn man die Schwierigkeiten in Betracht zieht, die dabei zu überwinden waren, so mußte man diesen letztern wirklich für ein ausgezeichnetes Werk anerkennen; ihm fehlte nichts als die Feile, um ihm ganz das Ansehen zu geben, als ob er aus einer regelmäßigen Gießerei hervorgegangen wäre.

Wenn die Carlisten einen Ort zu belagern hatten, wurden die Geschütze ausgegraben. Der mit dem Transport derselben beauftragte Offizier wurde stets verantwortlich gemacht, eine gewisse Strecke in einer bestimmten Zeit damit zurückzulegen. Er ließ sie dann von einem Dorfe zum andern schaffen, und wenn es nöthig war, wurden alle Hände und alle Kräfte in Anspruch genommen. Die Geschütze wurden auf hölzerne Schleifen geladen, und durch mehrere Paare Ochsen fortgezogen; wo das Terrain für das Zugvieh nicht mehr ausreichte, faßten die Menschen an. Die Schwierigkeiten, welche hierbei zu überwinden waren, indem man die Geschütze oft von den Straßen ab auf Hirtensteigen weiter transportiren mußte, kann man sich kaum vorstellen. Ich bin überzeugt, keine brittische oder französische Cavallerie würde sich haben einfallen lassen, dort zu reiten. So groß war jedoch der Enthusiasmus der Soldaten und Landleute und ihr Vertrauen zu Zumalacarregui, daß alles, was er befahl, ausgeführt werden konnte und mußte, und kein Hinderniß sie abschreckte. Gewöhnlich wurden diese Geschütze Tag und Nacht weiter geschafft, unter einer schwachen Escorte.

Segastibelza hatte lange Zeit das Bastan-Thal besetzt und Elisondo blockirt gehalten. Die Mörser wurden zuerst gegen diesen Ort, und zwar mit sehr gutem Erfolg angewendet. Nach einem aufgefangenen Briefe von Zugaramwidi *), dem Commandanten, haben sie großen Schaden angerichtet. Oraa und Orcaña wurden mit dreitausend Mann von Pampelona aus dem Orte zu Hülfe gesendet, während die Hauptarmee den carlistischen Oberbefehlshaber beschäftigte. Reyna vergrub daher die Geschütze. Oraa, der seine Streitkräfte in zwei Colonnen getheilt hatte, fand jedoch nicht nur Segastibelza im Val di Lanz bereit, ihm den Durchzug streitig zu machen, sondern es gelang sogar einer

---

*) Es giebt auch ein Dorf dieses Namens an der Grenze.

durch Zumalacarregui detachirten kleinen Division, sich zwischen seine beiden Colonnen hineinzuschieben. Die zweite wurde gezwungen, sich mit großem Verlust nach Pampelona zurückzuziehen, die erste aber gänzlich in die Flucht geschlagen und da sie sich auf diese Art zwischen zwei Feuern befand, so blieb ihr kein anderer Ausweg, als sich in das elende Dorf Giga zu werfen. Hier verschanzte sie sich, und wartete den Beistand Mina's ab. Nachdem Zumalacarregui den größten Theil seiner Armee gegen Cordova zurückgelassen hatte, um diesen zu verhindern, ihm in den Rükken zu kommen, begab er sich mit einer kleinen Abtheilung in Person nach Giga, und beschloß, es zu bombardiren. Die Bomben richteten in den wenigen elenden Hütten, worin sich 1800 Mann eingesperrt hatten, große Verwüstung an. Nachdem man eine Waffenstillstands-Fahne ausgesteckt hatte, wurde Zumalacarregui durch einen Boten in Kenntniß gesetzt, die Belagerten hätten sich, — so wie früher die Ueberreste der Armee D'Doyle's nach dem Gefecht von Salvatierra, — mehrere der Einwohner als Geißeln ausgewählt, die sie sämmtlich tödten würden, wenn die Carlisten noch eine einzige Bombe würfen. Mehrere von den Bewohnern des Dorfes, deren Angehörige man als Geißeln festgenommen hatte, erhielten die Erlaubniß, zu Zumalacarregui hinauszugehen, und ihre Bitten und Thränen bewegten ihn endlich, vom Bombardement abzustehen. Die Feinde waren ohne Lebensmittel, und man sah, wie die Soldaten herauskamen, und sich trotz unsers Feuers von den benachbarten Feldern Rüben und Wurzeln holten. Mina sammelte jetzt alle seine disponibeln Kräfte, und eilte dem Orte zu Hülfe; dieß nöthigte Zumalacarregui, sich zurückzuziehen. Mina befreite hierauf Ucaña, und zerstörte nach vielen begangenen Grausamkeiten auch noch die Gießerei der Carlisten zu Dona

Maria. Zu den Gräueln, die der Brigadier Varrena beging, gehört die Ermordung von vierzig verwundeten Carlisten. In Mina's Betragen gegen die Landleute sah man nur, daß er seiner Proclamation getreu handelte: »Auf die **Einwohner**, nicht auf die Soldaten sollte seine größte Züchtigung fallen,« — und es war schwer zu bestimmen, ob Grausamkeit oder Feigheit dabei vorwaltet.

Zweites Capitel.

Zweites Gefecht von Arquijas. — Mina erschießt die Ochsen. — Angriff auf Los Arcos. — Behandlung der Verwundeten. — Lächerliche Furcht eines Geistlichen. — Unfall bei Larraga. — Gefecht bei Claregui. — Mina's Rückzug.

Da man fürchtete, daß Zumalacarregui, der seine Streitkräfte concentrirte, zwischen Pampelona und dem Bastan-Thal Posto fassen würde, beschloß Lorenzo, der unter seinem Befehl die Truppen von Lopez und Oraa — im Ganzen 12,000 Mann — vereinigt hatte, Zumalacarregui in der Stellung von Astarta und Mendaca anzugreifen, wo Cordova bereits am 12. December des vergangenen Jahres einigen Vortheil errungen hatte. Zumalacarregui zog sich schnell hinter die Ega zurück, in der Hoffnung, ihn in die Position auf den Höhen von Arquijas zu locken, wo er Cordova geschlagen hatte. Lorenzo's Instructionen, die man aufgefangen, lauteten dahin, wenn es ihm gelänge, die Carlisten zum Weichen zu bringen, um jeden Preis den Uebergang über die Ega zu forciren. Da er nun den Rückzug der Carlisten ihrer Muthlosigkeit zuschrieb, so folgte er ihnen. Zum Glück für Lorenzo begann das Gefecht erst um Mittag. Die Carlisten bestanden aus vierzehn Bataillons, oder 8500 Mann. Der Angriff war auf drei Punkte gerichtet, — auf die Brücke von Arquijas, auf Santa Cruz de Campezzu und auf Molinas de Santa Cruz; am heftigsten war er jedoch auf der Brücke, wo Lorenzo ihn in Person leitete.

Obgleich das Feuer bis nach Einbruch der Nacht dauerte, so war doch dieses Gefecht von Arquijas nicht so blutig als das erste. Da die Christinos sahen, daß ihre Artillerie bedeutend gewirkt hatte, unternahmen sie einen verzweifelten Angriff, und eine Colonne von tausend Mann drang mit dem Bajonnet vor. Zumalacarregui selbst stürzte herbei, um seine Leute, die schon wankten, zu ermuthigen; dieß gelang ihm auch vollständig. Die Carlisten empfingen die Anstürmenden mit einer vollen Ladung; ein Stabs=offizier fiel mit seinen beiden Adjutanten an der Spitze der Colonne, und es entstand eine große Verwirrung. Sogleich drang Zumalacarregui mit den Guiden und ihrem Comman=deur Tans vor, der bereits selbst verwundet war. Dieß ereig=nete sich auf der kleinen Ebene zwischen der Brücke und Eremitage von Arquijas, und veranlaßte Lorenzo, sich zu=rückzuziehen. Die Carlisten verfolgten den Feind — jedoch nicht besonders heftig — bis nach dem Beruesa=Thal, wo sie für die Nacht Quartier nahmen. Lorenzo zog sich mit dreihundert und sechzig Verwundeten zurück, und hatte zweihundert Todte auf dem Platz gelassen; auf unse=rer Seite waren dreihundert Mann außer Gefecht gesetzt. Da Lorenzo fürchtete, daß Zumalacarregui, der eine De=monstration auf das Bastan=Thal machte, Mina überren=nen möchte, ließ er eine kleine Garnison in Los Arcos und Estella, und marschirte schnell nach Pampelona. Mina be=fand sich indeß im Bastan=Thal, und suchte emsig Reyna's Geschütze auf, von denen er bereits einen großen Mörser ge=funden hatte.

Es ist höchst sonderbar, daß trotz der genausten Nach=forschungen — diesen einzigen Möser ausgenommen — nie eins der vergrabenen Geschütze, noch irgend ein Theil der Munition entdeckt wurde. Es gelang Mina stets, sich der Bauern zu bemächtigen, welche die Geschütze hatten fortschaffen helfen; aber sie konnten ihm nichts entdecken, da sie, um das Geheimniß zu bewahren, des Nachts aus den Betten geholt, und ihnen die Augen verbunden wurden, während man die Geschütze vergrub. Demohnerachtet ließ Mina sie ohne Barmherzigkeit erschießen. Dieß veranlaßte alle diejenigen, welche bei einem solchen Transport Hülfe geleistet und folglich ein gleiches Schicksal zu erwarten hatten, so wie eine Colonne der Christinos sich nahte, in die Gebirge zu entfliehen. Da Mina in der ganzen Umgegend von Donna Maria, wo man die Geschütze vergraben glaubte, alle Dörfer von den Einwohnern verlassen fand, ließ er sämmtliche Ochsen erschießen, die man beim Transport benutzt hatte. Dieß erinnert an die Streiche, die jener persische König dem Hellespont geben ließ.

Los Arcos in der Rivera, ein Ort zwischen Estella und Viana, den ich schon oft Gelegenheit gehabt habe zu erwähnen, war den Carlisten längst ein Dorn im Auge gewesen, weil er stets die feindlichen Colonnen aufnahm und ihnen im Fall einer Niederlage eine Zuflucht gewährte, wie dieß am 5. Februar nach Lorenzo's unglücklichem Gefecht bei Arquijas geschehen war. Nur ein Theil der Stadt nebst dem Hospital und einem Hause, Aizcorbe genannt, waren befestigt, und da man die Carlisten für sehr entfernt hielt, hatte man nur eine schwache Garnison darin gelassen. Außerdem hatte Lorenzo nach seiner Niederlage auch noch mehrere Geschütze mitgenommen, so daß sich der Ort ganz ohne Artillerie befand. Man dachte nicht an einen Angriff, denn sehr leicht konnten Lorenzo oder Mina von Pampelona her zu Hülfe kommen; der Letztere befand sich jedoch, wie bereits erwähnt, im Bastan-Thale.

Los Arcos wurde eingenommen, während Mina immer noch eifrig nach den Geschützen suchte, und die Bauern erschießen ließ, um sie zu zwingen, den andern Mörser und die beiden Haubitzen zu verrathen, mit denen jener Ort unterdessen beschossen wurde.

Am 22. Februar Nachmittags nahm Ituralde mit dem ersten Bataillon von Navarra den nicht befestigten Theil der Stadt ein. Am 23. um acht Uhr eröffnete unsere Batterie ihr Feuer von ter Höhe von Castillo aus auf die befestigten Häuser. Sie bestand, mit Ausnahme von zwei leichten, im Gefecht von Vittoria eroberten Feldgeschützen, aus unserer sämmtlichen Artillerie, nämlich aus einem dreizehnzölligen Mörser, zwei siebenzölligen Haubitzen, und einem alten, schweren, eisernen Achtzehnpfünder, der über ein Jahrhundert alt und in Biscaya vergraben gewesen war. Obgleich die Bomben viel Schaden anrichteten, so war es doch mit einem einzigen Belagerungsgeschütz äußerst schwer, Bresche zu schießen, besonders da die Besatzung ein lebhaftes Gewehrfeuer unterhielt. Endlich wurden mehrere Gebäude und auch das Haus Aizcorbe eingenommen. Die Besatzung zog sich fechtend und mit Zurücklassung vieler Verwundeter und Todter von Haus zu Haus. Unsere Batterie wurde hierauf bis auf Pistolenschuß-Weite herangebracht, und mit Anbruch der Nacht war Alles bis auf das Hospital eingenommen, worin die Besatzung jetzt Zuflucht suchte. Dieß war ebenfalls schon durch den Obersten Juan O'Donnel angegriffen worden, und er hatte bereits die äußere Umfassungsmauer eingenommen; doch warfen die Belagerten, als er eben in das Hospital selbst eindringen wollte, so viel Handgranaten, daß er umkehren mußte. Beim Anbruch der

Nacht wurde außer dem fortwährenden Feuer eine ungeheure Menge brennbarer Gegenstände — Holz, Stroh, Schläuche mit Branntwein, rother Pimento oder Jamaica-Pfeffer in Beuteln u. s. w. — um das Gebäude zusammengebracht und angesteckt. Der Rauch von diesem letztern ist so unerträglich, daß Niemand in einem Hause zu bleiben vermag, wenn der Wind ihn gerade hinein weht; und es ist vielleicht eins der grausamsten Zerstörungsmittel in einem spanischen Kriege.

Die ganz finstere Nacht und ein entsetzlicher Sturm mit Regen vermischt, der in diesem Lande zuweilen in solchen Strömen und mit solcher Gewalt herabstürzt, daß man, wenn man ihm ausgesetzt ist, weder hört noch sieht, brachte die Besatzung auf die Idee, sich durch die Flucht zu retten. Dieß wurde um zwei Uhr Morgens ausgeführt; die Kranken und Verwundeten blieben zurück, ja sogar den Schildwachen hatte man nichts von dem Plane mitgetheilt. Der Sturm und die Finsterniß waren Ursache, daß die Carlisten erst nach drei Stunden das Geschehene gewahr wurden, worauf sie die Cavallerie nachschickten. Gegen Morgen gelang es denselben, noch über funfzig der Garnison theils zu tödten, theils gefangen zu nehmen; unter den Gefangenen befanden sich ein Oberstlieutenant und ein Lieutenant, über vierhundert Mann waren ihnen jedoch entkommen.

In dem Theile, der »Fort Isabella« genannt wird, fanden sich 200 Kranke und Verwundete, und in den übrigen Häusern noch mehr als sechzig. Die ganze Bagage des Regiments Soria, zwölfhundert Paar neue Beinkleider, fünfhundert Gewehre, zwanzig Kisten voll Munition, außer bedeutenden Quantitäten Wein, Korn und jeder Art von Ausrüstungs-Gegenständen fielen in die Hände der Carlisten. Den Kranken und Verwundeten, unter denen sich ein

Oberst und sechs Offiziere befanden, wurde sogleich Pardon und Schutz zugesichert, obgleich Mina die in dem Bastan-Thale gefangenen Verwundeten und Kranken schonungslos niedergemetzelt hatte. Als Vergeltung der Menschlichkeit, die von den Carlisten bei dieser Gelegenheit bewiesen wurde, brannte Mina im folgenden Monat das Dorf Lecaros bis auf den Grund nieder, und hielt mit den Bewohnern desselben eine grausame Blutlotterie, indem er immer den fünften Mann erschießen ließ, weil sie vernachlässigt haben sollten, ihn von den Bewegungen der Carlisten in Kenntniß zu setzen.

Am nächsten Tage kam Don Carlos mit seinem Gefolge nach Los Arcos, und besuchte mit Zumalacarregui die verwundeten Christinos. Die Scene soll in der That ergreifend gewesen sein; der strenge Anführer der Carlisten konnte sich sogar der Thränen nicht erwehren, als einer der Verwundeten entsetzt ausrief: »Wie, kann dieß der grimmige Zumalacarregui sein?«

»Ja,« versetzte der General, »ich bin der grimmige Zumalacarregui;« und zum König sich wendend fuhr er fort: »Dieß ist die Art und Weise, wie unsere Feinde die Soldaten verblenden. Ew. Majestät wissen am besten, ob ich mich irgend einer Handlung der Grausamkeit schuldig gemacht, wozu ich nicht als Repressalie gezwungen war, und ob ich ihnen nicht mit Ew. Majestät Zustimmung oft Beispiele von Mäßigung gegeben; dennoch bin ich vielleicht in dem größten Theil von Spanien auf diese Weise verschrien.«

Als der König und der General die Verwundeten verließen, beschenkten sie einen jeden mit etwas Geld, und befahlen, sie mit der größten Sorgfalt zu behandeln.

Die sieben Offiziere bekamen die Erlaubniß, als sie wieder hergestellt waren, zu ihren Regimentern zurückzukehren, ohne daß man ihnen das Versprechen abgenommen hätte, nicht wieder gegen Don Carlos zu dienen. Der Oberstlieutenant Echeverria und der Lieutenant Alzaga, die bei dem Versuch, mit den übrigen Gefangenen nach Lerin zu entfliehen, ertappt worden waren, wurden erschossen. Diese unbeugsame Strenge gegen Alle, die mit den Waffen in der Hand ergriffen wurden, bildet einen grellen Gegensatz zu der nachsichtigen Behandlung der Kranken und Wehrlosen. In einem Kriege, der zu einem Vertilgungskriege geworden war, übte Zumalacarregui dennoch sehr häufig Schonung und Gnade. Diejenigen, welche ihn verdammen, daß er die Gefangenen, selbst als Repressalie, erschießen ließ, müssen sich in seine Lage versetzen, und ihn nicht allein als den Anführer einer Partei in einem erbitterten Bürgerkriege überhaupt, sondern als den des schwächern Theiles betrachten, der am wenigsten Großmuth üben durfte.

Der Verlust der Carlisten bei dieser Gelegenheit war sehr unbedeutend; zwei Artilleristen wurden getödtet und mehrere verwundet; bei der Infanterie kamen etwa zwanzig bis dreißig Verwundungen vor.

Ich muß hier eines jener lächerlichen Vorfälle erwähnen, die sich im Verlauf eines Feldzuges so häufig zutragen, und in der Regel mehr das Ansehen von Dichtung als Wahrheit haben. Ein tödtlich verwundeter Artillerist war in dem Quartier einiger Offiziere vom dritten Bataillon, wohin man ihn gebracht hatte, gestorben. Die Offiziere aßen so eben im anstoßenden Zimmer, als sie plötzlich einen lauten Schrei hörten; gleich darauf stürzte ein Bettelmönch herein und rief, der Mann sei noch nicht todt.

»Noch nicht todt!« sagte einer der Offiziere. »Er ist nicht nur todt, sondern sogar schon begraben; — ich bin selbst mit zum Begräbniß gewesen.«

»Da liegt er ja aber noch, holt Athem und bewegt sich,« entgegnete der Mönch.

Die Offiziere gingen in das Kranken=Zimmer, und fanden zu ihrem großen Ergötzen einen ihrer Bedienten, einen corpulenten französischen Schneider, der sich in angenehmen Träumen wiegte, in dem Bett. Er war, vom süßen Wein der Rivera berauscht, nach Hause gekommen, als man den Todten bereits fortgeschafft, und in das so eben leer gewordene Bett getaumelt. Der alte halbblinde Mönch, nach dem man geschickt hatte, war nicht so eilig in der Erfüllung seiner Pflicht gewesen, und etwas zu spät angelangt; sogleich war er daher am Bett des vermeintlichen Todten niedergekniet, und hatte zwei Stunden lang die üblichen Gebete für die Seele des Verstorbenen hergesagt. Plötzlich hatte jedoch der Schneider im Schlafe eine Bewegung gemacht, wobei sein Arm das Haupt des ehrwürdigen Bruders unsanft berührte; der Schreck und die Furcht des letztern führte alsdann die bereits erwähnte Scene herbei.

Am 19. März hatten wir vor Larraga einen Unfall. Der feindliche General Soane mit 4000 Mann wurde plötzlich von Zumalacarregui mit acht Bataillons und seiner ganzen Cavallerie angegriffen. Zum Unglück für die Carlisten zeigten sie sich etwas zu früh. Soane war nämlich eben im Begriff, Larraga zu verlassen, ohne weiter an einen Feind zu denken, als dieser plötzlich, wie aus den Wolken gefallen, erschien; er säumte daher nicht, von den Mauern und Häusern und dem Fluß Vortheil zu ziehen, da es noch Zeit war. Zumalacarregui wollte sich jetzt nicht zurückziehen nachdem er einmal so weit gegangen war, und versuchte, den Uebergang über die Brücke zu forciren. Der Feind vertheidigte sie jedoch auf das heftigste, hinter den Mauern, die ihm als Brustwehren dienten, und er vereitelte alle un=

sere Bemühungen. Zumalacarregui ritt vergebens selbst bis zur Brücke vor, so daß vier Offizier von seiner Begleitung getödtet oder verwundet wurden. Da wir alle unsere Anstrengungen vereitelt sahen, unsere Leute auch durchaus nicht daran gewöhnt waren, einen überlegenen Feind hinter deckenden Gegenständen anzugreifen, so zogen wir uns mit einbrechender Nacht nach Sirauki und Mañeru zurück. Unser Verlust betrug über dreihundert Todte und Verwundete; der des Feindes, welcher gedeckt gestanden hatte, nur etwa hundertundfunfzig Mann. Ein französischer Capitain Namens Rasechol, der mit Bourmont in Portugal gewesen war, und das Commando seiner Compagnie erst vier Stunden vor dem Gefecht übernommen hatte, erhielt zwei tödtliche Schüsse durch den Leib. Dem Secretair des Generals, dem Oberst Vargas, wurde der Schenkel zerschmettert.

Am nächsten Morgen marschirten wir mit vier Bataillons und einer Abtheilung Lanciers nach dem Val de Ollo. Wir glaubten, wenn Mina hören würde, daß sich Zumalacarregui in der Rivera befände, würde er nicht säumen, nach dem Bastan=Thal zu gehen, wo Ocaña mit seiner Division in Elisondo eingeschlossen war, und von Segastibelza bedroht wurde.

Früh am Morgen des 11. rückten Mina und Oraa mit zwei Colonnen, die sich zusammen etwa auf 4500 Mann beliefen, von Pampelona aus. Als sie sich Elzaburu, dem letzten Dorf vor dem Thale von Ulzama, nahten, wo die Straße zwölf englische Meilen weit durch dicht bewaldete Berge und Moräste führt, ohne eine menschliche Wohnung zu berühren, wurden sie auf der Höhe von Oraquieta durch einige Compagnieen des sechsten Bataillons angegriffen. Da der Tag schon anfing sich zu neigen, blieben die Christinos in dem Dorfe, wo sich das vierte Bataillon mit ihnen bis es finster wurde, herumschoß.

Wir brachten die Nacht in dem Dorfe Llaregui zu. Wie ich bereits anführte, hatte Zumalacarregui nur vier Bataillons bei sich, — das 3te, 4te, 6te und 10te von Navarra — im Ganzen etwa 2600 Mann. Das erste Bataillon von Navarra und das siebente von Guipuzcoa hatten Befehl, von Almandoy auszumarschiren, um den Feind von Donna Maria abzuschneiden, wenn er diese Straße einschlagen sollte. Für den Fall, daß derselbe sich nach Pampelona zurückzog, würden ihm fünf Bataillons in den Weg getreten sein; und drei waren auf dem Marsch, um sich noch vor Einbruch der Nacht mit uns zu vereinigen. Nur der entsetzliche Zustand der Wege verhinderte sie, zur gehörigen Zeit anzulangen, um die gänzliche Vernichtung der Colonnen Mina's zu bewirken. Ein Uebelstand für Zumalacarregui war, daß keine seiner Divisionen so rasch vorzudringen vermochte, wie diejenige, bei der er sich persönlich aufhielt; dennoch rechnete er leider bei allen andern immer auf dieselbe Geschwindigkeit. Es war den Commandeurs beim besten Willen nicht immer möglich, den in dieser Beziehung gegebenen Befehlen Zumalacarregui's nachzukommen. Er sagte den Truppen, in einer gewissen Zeit müsse diese oder jene Entfernung zurückgelegt werden; und so groß war sein persönlicher Einfluß auf die Gemüther der Soldaten, daß sie alsdann von freien Stücken leisteten, was menschliche Kräfte nur immer gestatteten.

Das Gefecht vom nächsten Tage wurde höchst interessant. Es fand zwischen dem carlistischen Obergeneral und dem gefürchteten Mina statt. Ihre Streitkräfte waren ziemlich gleich, und sie traten sich an einer jener wilden Stellen gegenüber, die am meisten geeignet sind, dem Kampfe zweier

Zweites Capitel.

berühmten Guerrilla-Chefs zum Schauplatz zu dienen. Mina, der die Gefahren des Terrains sehr wohl kannte, zögerte länger als vielleicht ein anderer General gethan haben würde. Da sein Zusammentreffen mit dem Guipuzcoaner so unerwartet und so plötzlich war, schien er ihn für stärker zu halten, als seine Meldungen besagten. Zumalacarregui's Truppen standen von Llaregui bis an die Höhe von Lanamear, auf dessen Plateau seine Reserve aufgestellt war, und er griff Mina's linken Flügel mit der größten Heftigkeit an. Der Schnee lag zwei Fuß hoch, und was noch schlimmer war, es thaute stark. Mina machte verzweifelte Versuche, die Höhe in seiner linken Flanke zu nehmen; denn dann würde er seinen Rückzug ohne weitern Verlust haben bewerkstelligen können. Einmal war es ihm gelungen, unsere Tirailleurs in großer Verwirrung zurückzutreiben; da sprengte jedoch der General, der von seinem Plateau alles übersehen konnte, mit gezogenem Degen und höchst aufgebracht herbei, um sie selbst anzuführen. Dieß wirkte wie ein elektrischer Schlag auf die Wankenden, und sie schlugen den Feind mit großem Verlust zurück. Eine Schwadron wurde niedergehauen, wir kamen ihnen in den Rücken und sie geriethen in eine solche Verwirrung, daß Mina selbst nahe daran war gefangen zu werden.

Ein Oberstlieutenant von der feindlichen Cavallerie, den ich an seinem schönen Schimmel wieder erkannte, auf dem er sich an der Spitze der Escorte, die er befehligte, oft unserm Feuer ausgesetzt, und durch seine Bravour bemerkbar gemacht hatte, lag mit seinem Pferde todt auf der Straße; beiden waren durch den Kopf geschossen. Meine Gedanken verweilten bei ihm nur in dem kurzen Moment des Vorüberreitens. Diese nähere Bekanntschaft mit ihm erregte mir — so sonderbar es auch scheinen mag — schmerzliche

Gefühle. Bei Orbiso hörte ich einen Soldaten sagen: »Seht ihr den Offizier auf dem Schimmel dort? ich werde ihn herunter schießen.« Ich erinnerte mich an Don Quixote's merkwürdige Rede, in welcher er in Bezug auf die Erfindung des Schießpulvers sagt: »oft wird ein edles Herz von einem Geschoß durchbohrt, das vielleicht eine zitternde Hand führte;« und ich rief dem Soldaten zu: »Schieß lieber auf die feigen Memmen, die so weit hinter ihm zurückbleiben!«

Ein Bach mit steilen Ufern verhinderte zuletzt einzig und allein die Gefangennehmung Mina's; sein ganzes Gepäck, die beiden Esel, welche ihm beständig folgten, um ihn mit der Milch zu versorgen, die er nach Vorschrift der Aerzte trinken muß, und sein Cabriolet fielen in unsere Hände. Dieß letztere war ein sonderbares Ding; ich sollte es besser eine Kappe nennen, die von einem Maulthier getragen wurde, vorn ein Glasfenster hatte, und den Reiter gänzlich bedeckte. Auch seine Frau, eine junge hübsche Asturierin, die ihn während des ganzen Feldzuges in männlicher Tracht zu Pferde begleitete, war mit bei diesem Gefecht gewesen.

Durch unendliche Anstrengungen gelang es Mina endlich, seine Truppen wieder in eine Art von Ordnung zu bringen, wobei er eine bedeutende Geschicklichkeit entwickelte. Zumalacarregui verfolgte ihn mit dem 6ten und 10ten Bataillon bis in die Nacht, ohne ihn zu Athem kommen zu lassen. Die Christinos, genöthigt von der Straße abzugehen, geriethen bis an die Knie in Schnee, und kamen vor Hunger und Kälte fast um. Die beiden Bataillone, welche bestimmt waren, sie abzuschneiden, langten nur eine Stunde zu spät an; tief in der Nacht waren sie daher so glücklich, Gastela und Legasa zu erreichen.

Ich befand mich auf einem Berge, wo wir einem erhaltenen Befehl gemäß bleiben sollten; hier warteten wir mit dem dritten Bataillon auf die Rückkehr des Generals, der noch mit der Verfolgung des Feindes beschäftigt war. Schwerlich hätte man einen bessern Punkt zum Uebersehen des Schlachtfeldes auffinden können, als diese Höhe. Die ganze Verfolgung des Feindes lag wie auf einem Plan vor uns. Der Schnee allein erleuchtete die Scene; als endlich die Verfolgten und die Verfolger vor unsern Blicken in der Finsterniß verschwunden waren, sahen wir auf den fernen Höhen ein Wachtfeuer nach dem andern aufflackern, obgleich wir keinen Laut mehr vernahmen. Wir waren gänzlich durchnäßt; Pferde sowohl als Menschen waren den ganzen Tag über ohne Futter und Nahrung geblieben, und jetzt standen wir vor Kälte zitternd in zwei Fuß hohem Schnee. Endlich räumte die Infanterie an einigen Stellen den Schnee weg, und machte an den Wurzeln alter Eichen und Kastanien Feuer an, die, wenn ihre Stämme durchgebrannt waren, mit entsetzlichem Gekrach zusammenstürzten. So fiel oft ein hundertjähriger Baum, um einem Soldaten die Suppe zu kochen oder die Cigarre anzuzünden.

Obgleich wir naß und durchgefroren waren, so hatten wir doch alle auf dem Schnee etwas geschlafen, als wir um drei Uhr Morgens mit dem Befehl nach einem Dorfe in unserm Rücken geschickt wurden, um halb sechs Uhr schon wieder marschfertig zu sein. Mina hatte 400 Todte auf dem Felde zurückgelassen, und zweihundert Verwundete mit fortgeführt. Am nächsten Tage hätte man seinen Weg an den Gefallenen, die während der Verfolgung geblieben waren, und an dem Blute der Verwundeten auf dem Schnee nachweisen können. Wir hatten etwa hundert Todte und eben so viel Verwundete. Unter den ersteren befanden sich vierzig Mann von einer Compagnie des vierten Bataillons, die nach einem besondern Punkte hin detachirt worden waren. Man hatte versäumt, sie abzurufen; sie waren daher von den Christinos umringt und sämmtlich niedergehauen worden. Die Armee Mina's erreichte das Bastan-Thal in einem solchen Zustande von Auflösung, daß Zumalacarregui überzeugt war, er würde so bald nicht wieder im Stande sein, sich ihm in den Weg zu stellen; er marschirte daher nach der Borunda, um Echarri-Arenas, den festesten Ort zwischen Pampelona und Salvatierra, zu belagern.

Drittes Capitel.

Die „Ayuela." — Belagerung von Echarri-Arenas. — Ein Ueberfall. — Carlistische Artillerie. — Schwieriges Entrinnen. — Das Fort versucht zu capituliren. — Verheerung darin. — Behandlung der Gefangenen.

Nachdem Zumalacarregui die Brücken über den Araquil bei Evroy und Irurbiaga hinter sich abgebrochen hatte, langte er mit einer starken Truppenmacht am 14. März in dem Thal von Araquil an. Um zwölf Uhr standen wir vor dem Fort von Echarri-Arenas, dem stärksten in der Borunda. Unser ganzes Belagerungsgeschütz bestand aus einem siebenzölligen Mörser und dem alten eisernen biscayischen Achtzehnpfünder, der seines alterthümlichen Ansehns halber von den Soldaten die »Ayuela« oder Großmutter genannt ward. Die Geschütze wurden an dem Ende der Straße aufgestellt, und fingen bald an auf die alte befestigte Posada zu spielen, die von einigen Redouten umgeben war. Die Grundmauern der Häuser werden in Spanien so stark gebaut, daß jedes derselben als eine kleine Festung dienen kann. Zumalacarregui wußte recht gut, daß er mit einem einzigen Geschütz nicht im Stande sein würde, Bresche zu legen; er wollte jedoch den Feind nur so lange unterhalten, bis er durch eine Mine seinen Zweck erreicht hätte. Der Mörser war von größerem Nutzen; denn bei der Befestigung der Ortschaften hatten die Christinos bloß darauf gerechnet, sich gegen einen

coup de main oder leichtes Feldgeschütz zu sichern; an
Bomben und bombenfeste Gewölbe war gar nicht gedacht
worden. Dieß fand bei allen Forts statt, und es war der
Grund, warum es Zumalacarregui so sehr darauf ankam,
durch Reyna einige Mörser zu erhalten. In den vier Ta=
gen der Belagerung warfen wir aus unserm siebenzölligen
Mörser dreihundert Bomben in das Fort.

Als die Ayuela einen Theil eines Tambours niederge=
schossen und ein feindliches Geschütz demontirt hatte, zer=
sprang sie an der Mündung, und verletzte einen der Artille=
risten auf eine höchst gefährliche Weise. Da die ganze Be=
bienungs=Mannschaft aus Neulingen bestand, so waren viel=
leicht die Zünder schlecht oder nicht gehörig eingestoßen, genug,
mehrere sprangen schon, als sie kaum den Mörser verlassen
hatten, und tödteten einige Leute. Als wir in das Dorf
rückten, hatten die Christinos außer dem Fort auch noch acht
bis zehn Häuser besetzt; diese steckten sie in Brand und
gaben sie auf. Während der Belagerung lag ich in Urbissu,
eine Meile davon, im Quartier; ich ritt daher an jedem
Tage gewöhnlich fünf bis sechsmal hin. Eine sonderbare
Erscheinung waren die vielen Landleute, die sich aus der
ganzen Umgegend versammelten, um die Vertilgung ihrer
Tyrannen — denn als solche wurden sie von ihnen betrach=
tet — mit anzusehen. Sie stießen in der Regel ein Freu=
bengeschrei aus, wenn eine aufsteigende rothe Staubwolke
anzeigte, daß die Bombe in ein Dach geschlagen hatte.
Bei jedem Ort, den wir später belagerten, versammelten sich
die Landleute auf diese Weise. Alte Weiber, Kinder und
alte Männer, alle wie an einem Festtage in ihren besten
Kleidern, bedeckten die Höhen ringsumher und drückten ihre
Hoffnung aus, daß es uns gelingen möchte, den Ort einzu=
nehmen, oder ihre Furcht, daß die »Colonnen« — womit sie

die Armee der Christinos bezeichneten, — zum Entsatz herbeieilen möchten. Auf meinem Hin- und Rückwege riefen Hunderte von Landleuten mich an: — »Wie steht es mit der Belagerung, Señor Militar, Monsieur le Militaire, oder Señor Official?« Die einzige Weise, sie zufrieden zu stellen, war, ihnen zu sagen, daß der Ort sich morgen ergeben müsse.

Einst hatte ich auf der Straße mein Pferd an einen Baum gebunden, und betrachtete mit einem Teleskop aufmerksam den Theil des Forts, der die Straße beherrschte. Unser Angriff war auf der entgegengesetzten Seite, und ich wußte, daß die Besatzung ihre vier Geschütze dorthin gebracht hatte; da ich mich nun außer dem Bereich des Gewehrschusses befand, so hoffte ich unbemerkt zu bleiben. Plötzlich gesellten sich zwei muntere Pächter und ein Student auf Mauleseln, mit Zaumzeug von Dachsfell und großen hölzernen Steigbügeln zu mir. Sie ritten eben in ausgelassener Fröhlichkeit die Straße hinab, als ich fragte, wohin ihr Weg gehe.

»Nach Echarri-Arenas, das versteht sich,« entgegnete der Eine von ihnen.

»Aber, mein lieber Freund« sagte ich, »wenn Ihr dahin geht, wird der Feind Euch gleich zeigen, daß die Straße nicht frei ist; es wird schon geschossen, — hört Ihr nicht die Kugeln pfeifen?«

Ich konnte mich des Lächelns nicht enthalten, als ich die Bestürzung sah, welche sich bei dieser Nachricht auf ihren Gesichtern malte. Einer aus der Gesellschaft glaubte, ich triebe einen Scherz mit ihnen, und sie wollten so eben unbekümmert weiter reiten; da nahm der Feind, der sich vorher um ein Pferd nicht gekümmert hatte, die Maulthiere für einen Trupp Kavallerie, wendete ein Geschütz nach unserer Richtung hin, und feuerte auf uns. Fast als der Sprecher seine Gefährten zum Weitergehen bewegen wollte, sauste eine Kugel über seinen Kopf hin, schlug dicht bei uns ein und bedeckte uns mit Erde. Als hätten sie sämmtlich einen elektrischen Schlag bekommen, gaben sie alle drei zu gleicher Zeit den Maulthieren die Sporen und jagten davon, obgleich eine Entfernung von zwanzig Schritt hingereicht hätte, sie außer Schußbereich zu bringen. Bei jeder Biegung der Straße sah ich sie noch in vollem Galopp nach Urbissu hinjagen, und ich bin überzeugt, sie hielten sich selbst an diesem Orte gegen die feindlichen Geschosse noch nicht sicher.

Da die Besatzung sich einbildete, Mina befinde sich in Pampelona, und werde in kurzer Zeit zu ihrem Beistande herbeieilen, so dachte sie nicht daran, sich zu ergeben. Während der Zeit war die Mine, welche unter Aufsicht Lacours von einem der abgebrannten Häuser aus angelegt wurde, immer weiter vorgeschritten. Auch mit diesem Zweige des Dienstes, so wie mit vielen andern, zeigte sich Lacour vollständig vertraut. Das alte gesprungene Geschütz war um einen Fuß kürzer gemacht worden, und sprang jetzt zum zweiten Mal, wieder an der Mündung. Es wurde eine zweite Amputation vorgenommen, und obgleich an der Mündung noch ein bedeutender Riß zu sehen war, so umwickelte man den Kopf des Geschützes mit starken Stricken, und feuerte damit lebhafter als je. Zumalacarregui richtete größtentheils den Mörser selbst, und er traf beständig mit der größten Genauigkeit. Da der Versuch mit diesem so gut gelungen war, so blieb Reyna fortwährend beschäftigt, wie bisher aus alten kupfernen Kesseln und metallenen Geräthen, die man in den Dörfern umher zusammenbrachte, noch mehr Geschütze zu gießen.

Vergebens stellte Montenegro dem General vor, wie leicht eine der zerspringenden Bomben ihn verletzen könne; er ließ sich dadurch nicht abhalten. Eben waren etwa zwanzig Offiziere um ihn versammelt, als etwa vier Schritt von der Mündung des Mörsers abermals eine Bombe zersprang, die beide Artilleristen, welche ihm zunächst standen, niederwarf, den einen tödtlich verwundete und dem andern beinahe den ganzen Kopf abriß. Der General verzog keine Miene und rief nur aus: »Que majaderos estos artilleros!« — (Was für Pfuscher diese Artilleristen sind) — womit er diejenigen meinte, welche die Bomben gefüllt hatten.

Die breite Hauptstraße, welche durch das Dorf läuft, war beständig leer; denn sie wurde ohne Unterbrechung durch Kartätschen- und Gewehrfeuer von dem Fort aus bestrichen. Unsere Freiwilligen belustigten sich damit, ihre Mützen zum Fenster hinaus oder hinter einer Straßenecke hervor zu halten, nach denen der Feind alsdann augenblicklich schoß. Unser lahmer und verstümmelter Achtzehnpfünder wurde jetzt dem Graben bis auf neunzig Schritt genähert; doch beschoß der Feind unsere Schießscharte so heftig mit Kartätschen und kleinem Gewehr, daß wir den ganzen Tag über höchstens sechs Mal im Stande waren, ihn abzufeuern. Als das alte, ehrwürdige Geschütz herbeigeschafft wurde, machten die Soldaten ihre spaßhaften Bemerkungen darüber. »Die Großmutter macht's wie die Nächte, — sie wird immer kürzer,« sagte der Eine. »Wenn wir noch mehr Plätze belagern,« meinte ein anderer, »so wird die Ayuela noch so kurz wie ein Pistol;« — u. s. w.

Was mich jedoch am meisten ergötzte, war mit anzusehen, wie sich ein alter Bauer und seine Frau ängstigten, weil ihr Schwein auf der gefährlichen Straße umherlief, wo schon viele Leichname seiner grunzenden Genossen bewiesen, welch ein boshaftes Vergnügen es den Christinos gewährte, aus Schweinen Schweinefleisch zu machen. Mit Recht fürchteten sich beide, die schützende Hausecke zu verlassen, und unterbrachen ihren Hader darüber nur, um den Gegenstand ihrer zarten Sorge mit den liebkosendsten Worten herbeizurufen; aber vergebens warfen sie Mais und lockende Rüben hin, — das grausame Thier widerstand ihrer Beredtsamkeit, hörte auf keine Vorstellung und schien ein geheimes Vergnügen zu empfinden, das alte Paar zu ängstigen; es kehrte ihnen den geringelten Schweif zu, und trabte mit verhöhnendem Grunzen auf der gefährlichen Straße fort. Sancho's Klagen um seinen getreuen Esel waren nichts gegen die des Alten um sein grausames Schwein, und die zärtlichen Namen, mit denen er sein Mitleid rege zu machen suchte, waren höchst komisch. Er nannte es »seine Seele,« »sein geliebtes Schwein,« und verschwendete viele andere Schmeichelworte, die ich nicht behalten habe. Ob er wirklich noch den Tod dieses interessanten Thieres zu beklagen hatte, habe ich nicht erfahren.

Die Mine war bis unter den Graben geführt worden, und eine zweite rückte an einer andern Stelle rasch vor. Als die erste so weit gediehen war, daß sie spielen sollte, entdeckte sie der Feind, und begann sogleich mit großer Thätigkeit zu contraminiren. Lacour hatte bereits zwei Fässer Pulver zum Sprengen gelegt, und traf nur eben noch die letzten Einrichtungen vor dem Zünden. Schon konnte er die Feinde über sich ganz deutlich arbeiten hören, und obgleich die Wirkung seiner Mine nur sehr gering sein konnte, so war es doch nöthig, sie so schnell als möglich spielen zu lassen. In diesem Augenblick fiel einem Mineur ein Haufen Erde auf den Kopf, und durch die Oeffnung über ihm kam ein Licht an einem Bindfaden herab, welches dicht über einem Haufen losen Pulvers schweben blieb. Ein einziger Funke davon hätte Freund und Feind in die Luft gesprengt. Lacour ergriff das Licht, löschte es aus, und entfloh mit seinen Leuten, aus Furcht, daß die Christinos, welche ihre Stimmen hören konnten, durch die Oeffnung feuern möchten.

General Ituralde, der sich hinter dem Hause befand, von welchem aus die Mine gegraben worden, gerieth in Zorn, als er die Fliehenden ankommen sah, und rief Lacour zu, »er sei verwundert, ihn unter den Flüchtlingen zu sehen.«

»Ich habe mich nie vor dem Tod gefürchtet, Herr General,« versetzte der Veteran, »doch fühle ich keine Verpflichtung, mich auf einmal tödten und begraben zu lassen.«

Nach kurzer Zeit kehrte er in den Minengang zurück und legte die Leitrinne. Wie man erwartete, hatte sich der Feind, nachdem er unsere Mine erreicht und gesehen, daß kein großer Schaden mehr davon zu fürchten war, zurückgezogen. Um zehn Uhr Abends sprang unsere Mine; sie warf die Palissaden, einen Theil des Walles und drei Häuser um, und öffnete eine Bresche, deren Trümmer den Graben füllten. Da die andere Mine jedoch auch, wie man sagte, in sechs Stunden fertig sein sollte, so wurde der Sturm noch bis dahin aufgeschoben. Um sechs Uhr Morgens lag die Zündwurst in der Leitrinne; ehe man sie jedoch ansteckte, wurde der Besatzung durch einen Offizier angekündigt, wenn sie sich in Zeit von zehn Minuten nicht ergäbe, so würde eine zweite Mine spielen, und sämmtliche Bataillons wären bereit, das Fort alsdann mit Sturm zu nehmen.

Der Commandant, ein alter Navarrese, der keinen Ausweg sah, fing an zu capituliren. Er erhielt zur Antwort, er müsse sich auf Gnade und Ungnade ergeben, oder man würde auf der Stelle die Mine springen lassen. Als unsere

Leute erfuhren, daß ein Offizier in das Fort gesendet worden, muthmaßten sie, daß eine Capitulation im Werke sei; sie wurden daher sehr laut, verlangten mit Geschrei den Angriff, und wollten kein Leben geschont wissen.

Bald nahmen jedoch die Sachen eine andere Wendung; acht Mann aus dem Fort entsprangen plötzlich durch die Bresche und gingen zu uns über; obgleich die Besatzung ihnen einen Hagel von Kugeln nachschickte, so waren doch nur zwei davon verwundet worden. Sie benachrichtigten uns, die Garnison befinde sich in der äußersten Noth; sie würde indeß noch Widerstand geleistet haben, wären nicht vierzig Mann durch die erste Mine in den Häusern umgekommen, und hätten die Unsrigen ihnen nicht zugeschrien, daß eine zweite fertig sei zu springen. Bald darauf kamen noch zwanzig Ueberläufer aus einem andern Theil des Forts an. Noch ehe der Commandant sich erklärt hatte, liefen ihm seine Leute nach allen Richtungen davon, so daß ihm keine Wahl blieb. Das Fort wurde nach sieben Uhr Morgens übergeben; das 2. Bataillon nahm Besitz davon und empfing die Waffen der Garnison, die — mit den Offizieren 438 Mann stark — in der breiten Straße zwischen den Bajonnetten unserer Soldaten antreten mußte.

Ich war einer der Ersten von denen, die das eingenommene Fort betraten. In einem Hause, dem die Mine die ganze Vorderfront weggerissen hatte, sah ich viele verstümmelte Leichen. Einem Manne waren beide Beine weggerissen; ein anderer hing von oben herab: ihm war beim Auffliegen ein Balken vom Dach auf den Schenkel gefallen, und hatte ihn so zurückgehalten. Viele schwärzliche, blutige Massen lagen formlos umher, so daß man nicht im Stande war, nur ein gesundes Glied an ihnen zu entdecken. Im Fort selbst hatten unsere Bomben Alles zertrümmert, und wir mußten eingestehen, daß sich die Garnison tapfer vertheidigt hatte. Den Leuten war, wie es schien, befohlen worden, sich im ersten Stock der Häuser zu quartieren, so daß sie, da die durchschlagenden Bomben in dem Erdgeschoß sprangen, nichts zu fürchten hatten als die herabfallenden Dachziegeln und Balken, außer wenn die Bomben früher platzten oder sie unmittelbar trafen. Die Dächer waren sämmtlich dermaßen eingeschossen, daß die Garnison während zweier Regentage keinen Schutz finden konnte, sondern durch und durch naß wurde. Die Gewehre waren mit Rost bedeckt, und die Leute, die auf einen engen Raum zusammengedrängt gewesen waren, befanden sich in einem höchst traurigen Zustande. Das Pulvermagazin hatte unsern siebenzölligen Bomben widerstanden; hätten wir jedoch den dreizehnzölligen Mörser bei der Hand gehabt, so würde es ohne Zweifel nicht verletzt geblieben sein.

Die Gefangenen befanden sich in Bezug auf ihr Geschick noch in großer Sorge. Zumalacarregui wußte selbst noch nicht, was er über sie verhängen sollte. Die Weise, in welcher Mina die den Gefangenen zu Los Arcos erwiesene Gnade vergolten hatte, konnte ihn eben nicht sehr zur Milde stimmen. Ueberzeugt jedoch, daß es ihm unmöglich sein würde, da er jetzt viel mehr Artillerie und eine stärkere Armee als früher besaß, vor wie nach alle Gefangenen erschießen zu lassen, oder bewegt durch jene Großmuth, die er oft in Augenblicken des Sieges empfand, — schenkte er nicht allein allen das Leben, sondern er gestattete ihnen sogar, zu gehen, wohin es ihnen beliebte. Die Gefangenen wurden vorgeführt, und man verlas ihnen diesen Befehl. Sie hatten sich bereits mit unsern Leuten bekannt gemacht, die, obgleich sie noch vor wenigen Minuten nach ihrem Blut gebürstet, sich jetzt durch die Posten drängten, um ihre Lebensmittel mit ihnen zu theilen. Sie fanden diese Behandlung so verschieden von derjenigen, die sie erwartet hatten, daß sie alle wie aus einem Munde »Viva Carlos Quinto!« riefen, und Waffen verlangten, um für ihn zu fechten.

Zumalacarregui antwortete ihnen, er wünsche nicht, daß sie sich durch ein augenblickliches Gefühl hinreißen ließen; er gestattete ihnen daher noch eine Stunde Bedenkzeit. Dabei gab er ihnen sein Wort, daß Offiziere sowohl wie Soldaten ein sicheres Geleit nach den nächsten Garnisonen der Christinos haben sollten, wenn sie es verlangten. Er forderte den Weggehenden kein Versprechen ab, sondern überließ es der Entscheidung ihres eigenen Gefühls, ob sie wieder gegen den die Waffen ergreifen wollten, in dessen Namen sie jetzt Pardon erhielten. Als ihn mehrere der Offiziere auf die Unvorsichtigkeit dieser Maßregel aufmerksam machten, und anführten, die Offiziere würden sicher wieder gegen uns dienen, wenn ihnen nicht ihr Ehrenwort abgefordert würde, antwortete er: »Laßt sie; wenn ihre Dankbarkeit sie nicht davon zurückhält, wird es ihr Ehrenwort noch weniger.«

Die Leute bekamen sämmtlich auf der Stelle die Freiheit, und die neun Offiziere, der Feldprediger und ein Cadet mit eingeschlossen wurden zum General zu Tische gebeten. Sie waren alle von dem Provinzial-Regiment von Valladolid. Der Commandant des Forts, Mesquinez, mit welchem ich mich unterhielt, sprach sehr gut französisch. Er war aus Pampelona gebürtig und weitläufig mit Mina verwandt. Wenige Minuten vor der Ankunft unsers Parlamentairs war er durch eine Kugel in der Brust verwundet worden. Sie war durch die Watte seiner Uniform und durch einen Schnupftuch so geschwächt, daß die Verwundung ihn nicht einmal an der Annahme der Einladung verhinderte. Er schien ein sehr gebildeter und feiner Mann zu sein, war schlank und mager, und zwischen funfzig bis sechzig Jahr alt; doch hatte er ein entsetzlich häßliches Gesicht, das mehr dem eines Affen, als dem eines Menschen glich.

Der General ließ ihnen ihr Gepäck, und nachdem die Offiziere um Erlaubniß gebeten hatten, nach Pampelona abgehen zu dürfen, gab er dem Commandanten ein eigenhändig geschriebenes Zeugniß mit, daß er bei der Vertheidigung von Echarri-Arenas Alles gethan habe, was einem braven Manne geziemt *). Nach Tische ließ er sie unter einer sichern Escorte, die durch den Capitain der Partida zu Echarri-Arenas angeführt wurde, nach Pampelona geleiten. Die Soldaten verweigerten es sämmtlich, ihren Offizieren zu folgen, und nur zwei Offizierburschen ließen sich nach vieler Mühe dazu bereden. Als sie sich den Thoren von Pampelona genaht hatten, fiel ein Detachement von Lanciers aus und tödtete trotz der Vorstellungen der Offiziere einen Mann

---

*) Das Schreiben lautete wie folgt:

"Don Tomas Zumalacarregui, Oberanführer der Armeen Sr. Majestät Don Carlos V., bescheinigt hiermit, daß Don Joaquin Mesquinez, Commandeur eines Bataillons in der Armee der Rebellen und Gouverneur des Forts von Echarri-Arenas, dasselbe mit der größten Tapferkeit vertheidigte, und sich mit seinen Leuten, bestehend aus vier Provinzial-Compagnien von Valladolid und einer Garde-Artillerie-Compagnie, trotz dreihundert in das Fort hineingeworfener Bomben, zweihundert Kanonenschüssen, einer bedeutenden Bresche und der Wirkung einer Mine, vom 14. März bis auf den heutigen Tag darin hielt. Don Joaquin Mesquinez vertheidigte seinen Posten mit Ehren, und übergab ihn nur, nachdem das Fort gänzlich zusammengeschossen war. Damit seine Tapferkeit und seine Geschicklichkeit, die er bei dieser Gelegenheit entfaltete, gewürdigt und anerkannt werden mögen, habe ich es für gut erachtet, diese Bescheinigung ausstellen zu lassen in meinem Hauptquartier zu Echarri-Arenas, am 19ten März 1835.

Tomas Zumalacarregui.

von der Escorte, verwundete den Capitain leicht und führte sämmtlich gefangen nach Pampelona, wo sie in den Kerkern so lange schmachten mußten, bis Valdez sie auf ernstes Bitten Lord Eliot's frei ließ.

Auf diese Weise wurde die Gnade Zumalacarregui's belohnt, so weit es wenigstens seine Feinde betraf; auf der andern Seite fochten jedoch die Gefangenen, denen er das Leben geschenkt hatte, treu und redlich für ihn. Sie wurden dem zweiten Bataillon von Castilien einverleibt, welches der Oberst Juan O'Donnel, der jüngere Bruder von Carlos O'Donnel, befehligte. Ein Achtpfünder und zwei Sechspfünder — alle in der besten Ordnung — und eine große Quantität Munition und Vorräthe aller Art geriethen in unsere Hände.

Von hier marschirten die Carlisten zur Belagerung von Olzagutias, einem Ort einige Stunden weiter auf der Straße von Vittoria. Obgleich derselbe nicht eingenommen wurde, so litt er doch so sehr, daß Mina, nachdem er ihn entsetzt hatte, für gut fand, die Festungswerke gänzlich zu zerstören und den Ort zu räumen.

Die Einnahme von Echarri machte Mina's Unglück vollständig. Um einen kurzen Ueberblick seiner Großthaten in diesem Feldzug zu geben, will ich nur anführen, daß er 41,000 Mann unter den Waffen hatte, außer 10,000 Mann Garnisonen in Taffala, Lerin, Lodosa, Logrono und Viana, und daß er mit dieser Uebermacht die Erfahrung eines vollkommenen Guerrilla-Chefs verband. Mit Inbegriff derjenigen Truppen, die den König escortirten, und derer, die zwanzig feindliche Garnisonen eingeschlossen hielten, hatte Zumalacarregui nicht ganz 18,000 Mann. Eine feindliche Division unter Ocaña wurde im Bastan-Thale geschlagen, und dieser General genöthigt, sich in Ciga einzuschließen, aus welchem Orte er nur mit großer Schwierigkeit entkam. Vier Divisionen unter Lorenzo erlitten eine Niederlage bei Arquijas, und Mina wurde durch eine Kriegslist nach dem Bastan=Thal gelockt, während Zumalacarregui Los Arcos einnahm. Er griff die Colonnen von Soane an, wodurch Mina sich veranlaßt fühlte, mit einer kleinen Division Eli= sondo zu Hülfe zu eilen. Der carlistische Anführer trat ihm bei Elzaburu entgegen, und schlug ihn aufs Haupt; er würde sogar mit seiner ganzen Division umgekommen sein, wäre nicht plötzlich Thauwetter eingetreten, welches die herbeige= rufenen Bataillons verhinderte, zur rechten Zeit anzulangen. Endlich fiel Echarri=Arenas, bevor er sich von seiner Nieder= lage erholt hatte.

Viertes Capitel.

Die Guiden von Navarra. — Das dritte und sechste Bataillon. — Cavallerie. — O'Donnels Herausforderung. — Lopez und O'Donnel. — Anekdote von Lopez. — O'Donnels Tapferkeit. — Niedermetzelung der Christinos.

Die Guias de Navarra oder Guiden von Navarra, die ich schon so oft erwähnte, waren ein auserwähltes Corps, welches seit seiner Errichtung stets dem Oberbefehlshaber folgte. Sie hatten den Vorzug bei Vertheilung von Ausrüstungs- und andern Gegenständen, und wurden wie die Garde in unsrer Armee betrachtet und behandelt. Sie wurden Guiden oder Führer genannt, nicht wegen ihrer besondern Kenntniß des Landes, sondern weil sie stets das Gefecht eröffneten. Es war eine Benennung, die sie wohl verdienten, theils wegen ihrer dauernden Bravour, theils wegen der ungeheuren Verluste, denen sie ausgesetzt waren, da sie bei jedem Gefechte gebraucht wurden, so daß es für Offiziere und Soldaten eine gefährliche Auszeichnung war, zu denselben zu gehören. Zuerst bestanden sie aus einem Bataillon von sechshundert Mann, später wurden sie bis auf tausend vermehrt; so häufig wurden sie jedoch dem Feuer ausgesetzt, oder man möchte fast sagen, durch Zumalacarregui geopfert, wenn er nicht beständig selbst mitten unter ihnen gewesen wäre, daß seit dem Anfang des Feldzugs der Verlust dieses Bataillons auf mehr als 1500 Mann an Todten und Verwundeten berechnet wird. Von der ersten Formation standen kaum noch Hundert in Reihe und Glied, und kein einziger von ihnen war ohne Wunde.

Von drei auf einander folgenden Obersten, Torres, Taus und Campillo, waren die beiden ersteren zweimal verwundet worden. Die Offiziere, welche zu den Guiden versetzt wurden, avancirten entweder sehr schnell, oder sie fielen. Ich war sehr wohl mit den meisten der Offiziere des Bataillons bekannt, und vor dem Gefecht von Menbaca am 12ten December 1834 hatte ich mir zufällig ihre Namen aufgeschrieben. Als ich nach Verlauf von vier Monaten diese Liste wieder durchlas, befanden sich nur noch fünf von dem damaligen Offiziercorps beim Bataillon; alle andere waren entweder todt oder im Lazareth, und nur wenige mit erhöhetem Grade zu andern Bataillons versetzt. Von fünf französischen Offizieren waren drei geblieben, nämlich der Capitain Bezard, der Capitain Raffechol und der Fähnrich Vicomte de Barrez; die beiden andern, Sabatier und Monginot, waren jeder zweimal verwundet worden.

Die Tapferkeit, welche dieses Corps stets gezeigt, hat mich veranlaßt, die Beweise ihres Verhaltens hier anzuführen, besonders da ich seit meiner Rückkehr nach England oft habe die Meinung aussprechen hören, daß die Gefechte in diesen Bürgerkriegen nichts als unbedeutende Scharmützel wären, wobei weder Gefahren zu bestehen, noch Lorbeern zu ernten. Man hat auch die Fortschritte der Carlisten der Feigheit ihrer Gegner zugeschrieben, und gesagt, jene seien vorgeschritten, weil diese zurückgegangen. Um zu beweisen, daß ihre Erfolge nicht ohne Blutvergießen erkämpft worden, und um so vielen braven Waffengefährten, die auf den Schlachtfeldern von Navarra und in den Provinzen fielen,

Gerechtigkeit widerfahren zu lassen, will ich mich etwas länger bei diesem Gegenstand aufhalten, als ich vielleicht außerdem gethan haben würde.

Es möchte unmöglich sein, mir die Namen aller derjenigen zurückzurufen, die bei diesem Bataillon ihr Leben geopfert haben, obgleich die meisten derselben zu meinen Freunden gehörten; ich muß daher Viele mit Stillschweigen übergehen, mit denen ich manche heitere und ernste Stunde verlebte, und die mit Ruhm gefallen sind. Es möge jedoch erlaubt sein, nur den schnellen Wechsel bei der dritten Compagnie des Bataillons anzuführen, dessen ich mich noch erinnere, obgleich sich diese Compagnie nicht weiter durch besonderes Unglück bemerklich gemacht hat. Solana, der erste Capitain, wurde verwundet und als Oberstlieutenant zum vierten Bataillon von Navarra versetzt; sein Lieutenant blieb bei Orbiso, sein Fähnrich bei Mendaca. Der Capitain, welcher ihm folgte, wurde bei Arquijas verwundet. Von seinen beiden Nachfolgern wurde der Eine bei Larraga verwundet, und der Andere getödtet. In der Rivera ward noch ein Fähnrich dieser Compagnie getödtet, und nie hatte dieselbe mehr als drei Offiziere zu gleicher Zeit.

Die Guiden unterschieden sich von den andern Corps durch ihre Uniform; zuerst trugen sie alle graublaue Röcke mit gelben Rabatten; als diese jedoch aufgetragen waren, bekleideten sie sich eine Zeitlang wie die übrige Armee mit dem, was sie dem Feinde abnahmen. Im Januar 1835 wurden sie abermals neu eingekleidet, und bekamen dießmal blaue Jacken mit einer rothen Binde, und graue Beinkleider. In kurzer Zeit bekamen sie wieder ein sehr buntes Ansehen, doch zeichneten sie sich fortwährend durch ihre rothen Kappen aus, die früher nur die Offiziere getragen hatten. Da die Bemerkung gemacht worden war, daß diese

Mützen uns nur zu einer bequemeren Zielscheibe für die Feinde machten, so waren sie dem Bataillon der Guiden, und später der Cavallerie gegeben worden, während die ganze übrige Armee ihre blauen Mützen behielt.

Die Guiden von Biscaya (denn jede der Provinzen hatte ihre Guiden, wenn sie auch nicht so berühmt waren, wie die von Navarra) trugen Weiß. Ein jeder Soldat, der sich auszeichnete, konnte zu den Guiden versetzt werden; und obgleich diese zuerst nur aus Navarresen bestanden, so waren doch später zwei Drittel des Bataillons Soldaten aus der spanischen Garde, Deserteurs oder Gefangene, denen man Waffen anvertraut hatte, und die sich, sonderbar genug, stets vortrefflich schlugen. Größtentheils waren sie aus Castilien und Leon gebürtig.

Da die Guiden hauptsächlich aus Leuten bestanden, die früher schon gedient hatten, und da sie stets unter den Augen Zumalacarregui's fochten, dessen Lieblingscorps sie waren, so fand sich keine Truppe in der Armee, die sich mit ihnen hätte vergleichen können. Sie waren mit dem 3ten Bataillon von Navarra — (von ihrem Lieblingsliede Requeté genannt) — diejenigen, auf welche er sich am meisten verlassen konnte.

Auch das 6te Bataillon von Navarra stand bei dem General sehr in Gnaden, doch weiß ich nicht, warum. Es betrug sich in den Gefechten sehr ungleichmäßig; die einzigen Heldenthaten, die es verrichtete, verdankt es dem Obersten und dem Oberstlieutenant Pablo=Sanz, — dessen Kinnlade durch eine Flintenkugel bei der Vernichtung des Valdez in den Amescoas zerschmettert wurde, — und Campillo, der Taus im Commando der Guiden folgte.

Die fremden Offiziere in Diensten des Don Carlos — größtentheils Franzosen — verdienen noch einiger Erwähnung.

Zuerst waren zwei und zwanzig fremde Offiziere im Dienst. Von diesen sind sechszehn getödtet oder verwundet worden, ein Umstand, der für ihre Tapferkeit spricht. Später sind noch andre hinzugekommen, so daß ihre Anzahl noch ziemlich dieselbe ist. Da sich jedoch jetzt die mörderischen Gefechte nicht so schnell folgen, als in der Zeit, wo Zumalacarregui die Offensive ergriffen hatte, so ist der Abgang unter den zuletzt Angekommenen nicht mehr so groß, wie zuvor. Zu Anfange des Krieges bekamen nur die Bataillone Sold, der übrige Theil der Armee wurde nur verpflegt und bekleidet; später bekamen alle gleiche Bezahlung, nämlich der Mann täglich einen real de vellon *) ohne Abzug. Die Offiziere bekamen nur ein Drittel von ihrem Gehalt, den Rest sollten sie nach Beendigung des Krieges erhalten. Nach jedem Gefecht wurde eine Anzahl von »Premios« oder lebenslänglichen Pensionen von einem Real täglich denjenigen bewilligt, die sich am meisten ausgezeichnet hatten. Ein und derselbe Soldat konnte der Inhaber mehrerer Premios sein, und von den Guiden hatten manche drei bis vier.

In der letzten Hälfte des Januar kam der Oberst Carlos O'Donnel zu uns, der in Paris im Gefängniß gesessen hatte, weil er mit einem falschen Paß gereist war. Er hatte sich selbst in der Landessprache vertheidigt, und sich, nachdem er frei gesprochen worden, nach Bayonne und von da über die Pyrenäen geflüchtet. Zumalacarregui übertrug ihm die Anführung der Cavallerie. Kurze Zeit nachher kam auch sein Bruder Juan, der später gefangen wurde, mit mehreren Cavallerie-Offizieren der königlichen Garde und mit einer Anzahl Gardes-du-corps.

Carlos O'Donnel betrieb die Bildung und Discipli-

---

*) Der Real de vellon hat einen Werth von 2 Sgr. 3½ Pf.

nirung der Cavallerie mit allem Ernst und Eifer. Es gab viele Offiziere in unserer Armee, die ihren Rang den Umständen des Krieges oder einem Rufe von Tapferkeit verdankten, der oft keinen Grund hatte; denn ich habe gesehen, daß Leute von Unwissenden als Valientes begrüßt wurden, die weiter nichts gethan hatten, als bei einer Flucht, ohne Pardon zu geben, auf Bewaffnete und Wehrlose gleichmäßig einzuhauen, um so ihre Säbel mit Blute zu färben. Viele aus der alten Schule des Mina, und diejenigen, welche in der Glaubensarmee gedient hatten, konnten sich keine Tapferkeit ohne Barbarei denken; leider war dieß bei den meisten der Guerrillahelden der Fall. Diese alle betrachteten O'Donnel mit großer Eifersucht, da er noch so jung war, und haßten die Offiziere der regulären Armee, denen er die Leitung jeglichen Geschäfts und die Ausbildung der in der Handhabung der Waffen noch sehr ungeschickten Leute übertragen mußte. Die Guerrilleros spotteten fortwährend über »die Herren mit den neuen Uniformen und sauberen Nägeln,« und sagten, sie hätten ein großes Verlangen, diese einmal vor dem Feinde und im Feuer zu sehen.

Nachdem O'Donnel Zeit genug gehabt, seine Cavallerie auszubilden, — (denn es war sehr lange kein Gefecht vorgefallen), — schickte er mit Zumalacarregui's Erlaubniß an Lopez, den Anführer der feindlichen Cavallerie, den er früher gekannt hatte, eine Herausforderung. Da jetzt — ließ er ihm sagen — keine Gelegenheit vorhanden wäre, Lorbeeren zu brechen, so schlug er ihm, einem alten, ritterlichen Brauche gemäß, vor, sich an irgend einem bestimmten Orte mit einer Anzahl von Reitern zu treffen, alles treulich auf Ritterwort und sonder Gefährde. Er wollte mit 400 seiner navarresischen Lanciers erscheinen und sich an jedem Orte des Königreichs Navarra stellen. Lopez antwortete ihm, daß er mit Erlaubniß seiner Vorgesetzten und im Vertrauen auf die Tapferkeit der unbesiegbaren Cavallerie der Königin Isabella II. nichts sehnlicher wünsche, als ihm mit hundert Mann weniger entgegenzutreten. Hierauf entgegnete O'Donnel, es müsse auf beiden Seiten völlige Gleichheit herrschen; er sei aber auch, wenn es ihm lieber wäre, bereit, mit hundert gegen hundert, oder mit funfzig carlistischen Offizieren gegen funfzig liberale zu erscheinen; Zeit und Ort überließ er ihm innerhalb der nächsten vierzehn Tage zu bestimmen; würde aber — fügte er hinzu — dieß nicht angenommen, so erwarte er Lopez allein mit Lanze, Schwert oder irgend einer beliebigen Waffe, um ihm für seinen beleidigenden Vorschlag Genugthuung zu geben. Der Zweikampf würde höchst interessant gewesen sein, wenn er wirklich stattgefunden hätte, da es in ganz Spanien bekannt war, daß Lopez die Lanze mit eben so viel Geschick zu führen verstehe, als O'Donnel den Säbel. Man glaubte lange, daß Lopez einen dieser Vorschläge annehmen würde, die dem Charakter des einen wie des andern so sehr entsprachen; doch erfolgte keine Antwort. Dieß soll indeß mehr die Schuld des Vice-Königs gewesen sein, der nicht Lust hatte, der Welt den Glauben zu benehmen, die Carlisten beständen aus nichts als einem Haufen bigotter und blutdürstiger Bauern, und der jegliches Aufsehen vermeiden wollte, wodurch eine genauere Beleuchtung der Verhältnisse herbeigeführt werden konnte. Ueberhaupt soll Lopez schon einen starken dienstlichen Verweis für die Beantwortung der ersten Herausforderung erhalten haben.

O'Donnel und Lopez hatten sich beide durch kühne Thaten ausgezeichnet. Der Letztere, ein Süd-Amerikaner, diente während des Unabhängigkeits-Kampfes der Amerikaner als Adjutant in der spanischen Armee, und liebte, wie erzählt wird, eine der reichsten Erbinnen des südlichen Continents. Sie erklärte jedoch, nie einen Andern als einen Helden heirathen zu wollen. Lopez blieb daher kein anderes Mittel übrig, als seine Braut, wie Othello, durch seinen Ruhm zu gewinnen. Eines Tages begieng er die Tollheit, mehreren Regimentern falsche Befehle zum Angriff der feindlichen Linien zu ertheilen. Da die Angreifenden nicht unterstützt wurden, geriethen sie bald in eine sehr mißliche Lage; durch die ausgezeichnete Tapferkeit des jungen Adjutanten und durch ein besonderes Glück gelang es ihnen jedoch, den Feind aus seinen Stellungen zu vertreiben. Das Gefecht endete siegreich, und da nur der Erfolg den Unterschied zwischen einem Cäsar und einem Catilina macht, so wurde Lopez, der sonst wahrscheinlich erschossen worden wäre, bis in den Himmel erhoben. Man sprengte aus, er habe nach geheimen Instructionen gehandelt; er wurde schnell befördert, und erhielt — woran ihm am meisten lag — die Hand der reichen Erbin. Das Ende dieser Geschichte ist jedoch weniger erbaulich, denn er verschwendete sehr bald das große Vermögen seiner Frau, und lebte mit ihr in Unfrieden.

Carlos O'Donnel war als ein Mann bekannt, der schon während des Constitutionskrieges in einem Alter von fünf und zwanzig Jahren die glänzendsten Waffenthaten verrichtet hatte. Er war damals Capitain eines Trupps navarresischer Lanciers, die er selbst ausgebildet und disciplinirt hatte, und deren ganze Verfassung einen merkwürdigen Contrast mit dem elenden Zustande der Glaubensarmee bildete. Die Truppen Ferdinands waren bereits zwei Tage lang vor der republikanischen Armee zurückgewichen, welche sie verfolgte. Eben waren jene über eine weite Ebene in Alt-Castilien marschirt, und betraten das Gebirge.

Die Arriergarde war noch zurück, und hatte ein kleines, durch einen tiefen Graben umgebenes Gehölz erreicht, als 600 Mann Cavallerie, zwei Geschütze und eine Compagnie leichter Infanterie von der Armee der Liberalen am andern Ende der Ebene erschienen. Die Arriergarde, welche durch D'Donnels Vater befehligt wurde, war müde, entmuthigt und ohne Patronen. Da D'Donnel sah, daß an ein Entkommen nicht mehr zu denken war, so beschloß er, sein Leben so theuer als möglich zu verkaufen, und stellte seine sechszig Lanciers so auf, daß sie den Eingang der Straße in das Gehölz deckten. Da der Feind nur ein so verächtliches kleines Häuflein erblickte, hielt er es gar nicht der Mühe werth, ihn erst in die Flanke zu nehmen, oder seine Infanterie und Cavallerie abzuwarten, sondern er ritt in seiner gewöhnlichen Marschformation in Zugsbreite auf das Defilé zu; — um nicht wegen einer solchen Kleinigkeit erst aufmarschiren und dann wieder abbrechen zu lassen. Diesen großen Fehler bemerkend, sagte D'Donnel zu seinen Leuten, daß ihr ganzes Heil von dem Niederreiten des ersten Zuges der Colonne im schnellen Anlauf abhänge. Als der Feind so weit heran war, daß D'Donnel noch die nöthige Distanz zur Attake hatte, befahl er den Angriff, und warf die beiden ersten Linien über den Haufen; die dritte wandte sich um, und stürzte auf die vierte, diese auf die fünfte, u. s. w. so daß eine allgemeine Verwirrung entstand. Die Infanterie, auf welche sie geworfen wurden, gerieth ebenfalls in Unordnung, und die navarresischen Lanciers verfolgten die feindliche Cavallerie l'épée dans les reins, wie die Franzosen sagen, und richteten ein furchtbares Blutbad unter ihnen an. Die Cavallerie wurde nicht allein gänzlich aus dem Felde geschlagen und zum größten Theil niedergehauen, sondern es wurden auch außerdem noch die beiden Geschütze erobert, und zweihundert Royalisten befreit, die sie gefangen mit sich führten. Jetzt verließ auch die Infanterie das Gehölz und leistete Beistand, bis vom Gros der Armee Hülfe kam, und das Sammeln des Feindes verhinderte. Für diese Waffenthat wurde O'Donnel zum Ritter des St. Ferdinand-Ordens ernannt, und sie ist in Spanien wohl bekannt. Er erzählte mir diesen Vorfall auf mein Verlangen selbst, doch kann ich mich des Ortes nicht mehr erinnern, wo er sich zutrug.

Fünftes Capitel.

Valdez übernimmt das Commando. — Seine Entwürfe. — Er rückt in die Amescoas ein. — Schneller Marsch Zumalacarregui's. — Valdez zieht sich zurück. — Die Amescoas.

Nachdem Valdez in den Kammern laut gegen Robil und Mina declamirt hatte, übernahm er zum zweiten Mal den Befehl über die Armee, und schwor, die Carlisten entweder in's Meer oder über die Pyrenäen zu jagen. In Madrid selbst hielt er es für eine leichte Aufgabe, die Insurrection zu unterdrücken, und jetzt kam er, um seine Theorie in Ausübung zu bringen. So gewiß war er seiner Sache, daß er an den General Harispe geschrieben haben soll, sich darauf vorzubereiten, die Carlisten in Empfang zu nehmen und zu entwaffnen, da er sie zwingen würde, über die Grenze zu entfliehen. Zumalacarregui sah jedoch diesen Ereignissen so ruhig entgegen, daß er durchaus nicht mehr Truppen als früher concentrirte, sondern, wie er bisher gethan hatte, die Hälfte seiner Streitkräfte zur Blokade des Bastan-Thales und der festen Plätze verwendete.

Der Plan von Valdez war, eine so große Truppenmacht zusammenzuziehen, daß der Feind — nicht im Stande, das Feld zu behaupten — genöthigt wäre, sich nach den unzugänglicheren Theilen des Landes zurückzuziehen; dorthin wollte er ihm folgen, nachdem er vorher die

Amescoas und die Sierra de Anbia gesäubert hätte, die er
für den Hauptzufluchtsort der Carlisten hielt, da sie sich so
oft in dieselben zurückgezogen und ihre kleinen Werkstätten
und Spitäler darin aufgeschlagen hatten. Sollte der Ein=
gang vertheidigt werden, worauf er rechnete, so wollte er
ihn erzwingen; und war der Feind einmal in die Flucht
geschlagen, so wollte er ihm keine Zeit gönnen, sich wieder
zu besinnen, sondern ihm Tag für Tag nachsetzen, bis Zu=
malacarregui's Armee gänzlich aufgelöst oder vernichtet wäre.
Er glaubte, seine Vorgänger hätten den Fehler begangen,
nicht immer eine hinreichende Masse ihrer Truppen beisam=
men gehabt zu haben, so daß sie stets Gefahr laufen muß=
ten, geschlagen zu werden, oder wenn sie gesiegt hatten,
nicht im Stande waren, den Feind gehörig zu verfolgen.
Er dachte nicht daran, daß auch nach einer glücklichen
Affaire die schlechten Wege, die vielen Verwundeten und der
Mangel an Lebensmitteln die Verfolgung sehr erschweren und
manchmal gar verderblich machen.

Während Valdez Vicekönig gewesen, hatte er sich durch
seine Menschlichkeit ausgezeichnet; seitdem hatte die Er=
bitterung unter beiden Parteien bedeutend zugenommen.
Aufgebracht über ihre Niederlage verweigerten die feindlichen
Generale beständig, die verübten Grausamkeiten einzustellen,
obgleich Zumalacarregui ihnen häufig mit Beispielen von
Milde voranging. Hätte man ihm nur gefolgt, so wäre die
Convention, welche Lord Eliot später abschloß, schon früher
stillschweigend in Kraft getreten. Ueberdieß waren die In=
structionen der Regierung, die Gefangenen als Rebellen zu
behandeln, vermuthlich sehr streng; auf andere Weise kann
man sich sonst nicht erklären, warum die feindlichen Gene=
rale nicht ein Abkommen trafen, bei welchem sie nur gewin=

nen konnten; denn die Carlisten machten stets zwanzig Mal so viel Gefangene als die Christinos.

Bei seinem ersten Marsch durch die Amescoas zündete Valdez in Contrasta, wo er eine Menge verwundeter Carlisten fand, das Lazareth, mehrere Häuser des Dorfes, und das Getreide der Landleute an; auch ließ er mehrere Bauern erschießen und ihr Vieh tödten. Zu gleicher Zeit aber befahl er, die Verwundeten sorgfältig wegzuschaffen, und schenkte jedem Mann aus seinem Beutel einen Douro *). Mina gab statt des Silbers stets Blei oder kaltes Eisen. Eine solche Handlungsweise von Seiten des Valdez zeigte, daß seine eigenen Gesinnungen damals durchaus nicht mit den strengen Befehlen, die er erhalten hatte, in Einklang standen.

Die erste Bewegung, welche der neue Vicekönig mit seinen 9000 Mann unternahm, war das Einrücken in die Amescoas, wo er bis Eulate vordrang. Nachdem er das alte Schloß verbrannt hatte, in welchem sich eine Pulverfabrik befand, schien er sich nicht mehr für sicher zu halten; denn er zog sich zurück, sobald er von Zumalacarregui's plötzlicher Annäherung Nachricht erhielt. Wir befanden uns auf der andern Seite von Lecumberri, und so schlecht die Wege waren, die wir auf einem Marsch von fünfunddreißig englischen Meilen zu verfolgen hatten, so langten wir doch mit Einbruch der Nacht an; aber die Hälfte der Leute hatte ihre Sandalen im Koth stecken lassen, und zum Essen und Trinken war keine Zeit gewesen. Trotz der großen Kälte gelangten wir bald in den Rücken des Feindes und fingen an zu scharmutziren. Unser plötzliches Erscheinen überraschte die feindlichen Colonnen, deren Rückzug nicht in

---

*) Ein Douro beträgt einen Thaler zwanzig Silbergroschen.

der besten Ordnung geschah; und wären unsere Leute nicht sowohl durch Erschöpfung als hauptsächlich durch das schlechte Wetter von der Verfolgung abgehalten worden, so möchte Valdez wohl hier schon einen großen Verlust erlitten haben. Er zog sich jedoch nur nach Wittoria zurück, um sich daselbst mit dem Rest der disponiblen Streitkräfte in den Provinzen zu vereinigen; und alsdann bivouaquirte er an der Spitze von dreißig Bataillons, wozu die Divisionen von Cordova und Alama gehörten, in der Nacht vom 20. in der Gegend von Contrasta, dem ersten Dorfe der untern Amescoas, entschlossen, in die Ober-Amescoas oder den engeren Theil des Thales einzubringen. Seine Armee war jetzt zwischen 17. bis 20,000 Mann stark.

Die Amescoas sind ein langes wildes Thal, welches mit der Borunda parallel läuft, von dem es nur durch eine Sierra oder einen hohen und bewaldeten Gebirgszug, die Sierra de Andia, getrennt wird. Der Rücken desselben ist plateau-artig, ein weiter, ebener Raum, wo Heerden von Schafen oder halbwilden Pferden weiden. In der Mitte desselben erhebt sich eine einsame, menschliche Wohnung — ein altes Schloß mit vier runden Thürmen, — durch den jetzigen Pachter in eine Venta oder Gasthaus verwandelt. Da der Reisende noch vier Stunden über die Sierra zu steigen hat, ohne eine menschliche Wohnung anzutreffen, so ist er froh, dieses elende Obdach für Menschen und Vieh hier noch zu finden. Das Land ist, wie ich glaube, Krongut; das alte Schloß wird die Venta oder das Gasthaus von Urbassu genannt, und ist ein wahres Bild der Verwüstung. Der Wald umher hat viel Aehnliches mit den Urwäldern Amerika's; die Zweige der Bäume sind mit Moos bedeckt; viele Stämme sind überständig und umgefallen vor Alter; ihre wilden knotigen Wurzeln winden sich, wie Schlangen, durch die hervorstehenden Felsspitzen, und machen nebst dem überwachsenen Unterholze jegliches Fortkommen für Truppen unmöglich. Das Thal der Amescoas läuft zwischen dieser Sierra und einer andern hin, die es von dem Bal de Lana trennt, und sein Abhang auf diese Seite ist mit dichtem Wald bedeckt.

An der linken Seite (wenn man das Thal hinaufgeht), an der der Sierra de Andia, gewähren ungeheure Granitmassen, die von oben herabrollend, auf dem Abhange liegen geblieben sind, den Guerrillas einen vollständigen Schutz, um das Eindringen einer Armee in das Thal zu verhindern. Sie können sich von Felsen zu Felsen zurückziehen und den Feind wie Raubvögel umschwärmen, bis der Augenblick zu einem förmlichen Angriff gekommen ist.

Es lag in Zumalacarregui's Plan, wie ich bereits angeführt habe, das Guerrilla-System weder ganz abzuschaffen, noch ganz allein zu befolgen, sondern er wollte es nur mit der Fechtweise regulairer Truppen verbinden, und nach Umständen entweder die eine oder die andere Manier, gewöhnlich aber beide zugleich anwenden. Die Resultate, welche er dadurch erreichte, waren ganz überraschend, wenn man die Uebermacht seiner Gegner in Betracht zieht; sie hatten aber den Grund hauptsächlich mit darin, daß die feindlichen Generale alle nur ausschließlich das eine oder das andere System befolgten und sich von ihren Vorurtheilen nicht losmachen konnten.

In dem engen Thale liegen in verschiedenen Entfernungen acht bis zehn kleine elende Dörfer, die kaum so viel erzeugen, wie die Bewohner zur Fristung ihres Lebens nöthig haben, garbanzos und lentechas, eine besondere Art von großen Erbsen und Linsen, ausgenommen, die in ganz Navarra sehr geschätzt sind. Hier führen oder führten vielmehr die Bewohner — denn der Krieg hat ihre friedlichen Gewohnheiten sehr verschoben — fern von jeder Straße und selbst von den übrigen Bewohnern Navarra's getrennt, ein ganz urthümliches Leben, in welches nur durch die Maulthiertreiber einige Abwechselung kam, die Wein aus andern Provinzen holten, oder durch die Jäger, welche die Köpfe der erlegten Wölfe nach Pampelona und Estella brachten, um sich die von der Regierung dafür ausgesetzten Preise auszahlen zu lassen. Ein großer Theil der männlichen Bevölkerung beschäftigte sich mit der Jagd dieses Raubthieres, das um so furchtbarer in einem Lande ist, wo die meisten Heerden unbewacht in den Bergen weiden. Die Bewohner des Thales hatten früher nur selten ihre Dörfer verlassen; als Ferdinand jedoch starb, machten sich viele junge Männer auf, und versammelten sich um Don Carlos, für dessen Geschick sie sich lebhaft interessirten. Die Zurückbleibenden wurden, sowie alle Navarresen, durch die häufigen Bedrückungen so enthusiastische Anhänger desselben, daß selbst diejenigen, welche das Alter oder ihr Geschlecht verhinderte, die Waffen zu ergreifen, stets bereit waren, Leben, Familie und Heimath für ihn zu opfern.

Als wir, den Christinos folgend, durch verschiedene Dörfer kamen, trafen wir überall die Spuren einer barbarischen Rache. Kaum hatten wir das Thal betreten, so sahen wir aus vier bis fünf Dörfern schwarze Rauchsäulen emporsteigen. Als wir näher kamen, erblickten wir die unglücklichen Einwohner in der Asche ihrer niedergebrannten Häuser suchen, was von den Flammen verschont geblieben war. In den Straßen waren die Leute beschäftigt, etwas verbranntes Korn zusammenzuscharren; denn der Feind hatte alles Getreide, Stroh und sonstige Lebensmittel aus dem ganzen Dorfe zusammenbringen lassen, und weil er sie nicht wegführen konnte, auf der Straße verbrannt.

Schweine, Kühe und Ochsen lagen erschossen oder mit durchschnittenen Kehlen umher; viele waren durch die Soldaten verstümmelt, die sich die leckersten Bissen herausgeschnitten hatten. Zum Glück für die Amescoaner befand sich der größte Theil ihres Viehes in den Bergen. Mehrere der Landleute waren erschossen worden; die meisten Männer hatten jedoch bei der Annäherung der Christinos die Flucht ergriffen, da ihr unbeugsamer Charakter es nicht vertragen hätte, sich zum Transport des Gepäckes brauchen und dabei mißhandeln zu lassen. Als wir in Contrasta einrückten, welches in dem untern Thale liegt, fanden wir in den Straßen fast keine Seele. Die Weiber saßen verdrießlich in ihren Stuben an den Spinnrädern, und die Männer waren sämmtlich entflohen.

Das carlistische Hospital war niedergebrannt, doch hatte Valdez, wie ich bereits anführte, die Verwundeten gut behandelt. Auf ihrem Rückzuge hatten die Christinos Frauen und Kinder gezwungen, die mit ihrem Gepäck belasteten Maulthiere, Pferde und Esel zu führen; einige hatten sogar selbst Gepäck tragen müssen. Als jedoch Zumalacarregui ihren Rücken bedrängte, waren sie genöthigt gewesen, diese frei zu lassen. Ein Knabe von vierzehn Jahren wurde von einem Carabinero sehr gemißhandelt und zuletzt gar todt geschossen, weil er mit einem Esel, der mit Geld beladen war, nicht schnell genug folgte. Man hatte den Bauern alles Leinenzeug gestohlen, die Kochgeräthschaften zerschlagen und die Möbel verbrannt. Ein sehr verständiger Mann, der sich unter den Verwundeten zu Contrasta befand, erzählte, daß die Arriergarde des Feindes kaum einige hundert Schritt vom Dorfe entfernt gewesen sei, als alle Weiber, den Harpen gleich, »Mueran los Christinos!« und »Viva el Rey!« hinter ihnen hergeschrieen hätten.

Jetzt, da das zweite Vorrücken von Valdez angekündigt wurde, waren die Dörfer gänzlich verlassen. Alle Bewohner hatten mit ihren Familien, Vieh und sonstigen Habseligkeiten Zuflucht in der Sierra gesucht, um ihren Unterdrückern zu entgehen, welche kamen, die mütterliche und aufgeklärte Regierung der Königin bei ihnen einzuführen. Hier sah man eine Frau, die eine Heerde Schweine vor sich hertrieb, und ein Kind auf ihrem Nacken trug, — für beide gleich lebhaft besorgt; dort folgte eine andere mit einem großen Bündel auf dem Kopf. Die Alten und Schwachen, mit Körben voller Federvieh, welches sie versteckt gehalten hatten, schrieen und lärmten auf den Straßen.

Was sie nicht fortschaffen konnten, wurde vergraben, so daß den Christinos nichts übrig blieb, als die vier Wände. Hier und dort hörte man eine Stimme den carlistischen Kriegsgesang absingen, der sonderbar genug nur von Frieden spricht:

»Viva la paz! yiva l'union!
Viva la paz y Don Carlos Borbon!«

Während ich in meinen Mantel gehüllt vor einem großen Feuer stand, zitterte ich vor Kälte, so durchdringend war der Wind, der bald Flammen und Hitze nach einer Seite hintrieb, bald sich plötzlich wendend die ganze Gruppe verjagte, indem er uns Feuer und Funken ins Gesicht blies. Viele der armen Frauen und Kinder gingen barfuß und nur mit dünner, selbst gesponnener Leinwand bekleidet umher, ohne für die Nacht ein Obdach zu haben. Ich hatte oft, sogar noch im Monat October, ohne Mantel die Nacht unter freiem Himmel zugebracht, und ich wußte aus Erfahrung, was man bei solcher Gelegenheit leidet, wenn die

Hitze am Tage auch noch so groß war, selbst mit einem Mantel und bei einem Bivouakfeuer. Noch recht wohl erinnere ich mich des unbehaglichen Augenblicks, wenn man des Morgens um drei Uhr erwacht, — wo die Kohlen nur noch unter der Asche glimmen, und man durch Thau oder Regen gänzlich durchnäßt ist; — wie erstarrt fühlt man sich alsdann trotz der Jugend, der Bekleidung und der erwärmenden Getränke. Ich konnte mich daher der Gedanken an die Leiden dieser armen Elenden nicht entschlagen, die — unbeseelt durch den Enthusiasmus, welcher die Kräfte des Soldaten anspannt, — mit Hunger, Blöße und Entbehrungen aller Art zu kämpfen und nichts zu erwarten hatten, als die Rückkehr zu einem zertrümmerten Herde.

»Der Feind wird bald hier sein,« sagte ich zu einer alten Frau, die etwas zurückblieb.

»Que vengan! que vengan!« — »Sie mögen kommen, sie mögen kommen!« sagte sie triumphirend, »dies Mal werden sie Onkel Tomas finden.«

Am 20sten April bivouakirte Valdez abermals in der Nähe von Contrasta. Etwa eine englische Meile von ihm entfernt brachte Zumalacarregui mit sieben Bataillons und hundertundfunfzig Pferden in dem Dorfe Aranarache die Nacht hin. Während der Zeit stießen vier neue Bataillons zu uns. Am 21sten früh kam Valdez in geschlossenen Colonnen das Thal herauf; doch konnte er nur Schritt für Schritt vorrücken, da die Hälfte des Bataillons der Guiden in Tirailleurs aufgelöst sich ihm entgegenstellte. Als Valdez im Verlauf des Nachmittags San Martin erreichte, griff ihn Zumalacarregui mit drei Bataillons an, und es entspann sich ein heftiges Gefecht. Da Valdez die Carlisten so enthusiasmirt fand, und bemerkte, daß sie nicht mehr die wilden Gebirgshorden von ehedem waren, sondern alle

Bewegungen mit größerer Ordnung und Präcision ausführten, als seine eigenen Truppen, sah er wohl ein, daß es ihm ohne große Verluste nicht möglich sein würde, das enge Thal zu säubern. Die Nacht war nicht mehr fern, und Valdez beschloß, die Sierra zu ersteigen, und auf dem großen Weideplatze in der Mitte jener Höhe bei der Venta de Urbassu ein Lager zu beziehen. Vielleicht that er dieß, weil er fürchtete, in den verlassenen Dörfern während der Nacht angegriffen zu werden, oder weil er überhaupt seinen Marsch auf den Höhen fortzusetzen gedachte, wo er keine Gefahr lief, dominirt zu werden. Zumalacarregui beunruhigte mit seinen drei Bataillons die feindliche Arriergarde bis spät in die Nacht hinein, und Valdez sah sich auf diese Weise genöthigt, bei einem schneidenden Winde die Nacht unter freiem Himmel zuzubringen, der schon im Thale, wo wir doch verhältnißmäßig geschützt waren, uns äußerst lästig wurde, besonders da es dabei bis gegen Morgen abwechselnd schneite und regnete. Wir hatten zwar nichts als die leeren Häuser der Dörfer Zubaire, Bagaindano, Gollano, Artasa, San Martin und Eckala, aber sie gewährten uns doch ein Obdach. Der größte Theil der mit Vorräthen beladenen Maulthiere des Feindes war entweder genommen, oder von dem Feinde im Stich gelassen worden.

Am Morgen des 22. April machten die Christinos sich in aller Frühe wieder auf den Marsch. Sie verbrannten unterwegs die elenden Hütten der Schäfer, sehr mißvergnügt über den Mangel an Nahrungsmitteln, und die unbequeme, unruhige Nacht. Da ihnen nichts übrig blieb, als sich nach Estella zurückzuziehen, so hielt sich die Hauptmacht der Carlisten beständig zwischen ihnen und dieser Stadt. Zumalacarregui griff ihre rechte Flanke mit vier Bataillons seiner besten leichten Truppen in Person an; es waren lauter frische Leute, die vortrefflich zu tiraillıren verstanden. Da Valdez überzeugt war, daß sich die Hauptmacht der Carlisten vor ihm befinde, und daß seine Leute bei längerem Verzug in der Sierra vor Hunger umkommen würden, setzte er seinen Marsch unter fortwährendem Harceliren von unserer Seite fort. Machte er Halt, um unsere Tirailleurs zurückzuwerfen, so verschwanden diese, wenn sie ihn zu stark fanden. Dadurch wurde der Marsch aufgehalten, und wenn er ihn fortsetzte, kehrten diese augenblicklich zurück, und zeigten sich so kühn wie früher. Unter solchen Umständen waren die dreißig Bataillons dem feindlichen General eher zur Last als nützlich.

Als die Straße noch beschwerlicher wurde, geriethen viele Abtheilungen der Christinos in die größte Verwirrung, die sich kaum durch die Bemühungen von Valdez und seiner Generale abstellen ließ. Ob es nur eine Finte gewesen, vermag ich nicht mit Bestimmtheit anzugeben, genug, eine Division oder die ganze Armee machte eine Demonstration, durch die Puerto von Gollano in das Thal hinabzusteigen, welches längs den Ufern des Flusses hinläuft. Fünf unserer Bataillone hatten jedoch eine vortreffliche Stellung genommen; und da der Feind nicht Kräfte genug entwickeln konnte, um sie zu belogiren, so setzte er seinen Marsch auf der Sierra fort. Wir — die Cavallerie — wurden hinaufgeführt, um die feindliche Arriergarde auf dem Plateau anzugreifen; doch kamen wir zu spät, und konnten daher aus der Verwirrung, in der sie durch die Schuld ihrer Führer sich befanden, keinen Vortheil ziehen. Dieß war den ganzen Tag über das einzige Mal, daß ich den Feind sah.

Valdez lagerte sich in einigen Gebirgsdörfern, welche die ganze Nacht hindurch von Partidas, oder kleinen Detachements von zwanzig bis dreißig Mann angegriffen wurden. Es wurde ihm jetzt klar, daß es nicht möglich war, sich auf diese Weise in den Amescoas zu halten, wo seine Leute vor Hunger umkamen; — er überzeugte sich, daß jene kraftvolle Verfolgung, wovon er in den Salons von Madrid so viel geschwatzt hatte, in einem Lande wie Navarra und gegen Truppen wie die der Carlisten nicht ausführbar war, ja daß seine ganze Armee auf dem Spiele stand, wenn er sie noch einen Tag den Entbehrungen und Beschwerlichkeiten eines solchen Marsches aussetzte: diese Gründe bewogen ihn, sich nach Estella zurückzuziehen. Als er dieß jedoch bewerkstelligen wollte, fand er die Carlisten, die sich ihm bisher als Guerrillas so furchtbar gemacht hatten, jetzt in regelmäßiger Schlachtlinie aufgestellt, um ihm den Weg zu versperren. Er hatte sich stets auf den Höhen gehalten, um nicht dominirt zu werden; jetzt aber wollten seine Gegner ihn nicht herunterlassen. Als er versuchte, Artasa zu erreichen, entdeckte er Zumalacarregui mit den Guiden, dem 4ten und 6ten Bataillon von Navarra, und einer kleinen Abtheilung Cavallerie unten am Defilé aufgestellt. Obgleich alle Höhen ringsumher von den Gewehren der Feinde blitzten, so konnten sie doch wegen der Felswände ihren Weg nur durch diese Puerto nehmen. Wenn wir die geringe Macht erwogen, die den Feind hier aufhalten sollte, welcher im Fall des Mißlingens wie ein Waldstrom herabstürzen und uns mit fortreißen würde, so konnten wir nicht anders, als dem Ausgange mit ängstlicher Erwartung entgegen sehen.

Am Fuße der Sierra erhebt sich ein Hügel, mit einem lichten Gehölz bestanden. Ihn hatten die Guiden und das vierte Bataillon besetzt; die auf diese Weise die Straße bestrichen; das sechste Bataillon befand sich in Reserve, und wir *) waren so aufgestellt, daß wir die ersten Massen des

Feindes, die den Weg forciren sollten, angreifen und so den Rückzug der Infanterie decken konnten. Das Feuer wurde durch die Guiden eröffnet, die zwei Stunden lang die ganze Heftigkeit des Kampfes und das Feuer von zwei Gebirgsgeschützen und zwei Haubitzen aushalten mußten. Dann zogen sie sich etwa dreihundert Schritt auf das vierte Bataillon zurück, welches nun ins Feuer ging. Sie behaupteten diese Stellung noch zwei Stunden lang. Es gelang etwa zweihundert Mann der Christinos, sich den Weg mit Gewalt zu eröffnen, doch wurden sie durch die Guiden wieder zurückgetrieben. Bei dieser Gelegenheit kamen beide Theile einander, als ob es verabredet wäre, so nahe, daß sie kaum mehr als einige zwanzig Schritt von einander entfernt waren und ihre Gewehre sich fast berührten, als sie beide zugleich Feuer gaben. Gegen vierzig Christinos fielen und vielleicht halb so viel von den Guiden, doch wurden die ersteren gänzlich zerstreut. Ich habe später erfahren, daß diese Compagnien einander so nahe auf den Leib gingen, weil sie nur noch eine einzige Patrone besaßen, und die Christinos gleich darauf einen verzweifelten Bajonettangriff machen wollten. Es war gewiß nicht zehn Minuten nachher, als sich die Guiden in der vollkommensten Ordnung, von Zumalacarregui geführt, zurückzogen, nachdem sie mit vierzig Patronen ins Feuer gegangen waren. Bei der neuen Vertheilung der Patronen fand man nur noch eine einzige Patrone per Mann; übrigens hatten sie bedeutend gelitten.

Das sechste Bataillon rückte jetzt vor, um ihre Stelle einzunehmen. Die Straße war so dick mit Todten bedeckt, daß die Christinos nicht vorkommen konnten, ohne darauf zu treten. Am folgenden Tage wurden zweihundert und sechzig

---

*) Die Cavallerie?

daselbst beerdigt; außerdem sind noch dreihundert oder dreihundert und funfzig nach Estella geführt worden, die wahrscheinlich ebenfalls an dieser Stelle verwundet worden sind; denn die andern Blessirten hatte der Feind zurücklassen müssen. Pablo Sanz, der Oberst des sechsten Bataillons, führte seine Leute muthig in das Feuer, und trieb den Feind wieder zurück, der während dieser Bewegung etwas vorgerückt war. Fast unmittelbar nachher wurde ihm die Kinnlade durch eine Gewehrkugel zerschmettert, die ihm in der Kehle stecken blieb, und ein Capitain fiel an seiner Seite. Er wurde fortgetragen, und sein Bataillon wich sogleich in der größten Unordnung zurück. Augenblicklich stürzten etwa viertausend Mann herab, und das vierte Bataillon, durch die Flucht des sechsten in Unordnung gebracht, zog sich ebenfalls in Unordnung zurück. Alles dieß geschah so rasch hinter einander, daß ein Angriff auf die bereits durchbrungene Masse schlimmer als nutzlos gewesen wäre. Trotz der Standhaftigkeit der Guiden fürchtete ich doch einen Augenblick, daß wir hier alle niedergehauen werden würden.

Etwa zwölfhundert Schritt von diesem Defilé befindet sich noch eine Passage, wo die Straße durch einen steilen Abfall in das Thal längs den Ufern des Flusses führt; dieß ist gleichsam die zweite Stufe zu dem Defilé, in welchem das eben beschriebene Gefecht stattfand. Hier machte Zumalacarregui mit dem vierten Bataillon und der Hälfte der Guiden Halt. In diesem Augenblick der Gefahr erhob seine ruhige Haltung das Vertrauen der Seinigen und beseelte sie mit neuem Muth. Die Capitains der Compagnien waren zu Pferde; Zumalacarregui aber schickte sogar sein Pferd zurück, und blieb mit gezogenem Degen hinter den Truppen, welches er nur in Augenblicken großer Gefahr that. Dem Befehle gemäß zogen wir uns Alle, bis auf einen Theil der Guiden und das vierte Bataillon, zurück. Dieß war besonders für die Cavallerie nöthig, da sich der steile Abfall nur mit großer Vorsicht ohne Gefahr passiren ließ. Selbst jetzt noch stürzten viele Pferde, obgleich sie geführt wurden, und hemmten auf der gewundenen Straße den Marsch der Infanterie und den Transport der Verwundeten. So tapfer Zumalacarregui mit seinen Leuten auch unsern Rückzug decken mochte, so fürchtete ich doch, daß sie zuletzt alle als Opfer fallen würden, da jetzt der Uebermacht des Feindes der Weg von dem ersten Defilé bis hierher offen stand. Er war jedoch sehr wohl von der Wichtigkeit durchdrungen, diesen Punkt noch eine kurze Zeit zu halten, denn er wußte, was folgen würde.

Wenige Minuten nachher vernahmen wir ein fernes, aber starkes Feuern. Es waren die alavesischen Bataillons, welche den Rücken des Feindes heftig angriffen. Da Zumalacarregui jetzt seiner Sache gewiß war, zog er sich zurück und vereinigte sich mit den Bataillonen, die verstärkt worden waren. Mit ihnen standen wir in Schlachtordnung auf der Ebene, durch welche ein Arm der Ega läuft. Nur die feindlichen Tirailleurs kamen bis zu der von Zumalacarregui verlassenen Position, und berichteten wahrscheinlich, daß unten Truppen bereit ständen, sie zu empfangen. Valdez, dessen Rücken und Flanke bedeutend litten, ließ sich nicht einfallen, einen neuen Versuch zum Durchbruch zu machen, bei welchem er bereits so viel verloren hatte. Indem er sich daher mehr links wandte, erreichte er Estella auf einem Umwege.

Der unermüdliche Zumalacarregui stellte sich jetzt an die Spitze von zwei frischen Bataillonen, um einen Paß zwischen dem Feind und Estella zu besetzen; er kam jedoch eine Viertelstunde zu spät. Hätte die Zerstreuung des sech=

sten Bataillons seinen Plan nicht vereitelt, und er den Rück=
zug der Colonnen in die Sierra bis zum Einbruch der
Nacht verhindern können, — oder hätte er noch Patronen
gehabt, so wäre das Blutbad entsetzlich geworden. Wir fuh=
ren fort, den Feind mit dieser geringen Macht bis zehn Uhr
Abends zu beunruhigen. Als er sich Estella nahte, muß
seine Flucht dem Uebergange über die Beresina geglichen
haben. Man kann sie nach dem Umstand beurtheilen, daß
fast dreitausend Gewehre weggeworfen wurden. Das ganze
Gepäck ging verloren; über eine englische Meile weit war
die Straße mit Czako's bedeckt, und den Offizieren wurden
durch ihre eigenen Leute die Epaulettes gestohlen und die
Taschen geleert. Halb verhungert, mit Koth bedeckt, mit
zerrissenen Kleidern, viele barfuß und ohne Kopfbedeckung
erreichten sie Estella in der größten Verwirrung. Der Oberst
Vigo zog sich wohlweislich mit 2000 Mann nach Abar=
sussa zurück, wo er die Nacht über blieb. Da er sich in
der Arriergarde befand, hätte er vielleicht zwei Drittel seiner
Leute verloren und die Verwirrung nur vergrößert. In
Abarsussa konnte er noch capituliren oder befreit werden.
Zwei oder drei Tage nachher brachte ihn Cordova nach
Estella.

Der Verlust des Feindes war viel größer, als man An=
fangs glaubte. Nach dem, was ich gesehen, zu urtheilen,
schätzte ich ihn auf vierhundert Todte; unsere Kundschafter
erzählten, daß allein drei= bis vierhundert Verwundete nach
Estella gebracht worden wären. Alle Verwundeten, die im
Defilé von Artasa ausgenommen, wo das sechste Bataillon
geschlagen wurde, hatte man im Stich gelassen, und viele,
die sich in der Sierra zerstreut hatten, wurden später durch
die aufgebrachten Bauern, deren Hütten noch rauchten, ge=
fangen oder ohne Erbarmen umgebracht. Ich weiß ganz

bestimmt, daß über zweihundert Offiziere und Gemeine auf diese Weise den Tod fanden; und ich glaube, daß auf einer Seite der Amescoas, so weit das Kriegstheater sich erstreckte, mindestens noch einmal so viel als Opfer der Volkswuth umkamen.

Die Feinde hatten schon einen Tag lang nur eine halbe Brot=Portion bekommen; — den nächsten Tag bekamen sie weder Brot noch Wein, wurden durch und durch naß und erstarrten vor Kälte auf den Bergen. Hätte Valdez in diesem Zustande noch einen Tag länger in der Sierra aufgehalten werden können, so würden seine 16,000 Mann sich, ohne einen Schuß zu thun, ergeben haben. Diejenigen, welche durch die Bauern niedergemacht wurden, hatten so viel gelitten, daß sie gar keinen Widerstand leisteten; obgleich sie ihre geladenen Gewehre in den Händen hatten, wurden sie mit Steinen und Knütteln erschlagen. Ich sah einen jungen Schäfer, der uns seinen blutigen Knotenstock zeigte, mit welchem er sich rühmte, drei einzelne Soldaten in den Bergen getödtet zu haben, die der Hunger aus ihren Schlupfwinkeln getrieben hatte. Er schien sich auf diese That so viel einzubilden, als hätte er einige Wölfe in seinen Wäldern erlegt, und war erstaunt, daß ich mich mit Abscheu von ihm wendete. Fünf Mann und ein Capitain hatten sich an zwei Bauern ergeben, von denen der Eine mit einer Vogelflinte, der Andere mit einem Ladestock bewaffnet war. So sonderbar dieß auch klingen mag, so entmuthigen doch Hunger, Kälte und Ermüdung den Menschen dergestalt, daß er sich ohne Widerstand umbringen läßt. Dieses Gefühl von Abspannung habe ich selbst kennen lernen, denn ich habe mich in einer Lage befunden, in welcher ich, um mein Leben zu retten, nicht zwanzig Schritt gegangen wäre, oder mir die Mühe gegeben hätte, einen Hieb abzuwehren. Bevor

ich nicht in dieser Gemüthsstimmung gewesen war, hatte ich
davon keinen Begriff; es ist nichts als die Folge der Entbehrungen, die sich auf unsere moralischen und physischen
Kräfte gleich stark äußert.

Mit denen, welche noch später um das Leben kamen,
schätze ich den Verlust des Valdez während der drei Tage
auf achthundert bis tausend Mann, außer dreihundert Verwundeten und achtzig Gefangenen. So erbittert waren unsere Leute, daß sie nicht mehr am Leben gelassen hatten.
Ueber breitausend fünfhundert wurden vermißt. Dieser Umstand verbreitete großes Schrecken in der Armee, die Estella
erreicht hatte. Zuerst glaubte man, Vigo mit seinen Leuten
sei ebenfalls umgekommen. Ueber fünfhundert der Ver-
sprengten fanden sich jedoch in ihren Garnisonen wieder ein.
Ogleich Valdez verhältnißmäßig keinen ansehnlichen Verlust
erlitten hatte, so war doch der moralische Effect in beiden
Armeen unendlich groß. Die Christinos erklärten zu Estella
ganz offen, daß sie nicht im Stande wären, Zumalacarregui
und den Carlisten die Spitze zu bieten; sie sagten, sie wüß-
ten nicht und kümmerten sich auch nicht darum, ob er der
Teufel sei oder nicht; doch seien sie entschlossen, nicht mehr
ihre Garnisonen zu verlassen, und gegen die Faction zu fechten, von der nichts zu hoffen, aber Alles zu fürchten sei.
Außer dem ganzen Gepäck kamen auch noch dreitausend
fünfhundert Gewehre und dreihundert Pferde und Maulthiere
in unsere Gewalt.

Die hohen Erwartungen, welche man in London und
Madrid von dem hegte, was Valdez gegen die »Faction«
leisten würde, schwanden durch diesen unglücklichen Anfang
gänzlich, besonders als es bekannt wurde, daß Zumalacarregui ihn bloß mit elf Bataillons aus dem Felde geschlagen
hatte, während ihm in der Provinz noch achtundzwanzig zu

Gebote standen, und daß in derselben Zeit alle festen Plätze nach wie vor blockirt blieben. In Folge dieses Ereignisses fallirten zwanzig bis dreißig Häuser in der City von London, wo diese menschenfreundlichen Speculanten vielleicht eine aufrichtigere Theilnahme fanden, als ich ihnen gewähren kann, da ich gesehen habe, um welchen Preis ihr schmutziger Gewinn erkauft wird, oder vielmehr erkauft werden sollte. Diese Wucherer kümmern sich wenig um das Elend oder die Unterdrückung, welche sie über eine Nation bringen, und scharren ihr Gold mit Gefühllosigkeit ein, wenn es auch mit dem Herzblut von vielen Tausenden bespritzt ist.

Sechstes Capitel.

Lord Eliot's Sendung. — Streitkräfte der Carlisten. — Besuch eines Klosters. — Belagerung von Irurzun. — Der englische Chirurgus. — Militairische Härte. — Fortschritte der Carlisten. — Gebirgsposition. — Rückzug der Christinos. — Carlos O'Donnel.

Wir hielten zwei Ruhetage in der Umgegend von Asarta und Mendaca. Diese Oerter liegen in dem weiten Thale zwischen der Eremitage von San Gregorio und Piedramillera, und der geraden Straße nach der berühmten Brücke von Arquijas. Dieß war nach den drei harten Tagen der Gefechte gegen Valdez in den Amescoas. Nachdem seine dreißig Bataillone aus dem Felde geschlagen waren, vermochte dem carlistischen General nichts mehr Widerstand zu leisten, als die Mauern der befestigten feindlichen Städte. Bei diesem Stand der Dinge begriff Niemand, warum Zumalacarregui den Schrecken, in welchen er seine Feinde versetzt hatte, nicht benutzte, um vor Estella und Lerin zu rükken, in welchen Städten sich die Armee der Königin eingeschlossen befand, um sie gänzlich zu vernichten. Sie war bereits gezwungen gewesen, wegen Mangel an Nahrungsmitteln Ausfälle zu machen; denn natürlich mußte eine so große Menschenmenge die vorhandenen geringen Vorräthe bald aufzehren. Hätte er sie mit Kraft angegriffen, so wäre es ihm vielleicht gelungen, gleich nachher auf Madrid los zu marschiren. Wenn man jedoch die Sache in der Nähe besieht, so heißt dieß, ihn wegen etwas tadeln, das nicht in seiner Gewalt stand. Er befand sich damals in einer sonderbaren Lage. Er hatte den Feind geschlagen, und würde ihn wahrscheinlich vernichtet haben, wenn er sich abermals im Felde gezeigt hätte; denn die Entmuthigung in den Reihen der Christinos war groß. Als er sie jedoch schlug, hatte er seine letzten Patronen verbraucht. Wäre ihnen dieß bekannt gewesen, so hätten sie ihn sicher angegriffen, und er würde kaum länger als eine halbe Stunde haben Widerstand leisten können. Die Pulvermühlen wurden in Bewegung gesetzt, doch verging darüber Zeit, und Valdez sah zu seinem größten Erstaunen, daß man ihn ruhig entwischen ließ.

Wir hatten von der Ankunft Lord Eliot's und des Obersten Gurwood, (der ihn begleitete), in dem königlichen Hauptquartier gehört. Den Tag vor dem Angriff hatte der Oberst Wylde und Eulate auf seinem Wege zu Lord Eliot mit Zumalacarregui zu Abend gegessen. Ich bekam zu Mirafuentes den Befehl, mich zum General zu begeben, der sich mit einigen Compagnieen der Guiden, etwa zwei englische Meilen weiter, zu Asarta im Quartier befand. Als ich ankam, erfuhr ich, man habe nach mir geschickt, weil Lord Eliot und der Oberst Gurwood am Abend vorher eingetroffen waren. Ich wurde sogleich dem edlen Lord und dem Obersten Gurwood — beides sehr angenehme und feine Männer — vorgestellt. Sie sprachen fertig französisch und spanisch, und schienen durch ihre verbindlichen Manieren und genaue Kenntniß des Landes, welche sich der eine auf einer diplomatischen, und der andere während einer militairischen Laufbahn erworben hatte, äußerst geschickt für das Geschäft, welches sie hierher führte. Da sie bereits den König gesprochen hatten, an welchen sich Lord Eliot's Sendung natürlich ganz besonders richtete, so war er nur an Zumalacarregui verwiesen worden, um mit ihm einige Maßregeln zu verabreden, die dem barbarischen Erschießen der Gefangenen auf beiden Seiten ein Ende machen sollten. Zumalacarregui ging für seine Person sehr bereitwillig in alle Vorschläge ein, da es stets sein Wunsch gewesen, das Leben derjenigen zu schonen, die nicht auf dem Schlachtfelde umgekommen waren; und um diesen Wunsch in Erfüllung gehen zu sehen, hatte er oft das Beispiel der Gnade gegeben, bis die traurige Nothwendigkeit der Repressalien eine Pflicht und eine Art der Gerechtigkeit gegen seine eigene Armee wurde.

Während der Gefechte in den Amescoas waren nur wenige Gefangene gemacht worden; die Royalisten hatten keinen Pardon gegeben, da sie über die Verheerungen der Armee des Valdez in den Dörfern aufgebracht waren. Diejenigen aber, welche in der Verwirrung Zuflucht in den Bergen gesucht, und später in die Hände der Soldaten oder Bauern gefallen waren, hatte man nach dem Hauptquartier geführt, und ein Theil davon war wie gewöhnlich erschossen worden. Als Lord Eliot den Rest sah und die nähern Umstände erfuhr, bat er Zumalacarregui, ihnen das Leben zu schenken, der es sogleich mit der Bemerkung bewilligte, daß er die andern ebenfalls pardonnirt haben würde, wenn Lord Eliot einen Tag früher angekommen wäre. Die Leute kamen später und warfen sich dem Lord zu Füßen, um sich bei ihm für seine Verwendung zu bedanken. Ich hatte später einen von ihnen zum Bedienten, und wenn ich nach diesem die übrigen beurtheilen darf, so waren sie weit davon entfernt, gegen das Andenken eines Fremden undankbar zu sein, der sie befreit hatte. Ich glaube, es waren ihrer sieben und zwanzig.

Dem General gefiel ein Fernrohr sehr, welches Lord Eliot ihm zum Geschenk gemacht. Der Herzog Wellington hatte sich desselben in verschiedenen Schlachten bedient, und Zumalacarregui führte es beständig mit sich. Nachdem die Convention der Auswechselung der Gefangenen genehmigt und durch Zumalacarregui unterschrieben war, säumte Lord Eliot nicht, sich nach dem Hauptquartier von Valdez zu verfügen. Da der General seine Absicht zu erkennen gegeben hatte, den Lord persönlich so weit zu geleiten, als es die Klugheit gestatten würde, machten wir uns alle — Zumalacarregui, Ituralde, über zwanzig seines Gefolges, Carlos O'Donnel, der Oberst des Regiments von Navarra und eine Ehrenwache von fünf und zwanzig Lanciers von Alava — auf den Weg. Lord Eliot befand sich zur Rechten des Generals, der den Zug eröffnete, und den ich früher nie so vergnügt gesehen hatte. Der Lord sowohl wie der Oberst Gurwood gefielen ihm sehr; wäre dieß nicht der Fall gewesen, so hätte er sie als ein Mann, der nicht gewohnt war, sich Zwang anzuthun, gewiß nicht so freundlich aufgenommen.

Die beiden Commissaire äußerten ihre Verwunderung über den guten Zustand, in welchem sie die Carlisten fanden; — so unrichtig waren die Ideen derjenigen über uns, die eigentlich am besten hätten unterrichtet sein sollen. Nach den Berichten, die sie in öffentlichen Blättern gelesen, hatten sie kaum gehofft, bei uns irgend etwas zu finden, was sich mit einer Armee vergleichen ließe. Auch der Oberst Wylde drückte sein Erstaunen über unsere Truppen aus, als er durch die Amescoas kam, obgleich er Monate lang in Pampelona gewesen war. Während er sich innerhalb der Mauern jener Stadt befand, hatte man ihn in gänzlicher

Unwissenheit über die Stärke und Ausrüstung unserer Truppen erhalten. Die Guiden mit ihren rothen Mützen und das vierte Bataillon waren bei dem Dorfe Piedramillera aufgestellt, durch welches wir kamen; dieß war aber auch Alles, was Zumalacarregui von unsern Truppen zeigte. Ich war darüber um so mehr erstaunt, da er in den umliegenden Dörfern und Thälern seine ganze Cavallerie und acht Bataillone — alle in der besten Ordnung — liegen hatte, und es wohl der Klugheit gemäß gewesen wäre, sie zu zeigen. Diese nützliche Ostentation wäre seinem Charakter jedoch ganz zuwider gelaufen, der jegliches Blendwerk haßte, sogar dasjenige, welches zuweilen dem Soldaten eben so nöthig ist wie dem Staatsmanne.

Estella war zehn englische Meilen entfernt — mehr als acht von unsern Vorposten, — so daß wir in einem kleinen Dorfe frühstückten, und uns dann nach dem Kloster Jrachi begaben. Zumalacarregui hatte vorgeschlagen, dasselbe zu besuchen, um dort Chokolate zu trinken; Lord Eliot sagte jedoch, er dürfe keine Zeit verlieren, und wolle so schnell wie möglich bei Valdez anlangen. Der General gab es indeß nicht zu, indem er meinte, Valdez befinde sich jetzt zu Lerin, und sie müßten zu Estella übernachten, welches nur eine halbe Stunde entfernt liege. Außerdem seien im Kloster einige hübsche Nonnen, denen er sie vorstellen wolle, und sie machten eine vortreffliche Chokolate. O'Donnel allein blieb mit seinen fünfundzwanzig Lanciers zu Pferde; wir andern gingen hinauf ins Sprachzimmer, woselbst die Priorin und die Nonnen erfreut waren, zum erstenmal den carlistischen General zu sehen, dessen Ruhm in dieser Gegend ihn zum Gegenstand aller Gespräche gemacht hatte. Er stellte ihnen Lord Eliot und den Obersten Gurwood vor. Der Lord begann durch das eiserne Gitter, welches uns von ihnen und sie für immer von der Welt trennte, eine lange Unterredung in Bezug auf die Erfolge der Carlisten; sie waren aber so sehr an ihre freiwillige Gefangenschaft gewöhnt, daß sie uns sogar Glück gegen eine Partei wünschten, die sie von ihrem Gelübde und ihrem Vermögen zugleich entbinden wollte. Süßigkeiten, Chocolate, Kaffee und alle Arten Erfrischungen wurden herumgereicht; und nachdem wir zwanzig Minuten geblieben waren, nahmen wir Abschied. An der Klosterthür trennten wir uns von Lord Eliot und seinem Secretair. Da er der erste meiner Landsleute gewesen, den ich seit mehreren Monaten gesehen, so hatte mir das Zusammentreffen mit ihm viel Vergnügen gemacht, welches noch durch den edlen Zweck seiner Sendung erhöht worden war. Mit einem königlichen Abgeordneten und mehreren Dienern, durch einen Knaben geführt, gingen sie nach Estella, und wir galopirten, nachdem wir zu Pferde gestiegen, beinahe zwei englische Meilen hinter einander unsrer Heimath zu, und zwar nicht ohne Grund, denn nur wenige Schritte weiter vor muß Lord Eliot Estella zu seinen Füßen gesehen haben, wo sechs und zwanzig feindliche Bataillone standen. Hätten sie etwas Cavallerie abgeschickt, so würden sie uns in fünf Minuten eingeholt haben, denn ich bin es seitdem oft in dieser Zeit geritten, und sie hätten Zumalacarregui mit nicht mehr als vierzig Pferden, mehr als sechs englische Meilen von aller Unterstützung entfernt gefunden. Möchten sie auch weder ihn noch irgend Jemand von seiner Umgebung lebendig in ihre Hände bekommen haben, so wären die Folgen doch dieselben gewesen. Als ich Zumalacarregui erzählte, daß der Oberstlieutenant Gurwood bei Ciudad-Rodrigo die vordersten oder verlornen Haufen zum Angriff geführt habe, sagte er, der Oberstlieutenant sei ihm in jeder Beziehung als ein echter Soldat erschienen. Es war eine große

Genugthuung für mich, den guten Eindruck zu bemerken, den meine Landsleute gemacht, und die vortheilhaften Aeußerungen der Spanier über sie zu vernehmen, die sonst nicht gewohnt sind, von Fremden besonders günstig zu denken. Ebenso befriedigt muß sich später Lord Eliot gefühlt haben, da es ihm gelungen war, das Leben von mehr als fünf Tausenden seiner Mitmenschen zu retten.

Um diesen Theil seiner Sendung zu erfüllen, hatte der edle Lord gewiß ein sehr schwieriges Spiel, da beide Parteien eben nicht sehr fügsam waren, die Carlisten wegen der erfochtenen Siege, und Valdez weil er die Ungnade seiner Regierung fürchtete, wenn er auf die Vorschläge einging, so sehr er auch von der Nothwendigkeit derselben überzeugt war. Er wurde auch in der That zurückgerufen, obgleich wohl Cordova's Intriguen mehr Schuld daran sein mochten, als die Convention. Diese ward abgeschlossen, und von beiden Generalen unterzeichnet, ohne ihrer Souveraine dabei zu gedenken, um jegliche Beziehung auf ihre gegenseitigen Ansprüche zu vermeiden.

Der Brigade-General Montenegro und der Oberstlieutenant Gurwood gingen zusammen nach Lagrono, wo sich eine große Menschenmenge versammelte, um einen carlistischen Anführer zu sehen. Da jener von Gestalt ein kleiner Mann war, so machte er eben keinen günstigen Eindruck. Ich war zu jener Zeit auf einige Tage abwesend vom Hauptquartier, und kam daher um die Gelegenheit, den Oberstlieutenant bei seinem zweiten Besuch zu sehen.

Da wir durch die Niederlage von Valdez Herr der ganzen Umgegend geworden, belagerten wir sogleich Jrurzun, das Carri-Arenas zunächst gelegene befestigte Dorf auf der Seite von Pampelona. Es ist von Wichtigkeit, da es die Straße bis zu dieser Stadt, so wie auch den Zugang zu der von Pampelona nach Bayonne führenden beherrscht. Wie es stets der Fall war, wenn wir eine Belagerung unternahmen, so hatten wir auch dießmal das schlechteste Wetter, der Regen fiel in Strömen herab. Während ich mich in einem kleinen Dorfe diesseit Jrurzun befand, erfuhr ich, es sei ein Engländer angekommen; da ihn Niemand verstehen konnte, so ersuchte mich der General Beßingero, den Fremden mit ihm zu besuchen. Es fand sich, daß es ein junger Chirurgus, Namens Frederik Burgess, war, mit vortrefflichen Zeugnissen von Sir Astley Cooper versehen, der bereits zwei Examina am St. Johns-Hospital bestanden hatte, jedoch ohne sonstige Empfehlung ankam, und zum Unglück kein Wort Spanisch und nur sehr wenig Französisch sprach. Er hatte sehr viel chirurgische Instrumente mitgebracht. Obgleich der Spanier von Natur mißtrauisch ist, und ich ihn durchaus nicht kannte, so machte ich doch darauf aufmerksam, daß bei der Menge unsrer Verwundeten seine Geschicklichkeit leicht auf die Probe zu stellen sei, worauf er Befehl erhielt, uns zu folgen. Nach zwei Tagen bekam ein Artillerist bei der Belagerung von Jrurzun einen Schuß aus einem Vierpfünder gegen die Kniescheibe, in Folge dessen ihm das Bein nur noch an einem einzigen Stückchen Fleisch hing. Der Verwundete erklärte sich bereit, die Amputation durch den fremden Chirurgus an sich verrichten zu lassen, und dieser benahm sich dabei, so wie auch noch bei zwei darauf folgenden Fällen, mit so vielem Geschick, daß er unmittelbar darauf in unsere Reihen aufgenommen wurde. Er hat seitdem ein schnelles und wohlverdientes Avancement gehabt, und wenn die Waffen von Don Carlos mit Erfolg gekrönt werden, so darf er auf einen hohen Posten im Medicinal-Departement rechnen. Als ich die Armee verließ, hatte ich die Genugthuung, ihn in dem Rufe des geschickte-

sten Chirurgus in der Armee zu sehen, und nichts hätte den
Spaniern diese Anerkennung abgewinnen können, als eine
Menge glücklicher Kuren; denn ein Hauptzug im Charakter
des Volkes ist eine vorherrschende Selbstgenügsamkeit und
Abneigung gegen alles Fremde. Dadurch werden sie blind
gegen die Verdienste Anderer, und erkennen dieselben, durch
Thatsachen dazu gezwungen, nur ungern an.

Da die heftigen Regengüsse die Operationen der Belagerung sehr schwierig machten, so beschloß Zumalacarregui,
dieselbe aufzuheben, und sich nach dem andern Ende der
Borunda zurückzuziehen, überzeugt, daß Valdez alsdann sogleich von Pampelona ausrücken würde, um die Garnison
zu befreien. Uebrigens war es auch gar nicht rathsam, da
Irurzun nur wenig Vorräthe enthielt, Zeit und Munition
zu verschwenden, um dreihundert Mann gefangen zu nehmen; die Munition konnte lieber für den Angriff auf wich-
tigere Forts gespart werden.

Vor der Aufhebung der Belagerung war ich noch
Zeuge einer sonderbaren Scene. Der General hatte mich
eben rufen lassen, als ich eine Compagnie erblickte, die sich
während der Nacht bis zu den Ruinen eines Pachthauses
auf Pistolenschußweite von Irurzun vorgewagt hatte, dann
aber vor etwa zwanzig Leuten, die einen Ausfall machten,
übereilt entflohen war. Wahrscheinlich hatte die Compagnie
auf ihrem Posten geschlafen, und war beim entstandenen
Allarm in der größten Verwirrung davon gelaufen. Zum
Unglück wurde der General selbst ein Zeuge dieser schimpfli-
chen Flucht. Ich erreichte das Dorf etwas oberhalb Irurzun in dem Augenblick, als das Bataillon (das dritte von
Navarra) versammelt war. Die Leute standen auf dem
kleinen Platz, und aus der Todtenstille, die da herrschte,
war leicht zu entnehmen, daß etwas vorgefallen sein mußte.

Der General hielt zu Pferde mitten unter ihnen, und seine Blicke waren so stürmisch wie das Wetter. Er degradirte die Offiziere der Compagnie, und cassirte die Sergenten und Unteroffiziere, als ein Fähnrich, ein Spanier von Geburt, aber aus einer Schweizer Familie, ihm eine nicht ganz geziemende Antwort gab: »Was,« sagte der General, »fügen Sie auch noch Unverschämtheiten zu Ihrer Feigheit?« und dabei gab er ihm mit dem Säbel einen Hieb über den Kopf, daß er blutete. Obgleich die Wunde nur leicht war, so fühlte ich mich über eine so grausame Behandlung nicht weniger empört. Eine Todtenstille folgte; er stieß sein Schwert in die Scheide, und die Leute marschirten alle auf der Chaussee ab.

Ich habe mehr als einen edlen Zug von Zumalacarregui angeführt, und bin überzeugt, daß in seinem Charakter das Gute sicher das Böse überwog. So barsch er sonst auch war, so habe ich doch alle Ursache, mich seiner Behandlung mit Dankbarkeit zu erinnern. Ich erhielt Beweise von Freundschaft, die ich kein Recht hatte von ihm zu erwarten, und die sich meinem Gedächtniß tief eingeprägt haben. Ich war ihm durch nichts vorgestellt oder empfohlen worden, als durch mein Benehmen vor dem Feinde, und habe dennoch so viel Güte von ihm erfahren, daß ich es wohl schwerlich je vergessen werde. Doch soll es mich nicht hindern, unparteiisch zu sein. Wäre ich nicht überzeugt gewesen, daß das Gute in seinem Charakter dem Ueblen die Waage hielt, so würde ich niemals diese Scenen der Aufregung beschrieben haben, die ich mit ihm während des letzten Jahres seines Lebens durchmachte; sondern ich würde Alles so viel wie möglich in der Dunkelheit gelassen haben.

Wie wir erwartet hatten, marschirte Valdez augenblicklich aus Pampelona, und führte die Garnison hinter den

Schutz seiner Wälle, die immer noch für die Carlisten unnehmbar blieben. Zu Echarri-Arenas erhielten wir die Nachricht von dem glänzenden Siege des Brigade-Generals Gomez zu Guernica über Iriarte, dessen Colonne er gänzlich zerstreut, und dem er fünfhundert Gefangene nebst zwei Geschützen abgenommen hatte. Ein Theil derer, die aus dem Gefecht entkommen waren, hatte sich in ein Kloster eingeschlossen, wo Espartero sie später befreite. Es wurde sogleich ein Bote an den Brigade-General abgeschickt, um ihn von der mit Valdez abgeschlossenen Convention in Kenntniß zu setzen. Man fürchtete, er werde zu spät kommen, das Leben aller dieser Gefangenen noch zu retten.

Wir waren jetzt wieder ziemlich gut mit Munition versehen, deren Mangel uns genöthigt hatte, die günstige Gelegenheit vorübergehen zu lassen, die feindliche Armee mit einem Streiche zu vernichten. Nachdem wir den Christinos unter den Mauern von Vittoria oft die Schlacht angeboten, marschirten wir nach der kleinen Stadt Trevino, dem Hauptort der Grafschaft Trevino, die zum Königreich Alt-Castilien gehört. Sie steht auf der Karte wie eine Insel in der Mitte der Provinz Alava, und liegt auf der Straße von Vittoria nach Penacerrada und Castilien. Auf diese Weise versuchten wir, Vittoria und noch mehr Salvatierra und Estella zu isoliren, welche Oerter wir nicht angegriffen hatten, weil wir bereits wußten, daß der Feind die Werke zerstöre, um sie zu räumen. Maëstu war bereits verlassen. Alle diese Resultate waren die Frucht des Sieges über Valdez.

Trevino wird durch einen alten maurischen Wartthurm beherrscht; dieser steht auf einer Höhe, und wird schon aus weiter Ferne her in der Ebene gesehen. Die befestigten Häuser und die Außenwerke wurden schnell genommen, und die alte Kirche so zusammengeschossen, daß sich die Besatzung von 420 Mann am dritten Tage auf Gnade und Ungnade ergeben mußte. Sie hatten noch nichts von der durch Lord Eliot bewirkten Convention, gegenseitig Pardon zu geben, gehört, obgleich bei uns dieselbe schon bei allen Compagnien vorgelesen war; die Nachricht, daß sie nichts für ihr Leben zu fürchten hätten, überraschte sie daher auf eine höchst angenehme Weise. Ein Adjutant des Generals, Namens Martinez, wurde, als er vor der Uebergabe eine enge Straße der Stadt passirte, durch fünf Kugeln in beiden Schenkeln getroffen, die wahrscheinlich aus einem Wallgeschütz kamen; drei davon schlugen in den einen Schenkel, und das andere Bein wurde durch die beiden übrigen Kugeln an zwei Stellen zerschmettert. Die spanischen Chirurgen bestanden auf Amputation beider Beine; Burgeß gab jedoch noch Hoffnung. Der Verwundete, dem man die Entscheidung überließ, erklärte sich für meinen Landsmann. Der Ausgang rechtfertigte sein Vertrauen, denn er wurde vollständig hergestellt. Ende Juli hoffte man, er werde in einigen Monaten wieder im Stande sein, zu Pferde zu steigen.

Wir waren, wie wir es erwartet hatten, zum Angriff von Puenta la Reyna marschirt, als eine Division von 3000 Mann mit einiger Cavallerie aus Pampelona rückte. Sie war zu schwach, um etwas mehr als unsere Avantgarde anzugreifen, und daher, wie ich vermuthete, bestimmt, entweder einen Convoy nach Taffala zu führen, oder sich mit einer andern Truppenmacht in dieser Stadt zu vereinigen. Pampelona liegt an dem äußersten Ende einer weiten Ebene auf der Straße von Puenta la Reyna. Diese Ebene, auf welcher über zwanzig Dörfer zerstreut liegen, ist über acht bis zehn englische Meilen lang, und von allen Seiten mit hohen Bergen umgeben. Zwischen zweien derselben hindurch führt die Straße nach dem letzteren Ort. Wir befanden uns mit zwei Bataillons und fünfhundert Pferden etwa zwei Stunden vor der Armee voraus, als wir von den Bauern, die über das Gebirge uns zuliefen, das Anrücken dieser Colonne erfuhren. Zumalacarregui führte uns nach dem ersten Defilée, wo die Straße sich in das Gebirge hineinwindet; hier postirte er rechts und links seine Infanterie, und wir wurden so aufgestellt, daß wir, obgleich hinter einer Terrainwelle versteckt, die Straße hinab angreifen konnten, sobald der Feind sich in die Ebene zurückziehen würde, welches sicher geschehen mußte, wenn er das Defilé besetzt fand. Wir stiegen ab, und sahen über den Berg hinweg mit großer Theilnahme die schwarzen Massen heranziehen, die dem Anschein nach von ihrer nahen Zerstörung nichts ahneten. Plötzlich sahen wir sie anhalten, und ihre Schwadronen und Bataillons formiren, die sich in der Ferne wie schwarze Klumpen zeigten. Darauf traten sie schnell den Rückzug an, da sie wahrscheinlich von der drohenden Gefahr Kunde erhalten hatten.

In dem Augenblick als Zumalacarregui dieß bemerkte, gab er der Infanterie und Cavallerie den Befehl, die Christinos zu verfolgen und sie abzuschneiden, noch ehe sie Pampelona wieder erreichen konnten. Sie hatten jedoch drei englische Meilen voraus, und vergebens spornten wir unsere Rosse an; sie waren bis unter die Kanonen dieser Stadt gelangt, bevor wir sie einholen konnten. Zwei detachirt gewesene Compagnien, die sich abgeschnitten fanden, flüchteten sich in ein Dorf, wo ihnen die Cavallerie nichts anhaben konnte; als jedoch die Infanterie herankam, machte sie siebzig Gefangene und tödtete den Rest.

Der Feind wagte erst unter dem Schutz seiner Kanonen uns die Spitze zu bieten. Unsere aufmarschirte Cavallerie forderte die sämmtlichen in Pampelona versammelten Streitkräfte heraus; da sie jedoch nicht mehr als zweihundert Pferde bei sich hatten, so wagten sie es nicht, uns auf einem so ebenen Boden entgegen zu treten. Dieß war seit langer Zeit wieder das erste Mal, daß die Carlisten der Stadt so nahe kamen, und wir konnten auf den Wällen Tausende von Leuten bemerken, die mit Fernröhren auf die rothen Mützen, rothen Lanzen mit schwarzen Flaggen der »Faction« blickten. Hinter der letzten Venta, etwa eine englische Meile von Pampelona, befindet sich auf der Straße eine kleine Brücke; hier hatten die Christinos ein Piquet von vierundzwanzig Pferden aufgestellt. Wir wagten es nicht, sie anzugreifen, weil sie sich unter den Kanonen der Stadt befanden, und sich auf der Stelle zurückgezogen haben würden, um uns für unsere Mühe dem Artilleriefeuer auszusetzen. D'Donnel ritt ungeduldig und kampflustig an der Front seines Regiments auf und nieder. Er war von seiner Ordonnanz, einem Sergenten, einem Trompeter und fünf Offizieren, begleitet, als er, auf das Piquet deutend, plötzlich ausrief: »Seht jene Leute! sie sind so weit von ihrer eigenen Schwadron wie von uns entfernt; wir sind unserer neun, — wir wollen sie von der Brücke wegjagen!« und damit sprengte er auf sie los. Die Feinde, die nicht aus regulairer Cavallerie, sondern aus Peseteros bestanden, blieben fest auf ihrem Posten, da sie sahen, daß der Feind nur aus neun Mann bestand, und sie mehr als doppelt so stark waren. Als die Carlisten sie jedoch fast erreicht hatten, verloren sie den Muth und entflohen. D'Donnel erreichte einen der Leute, der hinter den andern zurückgeblieben war; anstatt ihn jedoch niederzuhauen, rief er ihm zu, sich zu ergeben. Der Mann antwortete ihm mit einem Carabinerschuß, der ihm durch den Sattelbock in den Unterleib drang.

Sechstes Capitel.

Der Pesetero wurde auf der Stelle durch die Ordonnanzen expedirt, die ihm ihre Lanzen in den Leib rannten. D'Donnel suchte sich, obgleich tödlich verwundet, noch auf dem Pferde zu halten, bis er heruntergehoben und nach der Venta getragen wurde. Ich holte sogleich Burgeß herbei, der seine Wunde untersuchte und ihn auf eine Bahre legen ließ. Auf diese Weise wurde er nach Echauri gebracht, einem großen Dorfe in der Ebene, in welcher unsere Armee Quartier erhielt. Da Burgeß noch nicht mit der spanischen Sprache bekannt war, ging ich ihm beim Zunähen der Wunde zur Hand, und brachte, obgleich ich selbst unwohl war, die Nacht auf einer Matratze in D'Donnel's Zimmer zu. Er war zu dem Apotheker, in das beste Haus des Orts gebracht worden. Mehrere andere Chirurgen und Aerzte waren zugegen; doch gaben D'Donnel und sein Bruder meinem Landsmann den Vorzug, der jedoch gleich erklärte, die Wunde sei tödlich, indem die Darmhaut durchbohrt, und eine Verletzung der Eingeweide vorhanden sei. Nach seiner Meinung konnte der Kranke kaum noch achtundvierzig Stunden leben. Dieser schien entsetzlich zu leiden, und phantasirte mitunter. Durch ein sonderbares Verhängniß hatte sein Bedienter zum ersten Mal in diesem Feldzug versäumt, ihm den zusammengerollten Mantel vor den Sattel zu schnallen; wäre dieß geschehen, so möchte er wohl unverletzt davongekommen sein. Als ihn Jemand fragte, ob er sehr leide, gab er zur Antwort: »Ich wünschte fast, es jagte mir Jemand eine Kugel durch den Kopf;« und obgleich man ihm die Gefahr, in der er schwebte, bisher verschwiegen hatte, sagte er: »Ich fühle, daß ich der Welt Lebewohl sagen muß. — Ich kann nur noch kurze Zeit leben. Schon sind drei D'Donnels in diesem Kriege gefallen! — Ihr Blut ist sowohl für die gerechte wie für die ungerechte Sache vergossen worden.«

Die O'Donnels waren in der That unter einander sonderbar zerfallen; — Vetter gegen Vetter und Bruder gegen Bruder — und auf beiden Seiten schien dasselbe unglückliche Verhängniß sie zu verfolgen. Leopold, sein Vetter, war durch die Carlisten bei Alsassua gefangen genommen und erschossen worden. Sein zweiter Bruder, der auch in den Reihen der Königin diente, verlor bei Arquijas ein Bein, und soll im Sterben liegen. Carlos lag jetzt so schwer darnieder, daß er niemals wieder aufstand, und sein Bruder Juan, der ihn pflegte, wurde dem unglücklichen Verhängniß gemäß, welches diese Familie verfolgte, am 16. Juli bei Mendigorria verwundet, und später in Catalonien gefangen genommen, wo ihn der Pöbel von Barcelona nebst hundert und sechzig seiner Mitgefangenen umbrachte. Die Gräuel, welche man an seinem Leichnam beging, sind durch die öffentlichen Blätter in ihrem ganzen empörenden Detail bekannt geworden. Er wurde in Stücke zerrissen und zum Theil von diesen Teufeln in Menschengestalt verschlungen, während sie seinen Kopf wie einen Ball mit Füßen umherstießen.

Nach seinem Aussehen zu urtheilen war er etwa dreißig Jahr alt, und hatte seine Frau in Frankreich gelassen; die Frau seines um wenige Jahre älteren Bruders war in Madrid geblieben. Ich war mit Carlos schon lange vor seiner Verwundung bekannt; nach diesem unglücklichen Vorfall wurde ich jedoch vertrauter mit ihm, und je mehr ich ihn kennen lernte, je mehr Achtung flößte mir sein Charakter ein. Er commandirte damals das zweite Bataillon von Castilien *), welches aus den Gefangenen zusammengesetzt

---

*) Hier ist nämlich, wie der Verfolg zeigt, wieder die Rede von Juan. A. d. Uebersetzers.

worden war, die nach der Einnahme von Echarri-Arenas die Waffen freiwillig für uns ergriffen hatten.

Die Offiziere stritten sich unter einander, wie diese Leute unter die andern Corps zu vertheilen wären; man fürchtete, sie möchten nicht aufrichtig gegen uns sein, und die nächste Gelegenheit benutzen, wieder überzugehen. Zumalacarregui war der Meinung, sie alle zusammenzulassen.

»Aber wer wird es übernehmen, sie zu commandiren?« sagte einer seiner Generale.

»Ich,« antwortete O'Donnel, der damals Oberstlieutenant war und auf eine Anstellung wartete. Zumalacarregui übergab ihm sogleich den Befehl über das neue Bataillon.

Diese Leute waren vollständig ausgerüstet, und hatten jeder einen neuen Rock und einen Ueberrock; einige der Offiziere der andern Corps bestanden daher darauf, daß sie eines dieser Kleidungsstücke abgeben sollten, da viele ihrer Soldaten höchst zerlumpt einhergingen. Nach manchem Wortwechsel mit seinen Vorgesetzten gelang es jedoch O'Donnel, die Sache zu vermitteln, daß seine Leute alles behielten. War einer von ihnen in der Liebe für unsere Sache noch schwankend, so wußte die Güte des Obersten seine Neigung bald gänzlich zu fesseln, und sie schlugen sich unter seinem Befehl stets mit der größten Tapferkeit. Als bei Mendigorria ihre Patronen verschossen waren, sahen sie zwei Garde-Compagnien, welche das Gewehr streckten und ihnen zuriefen, daß sie sich ergäben. Als sie sich jedoch nahten, nahmen jene ihre Gewehre wieder auf, und gaben ihnen eine mörderische Ladung, wobei O'Donnel selbst verwundet wurde. Aufgebracht über diese Verrätherei umringten seine Leute die beiden Compagnien, und stachen sie mit den Bajonetten bis auf den letzten Mann nieder.

Juan O'Donnel hatte sich stets mit besonderer Menschlichkeit gegen alle Feinde bewiesen, die in seine Hände gefallen waren. Nach der Einnahme von Echarri-Arenas schenkte Zumalacarregui, wie schon erwähnt, den Offizieren von dem Regiment von Valladolid, so großmüthig Leben und Freiheit; die Escorte aber, welche sie nach Pampelona brachte, wurde mißhandelt und gefangen genommen. Zwei Soldaten und ein Sergent von der Garnison dieser Stadt fielen in unsere Hände, und da die Gemüther im Lager der Carlisten sehr aufgeregt waren, weil alle Beispiele von Schonung so wenig erkannt wurden, so verurtheilte man sie dazu, augenblicklich erschossen zu werden. Juan verwendete sich jedoch für sie, und erlangte nach vieler Mühe, daß man ihnen das Leben schenkte, worauf er sie in sein eigenes Bataillon einstellte. Dieß war der Mann, den man später mit kaltem Blut trotz eines feierlichen Vertrages mordete, aus welchem die Gegenpartei die ersten Vortheile zog. Als er gefangen wurde, soll er seinen Degen, anstatt ihn zu übergeben, auf dem Knie zerbrochen haben. Ich glaube seinen Charakter genug zu kennen, um zu wissen, daß er sich vor Lord Eliot's Convention gewiß nicht hätte lebendig fangen lassen, und gut wäre es gewesen, wenn sich dieß nie zugetragen hätte.

Carlos starb um 10 Uhr in der nächsten Nacht, und wurde am folgenden Morgen in der Frühe durch Burgeß geöffnet, der mit den andern Aerzten nicht einer Meinung gewesen war. Es handelte sich darum, zu erörtern, ob eine Vereiterung oder eine Entzündung die unmittelbare Ursach seines Todes gewesen; der Erfolg bewies, daß er Recht gehabt. Nachdem die Kugel drei Mal durch die Darmhaut gegangen, die Eingeweide zerrissen, und das Rückgrad verletzt, hatte sie in das Schulterblatt ein Loch von der Größe eines Dreiers geschlagen; hier hatte man sie nebst einem Stückchen Messing, Leder und Tuch von der Decke des Sattels, durch den sie vorher gegangen, herausgezogen. Kaum war er gestorben, als sein Bruder, ungeachtet seiner Betrübniß, sich genöthigt sah, zu seinem Bataillon abzugehen; viele andere seiner Freunde, die sich noch um ihn befunden hatten, mußten ebenfalls zu ihren Truppencorps zurückkehren, so daß ihn nur Wenige zu Grabe geleiteten.

Er wurde ohne Gepränge in der Kirche von Echauri beigesetzt; auf dem rohen, eichenen Sarge, der durch sechs Lanciers getragen wurde, lagen die rothe Mütze und sein Säbel. Während der Leichendienst gehalten wurde, schlug es Generalmarsch, und nachdem wir etwas Erde auf seinen Sarg geworfen, gingen wir mit einer Bekümmerniß aus einander, der wir uns nicht erwehren konnten, da wir einen Freund und einen geschickten, tapferen Offizier verloren hatten. So endete die Laufbahn des ritterlichen O'Donnel; er hätte wohl ein besseres Loos verdient, als das Leben bei einer so geringfügigen Gelegenheit zu verlieren, obgleich er den Todesstreich mit dem Schwert in der Hand und mit dem Fuß im Steigbügel erhielt. Wenn die letzte Stunde einmal geschlagen hat, so wird kein Soldat eine solche Todesart beklagen; da er jedoch nur in Folge einer Uebereilung und Tollkühnheit fiel, so muß man ihn der Thorheit zeihen, wenn gleich sonst sein Muth preiswürdig war.

Ich muß um Nachsicht bitten, wenn ich hier noch einen Umstand anführe, der sich in meiner Erinnerung regte, als ich ihn blutend aus dem Sattel heben sah. Ich befand mich einige Tage vorher beim Marquis de Broissia, einem französischen Edelmann im Dienste, der sich mit O'Donnel über die Verluste derjenigen, die jetzt aus Madrid verbannt waren, und über ihr wahrscheinliches Geschick besprach, wenn ihre Sache nicht glücklich ablaufen sollte. Bei dieser Gelegenheit hörte ich aus O'Donnel's Munde folgenden Vers:

„— Quand on n'a plus d'espoir,
  Vivre est un opprobre et mourir un devoir."

O'Donnel hatte in der spanischen Armee den Ruf gehabt, einer der besten, wenn nicht der beste Cavallerie-Offizier zu sein, so wie der General Sarsfield für den besten Infanterie-Offizier galt.

Siebentes Capitel.

Die Carlisten in Estella. — Oraa's Niederlage. — Val de Lana. — Vernachlässigung der Verwundeten. — Eine Flucht. — Belagerung von Villafranca. — Der verlorne Haufe. — Capitain Lathchica. — Plötzliche Bewegung Espartero's. — Seine Niederlage. — Uebergabe von Villafranca. — Uebergabe von Bergara. — Räumung von Salvatierra. — Angriff auf Ochandiano. — Fall desselben. — Trübsinn des Onkel Tomas.

Am Morgen desselben Tages geschah es, daß Tomas Reyna, der die vierte Schwadron des Lancier=Regiments von Navarra commandirte, und mit derselben detachirt war, Befehl zum Absatteln gegeben hatte. Da liefen einige Bauern herbei, ihn zu benachrichtigen, daß zweiundzwanzig Carabineros auf der Straße nach Taffala vorübergezogen wären. Nachdem er die Schwadron dem ersten Rittmeister übergeben, ließ er augenblicklich zum Satteln blasen, und verfolgte den Feind mit den ersten sechzehn Mann, die sich versammelten. Dieser hatte einen so bedeutenden Vorsprung gewonnen, daß Reyna zwei Stunden auf der Straße fortritt, ohne ihn zu erreichen; endlich holte er ihn einen Büchsenschuß von Taffala ein. Reyna griff ihn ohne Furcht an, und machte neun Gefangene, außer denen die auf der Straße blieben, so daß nur fünf in die Stadt entkamen. Darauf entfernten sich die Carlisten schnell, ehe noch in der Stadt ein Pferd gesattelt werden konnte. Unter den Gefangenen befand sich der das Detachement befehligende Lieutenant.

»Sie sind ein glücklicher Mann,« sagte dieser zu Reyna; »nicht allein des Erfolges wegen, den sie bis jetzt gehabt, sondern auch eines andern Glückes wegen, welches Ihnen nicht entgehen kann. In einer halben Stunde passirt ein Courier mit wichtigen Papieren und einer großen Summe Geldes unter einer schwachen Bedeckung diese Straße, und Sie werden ihm auf jeden Fall begegnen.«

Wenig aufgelegt, dem Rathe eines Feindes zu folgen, wandte sich Reyna zur Rechten, und that sehr wohl daran; denn der Lieutenant hatte ihn zu verleiten gesucht, seinen Weg auf der Straße fortzusetzen, weil er hoffte, auf die Colonne zu stoßen, die, wie er wußte, aus Pampelona rükken würde, die aber bereits genöthigt worden war, sich schnell zurückzuziehen.

Von hier marschirten wir mit unsern Gefangenen nach Estella, welches unmittelbar beim Fall von Trevino verlassen worden war. Hier in der zweiten Stadt von Navarra hielten wir einen triumphirenden Einzug; die Glocken läuteten, Blumen wurden uns gestreut, und die Freude der Einwohner war ganz ausgelassen. Der spanischen Sitte gemäß wurden Fahnen, Shawls, Tücher und selbst alte Vorhänge und Bettdecken vor den Fenstern ausgehängt, wie dieß sonst nur bei Processionen oder feierlichen Gelegenheiten geschieht, und am Abend war der ganze Ort erleuchtet. Er war durch die Christinos beim Ausbruch des Krieges befestigt worden, und liegt an den Ufern der Ega, von hohen und steilen Felsen beherrscht. An der einen Seite sieht man die Kapelle von Nuestra Señora de Dolores; an der andern eine alte Kirche, deren grauer Thurm mit seiner Spitze kaum bis zu den Felsen hinauf reicht. Da die Stadt in

einem förmlichen Kessel liegt, so wären die Carlisten jetzt,
da sie Artillerie besaßen, wohl im Stande gewesen, die
Stadt in einem Tage in Asche zu legen, außer wenn man
auf den benachbarten Höhen Forts angelegt hätte. Diese
würden aber viel Arbeit gemacht und eine stärkere Garnison
erfordert haben, als der Feind entbehren konnte. Die Stadt
war daher aufgegeben worden. Man sah selten einen jungen Mann in den Straßen, da alle schon seit dem Beginn
des Krieges zu den Fahnen Zumalacarregui's geeilt waren.
Die besorgten Mütter, Schwestern und Verwandten, welche
sich in unsere Glieder drängten, und diejenigen suchten oder
fanden, von denen sie so lange getrennt gewesen, boten ein
rührendes Schauspiel. Bis zur Niederlage von Valdez hatten sie in der größten Angst geschwebt, da die Christinos
stets angaben, die Carlisten seien nach allen Richtungen hin
zersprengt, obgleich Hunderte von Verwundeten, die nach
jedem Gefecht zurückgebracht wurden, diesen Angaben widersprachen. Sie sahen jetzt zum ersten Mal, daß die Carlisten wirklich siegten, denn sie hatten ihr Feuern gehört, als
sie die Christinos bis zu den Thoren der Stadt verfolgten;
und beinahe dreitausend Mann waren ohne Gewehre, ohne
Czakos, viele ohne Schuhe und ohne Alles, und mit Koth
bedeckt zurückgekehrt. Bei dieser Gelegenheit gestanden sie
offen, daß sie alle hätten umkommen müssen, wenn es noch
einige Stunden länger Tag geblieben wäre. Sie waren zu
ganzen Compagnien einquartirt gewesen, und die Patrons
oder Hauswirthe hatten Lebensmittel für ihre verhungerten
Gäste auftreiben müssen. Als man fürchtete, daß Zumalacarregui sich der Stadt bemächtigen würde, hatte die Garnison nach einem mehrmonatlichen Aufenthalt dieselbe in Zeit
von sechs Stunden räumen müssen. Die wenigen Urbanos
und ihre Familien waren daher genöthigt gewesen, den größ-

ten Theil ihres Eigenthums zurückzulassen; dieß Alles wurde zu Gunsten der Carlisten confiscirt, welche von den Anhängern der Königin nicht besser behandelt worden waren.

Wir erfuhren hier die Niederlage von Oraa bei den »Sieben Fontainen von Elzaburu,« mit einem Verlust von tausend Mann. Er war durch Cuevillas und Elio geschlagen worden, die sich mit Segastibelza und dem 5. Bataillon aus dem Bastan-Thal vereinigt hatten. Elisondo, Urdax, San Esteban und Jrun waren hierauf verlassen worden, und von der französischen Grenze bis nach Pampelona war das Land ganz gesäubert. Von hier marschirten wir nach Villafranca in Guipuzcoa, einer Stadt, die für eine unregelmäßige Befestigung ziemlich widerstandsfähig war. Zumalacarregui hatte, wie ich Grund zu glauben habe, die Absicht, diesen Ort und nach ihm Bergara anzugreifen, und zwar wegen der Vorräthe, die sie enthielten; dann sollte Vittoria belagert werden, welches entweder fallen, oder die Veranlassung zu einer allgemeinen Schlacht werden mußte. Bei der großen Entmuthigung der Feinde würden sie diese kaum gewagt haben; oder hätten sie es gethan, so wäre der Ausgang nicht zweifelhaft gewesen, denn die Zuversicht der Carlisten wäre durch den Kampfplatz selbst, auf welchem sie bereits zweimal gesiegt, noch erhöht worden. Wir besaßen jetzt neun Geschütze: die Ayuela, einen dreizehnzölligen Mörser, zwei siebenzöllige Mörser, einen Achtzehnpfünder, zwei zu Echarri-Arenas eroberte Sechspfünder, und zwei am 27. Oktober erbeutete Vierpfünder.

Da ich mich nicht recht wohl befand, erhielt ich Urlaub, und blieb auf einige Tage mit zwei Bedienten in dem Dorfe Acedo zurück. Ich erreichte das Hauptquartier in dem Augenblick wieder, als man die Belagerung von Villafranca des schlechten Wetters wegen, welches die Carlisten bei allen Belagerungen verfolgte, aufgehoben oder vielmehr unterbrochen hatte. Diese wenigen Ruhetage waren mir sehr willkommen. Ich wohnte in dem alten Palacio, einem viereckigen, schwerfälligen Gebäude mit einer Art von Taubenschlag oben auf dem Dache. Es war das Eigenthum eines französischen Grafen, dessen Name mir nicht mehr einfällt; er hatte die Erbin der reichen Domaine geheirathet, zu welcher das Gebäude gehörte. Jetzt wurde es durch den Geistlichen des Ortes bewohnt, den ich von einer früheren Einquartirung her kannte. Er machte uns durch die Heftigkeit seiner Betheurungen sehr viel Spaß, wenn er von einem der Einwohner beschuldigt wurde, in Folge eines durch den Feind erlassenen Befehls für die Königin Isabella II. gebetet zu haben. Ich schlug meine Wohnung in einer großen Halle auf, in der sich ein altes Gemälde von Nuestra Señora de la Vela oder Unserer lieben Frau mit der Wachskerze befand; die Hülfe, welche sie denjenigen erweist, die sich an sie wenden, fand sich halb poetisch, halb grotesk auf der Leinwand dargestellt. Man sieht einen Grafen von Oñate — nach seinem rothen Kreuz auf der Brust ein Kreuzfahrer — in einer gebrechlichen Barke auf der stürmischen See mit gefalteten Händen zur Jungfrau beten, die ihm mit ihrem Emblem in den Wolken erscheint und ihm Hülfe zusichert. Man erblickt ferner eine Mutter auf ihren Knieen an dem Krankenbette ihres sterbenden Kindes, welche dieselbe Jungfrau um Hülfe anspricht, und diese erscheint und verheißt Genesung. Der Verbrecher oder vielleicht schuldlos Verdammte, der so eben das Schaffot besteigen will, betet zu Nuestra Señora de la Vela, und während man sie an der einen Seite erblickt, sieht man an der andern den reitenden Boten mit der Begnadigung herbeieilen. »Endlich,« schließt diese berühmte Legende, »haben Wachskerzen, die zu Ehren der Jungfrau angesteckt wurden, mehr als einmal gebrannt, ohne sich zu verzehren, — ja — einige sind sogar immer länger geworden.«

Vor der Thür einer Hütte, dem kleinen Platze vor der Kirche, sah ich eine Familie dem Anscheine nach in großer Betrübniß. Ich erkannte sogleich eine Frau von mittleren Jahren, die, als wir vor einigen Monaten durch das Dorf gekommen waren, von uns die Nachricht erhalten hatte, ihr Sohn im Lancier=Regiment von Navarra sei beim Ueberfall von Viana geblieben. Als ich sie nach dem Grund ihrer jetzigen Betrübniß fragte, erzählte sie mir, ihr einziger und letzter Sohn sei am 23., am Tage der Niederlage von Valdez, im Bataillon der Guiden ebenfalls umgekommen. Es gewährte ihr nur einen leidigen Trost, als ich der armen Matrone sagte, sie seien beide im Augenblick des Sieges gefallen. Hier wie überall bezeigten die Landleute das größte Interesse für den glücklichen Ausgang unserer Sache.

Ich weiß nicht, ob ich es schon angeführt habe, daß vorzüglich in der ersten Periode des Feldzuges, wenn die Uebermacht des Feindes uns zum Weichen nöthigte, Männer und Weiber in den Dörfern weinend vor ihren Thüren standen, während wir vorüberzogen; waren wir jedoch glücklich, so schienen sie den Ruhm des Sieges zu theilen, so hart sie auch oft Sieg und Niederlage bezahlen mußten. Da die Dörfer bereits alle Gerste und Hafer weggegeben hatten, vermochten sie mir nur türkischen Weizen zu liefern, der so hart ist, daß er die Mäuler der Pferde entzündet; ich ritt daher hinüber nach unserm Hospital in Val de Lana, um mir dort Gerste aus dem Krankenhause zu verschaffen, und schickte dann immer einen Bedienten mit einem Maulthier hinüber, um mir jeden Morgen meine Ration abholen zu lassen.

Etwa vier Meilen weiter läuft die Straße in einem dichten Gehölz von Arbutus und Eichen sanft aufwärts. An der Seite des langen, engen Thales, welches sich unten ausbreitet, erheben sich die kahlen, grauen Felsen, welche man passiren muß, um in die Amescoas zu gelangen, und die parallel mit ihnen laufen. Unten lagen die Dörfer Narqué, Ulibarri und Vittoria; die beiden ersteren mit unsern Verwundeten angefüllt, die sich vielleicht auf fünfhundert Mann beliefen; und im letzteren Ort, der auch eine Heilanstalt für kranke Pferde enthielt, lagen etwa hundert Verwundete und Kranke. Die Leute, welche nur an geringen Wunden oder an Krankheiten darnieder lagen, wurden nicht in das Hospital geschickt, sondern sie blieben in den Privathäusern der Dörfer, wo sie stets mit der größten Güte behandelt wurden; und es war ein äußerst seltener Fall, daß irgend einer in die Hände der Feinde gerieth, selbst wenn dieser durch das Dorf zog, obgleich vielleicht nicht weniger als tausend Mann im ganzen Lande zerstreut lagen. Die Bauern wußten die Annäherung einer Colonne stets einige Stunden vorher, und die wehrlosen Carlisten wurden alsdann nach den Casarios, den einsam gelegenen Häusern im Gebirge, gebracht. Alle diese Häuser durchsuchen zu lassen, wenn die Christinos in die Nähe kamen, war unmöglich, denn die Absendung des kleinsten Detachements zu solchem Zweck war mit Gefahr verbunden.

Die Verwundeten in den Hospitälern wurden in den genannten drei Dörfern, wo jedes Haus mit Kranken belegt war, mit viel weniger Aufmerksamkeit bedient als in den andern Oertern. Der beständige Anblick der Leidenden hatte vielleicht das Mitgefühl schon geschwächt, und man schien die tausend kleinen Aufmerksamkeiten zu versäumen, die, nützlich oder nutzlos, ein Krankenlager so sehr versüßen. In

Bezug auf ärztlichen Beistand hatten sie es vielleicht besser; da die Chirurgen jedoch kaum etwas mehr als Dorfbarbiere waren, so half ihnen dieß nicht viel. Drei Viertel von den Schwerverwundeten kamen um, wenn ihnen auch nur ein Arm oder ein Bein zerschossen war. Ich sah hier mehrere Freunde, unter andern Torres, den Obersten der Guiden, der geheilt wurde. Die Anzahl der durch den Mangel an geschickten Chirurgen veranlaßten Sterbefälle war so groß, daß wir, wenn wir hörten, es sei Jemand ins Lazareth gekommen, stets ausriefen: »Der arme Schelm!« Und wir wunderten uns über jeden, der zurückkam, außer bei geringfügigen Verletzungen.

Es war eine schwierige Aufgabe, bis zu dem Thale vorzudringen, in welchem diese Dörfer lagen. Es wurde beständig so gut bewacht, daß es dem Feinde, der es oft bedrohte, nur ein einziges Mal gelang, hineinzukommen, und in diesem Fall wurden alle Verwundeten in die Berge geflüchtet. Die Scene soll herzbrechend gewesen sein; dennoch waren unsere Verwundeten bis zu der Zeit, als Baldez das Commando übernahm, niemals sicher. Wenn sie in die Hände von Queseda, Robil und Mina geriethen, wurden sie fast immer niedergemetzelt.

Ich hatte mir früher während der Campagne zuweilen einige Ruhetage gegönnt und war mehr als einmal zwischen dem Ebro und den Grenzen hin- und hergezogen, wo fast alle Hauptpunkte auf den Straßen durch Garnisonen der Christinos besetzt waren. Obgleich ich dann häufig nur zehn oder zwanzig Minuten von ihren festen Plätzen die Nacht zubrachte, hatte ich mich höchstens bei zwei Gelegenheiten genöthigt gesehen, in Folge kurz vorher erhaltener Nachrichten zu entwischen; die Ergebenheit der Bauern und die Wachsamkeit der Partidas gewährte vollkommene Sicherheit.

Siebentes Capitel.

Nie lief ich jedoch größere Gefahr gefangen zu werden als in einer Zeit, wo das Land eigentlich ziemlich frei vom Feinde war, eine kleine fliegende Colonne unter Lopez und Gurrea in der Rivera ausgenommen. Die Uebrigen hatten sich in Pampelona, Viana und Vittoria eingeschlossen. Ich war eines Abends nach Estella gegangen, um ein Bad zu nehmen; und da wir seit langer Zeit nicht in einer größeren Stadt gewesen waren, so hatten diese jetzt mehr Anziehendes als gewöhnlich für uns.

So übereilt war dieser Ort von den Christinos geräumt worden, daß sie hundert und vierzig Kranke mit ihren Chirurgen zurückgelassen hatten; und bis in Folge der durch Lord Eliot abgeschlossenen Convention ein Ort bestimmt würde, wo die beiderseitigen Kranken mit Sicherheit unterzubringen waren, schafften wir viele der unsrigen hierher, wo die Christinos als Geißeln für jede Verrätherei dienten. Es war demgemäß ein Gouverneur ernannt worden, und der Ort wimmelte von Leidenden und Müßigen unserer Armee. Da jetzt das Leben der Gefangenen sicher gestellt war, so wuchs die Unvorsichtigkeit unserer Leute auf überraschende Weise, und veranlaßte mehr als eine Gefangennehmung.

Ich hatte mehrere Tage in Estella sehr angenehm verlebt, war nie eher als um zwölf Uhr aufgestanden, und da die guten Leute, bei denen ich im Quartier lag, auch nie vor zehn Uhr ihr Bett verließen, so paßten wir vortrefflich zu einander. Eines Morgens aber, da ich eben nicht schlafen konnte, zog ich mich um acht Uhr an, und besuchte einen Freund, der in dem Gasthof am Markt wohnte; die Wirthin desselben war für eine der wenigen Christinos im Orte bekannt. Ich bemerkte einiges Gewimmel auf der Straße und hörte Redensarten von der Annäherung der Christinos; da man dieß jedoch jeden Tag vernahm, und ich daran gewöhnt war, Generalmarsch schlagen zu hören, auch sonst keine Vorbereitungen zur Fortschaffung der Kranken und Verwundeten gemacht wurden, so nahm ich davon keine Notiz, sondern ging, meinen Freund aus dem Schlafe zu wecken, wobei ich ihn noch zu überreden suchte, er habe die Zeit verschlafen, und es sei bereits zwölf Uhr vorbei. Wir tranken Chokolate, und die Patrona schien bei sehr guter Laune, als ich vom Balkon aus bemerkte, daß der Bediente meines Freundes zu uns heraufgestürzt kam. Er brachte uns die Nachricht, die Colonne von Lopez befinde sich in der Nähe, und als die letzten Bauern sie verlassen, sei die Cavallerie der Avantgarde kaum noch ein und eine halbe englische Meile von der Stadt entfernt gewesen. Ueber zweihundert Hausbesitzer, die bei der Räumung des Orts royalistische Gesinnungen gezeigt hatten, waren bereits entflohen.

Mein Bediente, was die Sache noch schlimmer machte, befand sich in einer solchen Angst, daß er beim Satteln die sonderbarsten Mißgriffe beging. Wir fürchteten nichts, als vor dem Einrücken des Feindes noch nicht marschfertig zu sein; einmal zu Pferde hatten wir wenig zu besorgen. Der heitere und fröhliche Anblick des Ortes änderte sich auf der Stelle; alle Buden verschwanden von dem wohlbesetzten Markt. Dieß gab deutlich den Unterschied zwischen der Disciplin der Christinos und der unsrigen zu erkennen. Die meisten Fensterladen wurden geschlossen, die Einwohner zogen sich von den Thüren zurück, und der Ort wurde wie verödet.

Nachdem wir so rasch, als es anging, über das Straßenpflaster galoppirt waren, schlugen wir die Straße in's Gebirge ein, und erreichten eine Höhe, deren Ersteigung etwa zehn Minuten erfordert. Von da aus übersieht man alle

Straßen in der Stadt, wie vom Kirchthurme, und wir bemerkten, daß so eben ein Trupp Carabineros einrückte. Sie ritten sogleich im stärksten Trabe nach dem Markt. Zehn Minuten weiter waren wir Zeugen eines sonderbaren Schauspiels. Die guten Bürger, die es nicht für gerathen gehalten hatten, bis zur Ankunft von Lopez in der Stadt zu bleiben, warteten hier mit ihren Weibern auf Mauleseln und kleinen Gebirgspferden ängstlich den Ausgang ab. Wir gaben ihnen die wiederholte Versicherung, daß die Colonne sich nicht länger als einige Stunden würde aufhalten können, da Ituralde mit vier Bataillons vorrücke, sie zu vertreiben. Wie wir es vorausgesagt, so geschah es. Sie konnten von hier aus Alles sehen, was sich in Estella zutrug; und wenn der Feind zum andern Thor herauskam, so konnten wir auf einem Dutzend verschiedener Straßen entwischen, ohne Gefahr zu laufen, gefangen zu werden, da das feurigste Pferd nicht im Stande ist, den zerrissenen Fußpfad hier herauf schneller zurückzulegen als ein Maulthier.

Da die Belagerung von Villafranca wieder fortgesetzt wurde, so begab ich mich nach dem Hauptquartier. Wir ritten den ganzen Tag über unter Strömen von Regen, und als wir über das Plateau der Venta de Urbassu kamen, wehte der Wind so stark, daß ich meinen Mantel abnehmen und im Zickzack vorgehen mußte; denn da der Wind mir den Regen fortwährend ins Gesicht trieb, war es nicht möglich, mit offnen Augen in gerader Richtung dagegen zu kämpfen; außerdem war mein Pferd mehrmals in Gräben und Löcher gestürzt, die der Regen mit Wasser gefüllt hatte.

Ich blieb in einem Dorfe der Borunda, wo gegen Abend drei oder vier Mitglieder des consejo oder Rathes zu mir kamen, um ihre Cigarre mit mir zu rauchen und sich nach Neuigkeiten zu erkundigen. Seit wir die Garnisonen der

Borunda vertrieben hatten, waren die Bewohner ziemlich frei von Lieferungen geblieben; jetzt lagen jedoch drei Schwadronen unserer Cavallerie, und mehrere Bataillone daselbst im Quartier, die sie abermals nöthigten, ihre Börsen zu öffnen. Wir hatten einen heftigen Wortwechsel; denn sie erklärten, die Bauern seien ferner nicht im Stande, etwas zu liefern. In allen Distrikten, welche die Hauptschauplätze des Krieges gewesen waren, hatte ich diese Klagen gehört, und mich bereits daran gewöhnt; und nie klagten die Bewohner heftiger, als während der ersten zwei bis drei Monate, die ich bei der carlistischen Armee zubrachte. Die Erfahrung belehrte mich über die Art und Weise, sie zu besänftigen. Ich that nämlich, als ginge ich mit ihnen darauf ein: »Ihr habt ganz Recht, meine Freunde; der Bauer ist nicht im Stande, diese Bedrückungen länger zu ertragen; wir werden genöthigt sein, uns den Christinos zu ergeben.« Dieß weckte auf der Stelle ihren ganzen Patriotismus und Parteihaß. »Den Christinos ergeben? Nie! — Wir Navarros, — die wir sie so oft schlagen, uns ihnen ergeben? — Sie mögen uns die Häuser über dem Kopfe anzünden und unser letztes Korn, unsre letzte Kuh nehmen, ehe wir einen Andern als Don Carlos anerkennen, oder uns der Christine ergeben!« der sie eben nicht die schmeichelhaftesten Beinamen gaben. So geschah es stets. Oft waren diejenigen, welche am bittersten klagten, die eifrigsten Carlisten. Das Gefühl der Hingebung für ihre Sache verzehrt jedes andere, selbst das der Rache. Ein Bauer aus Eulate in den Amescoas war von einem Offizier seines groben Betragens halber mit dem flachen Säbel geschlagen worden, und er schwor sich zu rächen. Zwei Monate nachher war der Offizier verwundet und lag in einem andern Dorf, als derselbe Bauer spät in der Nacht mehrere Meilen weit hergelaufen kam, um ihn zu benachrichtigen, daß er in Gefahr sei. Als der Officier ihm dankte, sagte der Bauer, er solle nicht ihm, sondern dem Himmel danken, und zwar dafür, daß er ein Carlist sei; und er verweigerte die Annahme irgend einer Belohnung. Da der Verwundete sich über den Schmerz in seiner Schulter beklagte, sagte der Bauer, »Mi allegro« — »das freuet mich,« — und ging fort.

Als ich im Hauptquartier eintraf, hatte man — wie schon erwähnt — die Belagerung von Villafranca bereits wieder begonnen. Diese kleine Stadt liegt einige Stunden südlich von Tolosa und östlich von Bergara, an der Chaussee von Bayonne nach Burgos in einer Ebene, durch welche sich der Fluß Orrio windet. Vor der Einnahme von Tolosa wurde dieser Ort eingeschlossen. So wie in den meisten Städten der nördlichen Provinzen sind die Häuser auch hier sehr hoch, und die Straßen eng, so daß der Ort nur wenig Raum einnimmt. Er war von einer hohen, massiven Mauer mit einem Graben umgeben; die Thore hatte man durch Bohlen und Schutt verrammelt, so wie mit einem doppelten Graben und spanischen Reitern versehn. Alle Christinos der Umgegend hatten sich hierher zurückgezogen; die verdächtigen Einwohner waren vertrieben worden, und die Angekommenen hatten ohne Umstände Besitz von ihren Häusern genommen; die gegenwärtigen Bewohner bestanden demnach aus Allem, was am meisten verhaßt im Lande war und hier eine Zuflucht gefunden hatte. Die Stärke der Garnison belief sich auf dreihundert Mann von der Linie und dreihundert Urbanos. Obgleich uns die Besatzung bei der Uebergabe weiß machen wollte, es seien nur vierzig Urbanos unter ihnen, so ging doch aus den beschmutzten Gewehren so wie aus dem als liberal bekannten Geist der Einwohner hervor, daß die ganze, oben angeführte Summe unter den Waffen gewesen. An der einen Seite wird Villafranca durch einen steilen Berg beherrscht. Ohne diesen möchte es den Anstrengungen der Carlisten viel länger widerstanden haben, denn außer den Mörsern und dem Achtzehnpfünder besaßen wir kein schweres Geschütz.

Da wir Alle sehr schlechte Quartiere hatten, ging ich mit noch zwei andern Offizieren etwa drei englische Meilen am Flusse hinauf, und schlug meine Wohnung in einem großen Eisenhammer auf. Das anstoßende Haus war geräumig und bequem, und die Eigenthümer dem Anschein nach wohlhabend. Da wir ein Abendbrot bestellt hatten, fingen wir an, Bekanntschaft mit unsern Wirthsleuten zu machen; eine junge Frau schien die Herrin und die Andern nur Oberaufseher, Diener und Arbeitsleute zu sein. Als sie Neuigkeiten von mir verlangten, gab ich ihnen natürlich über die Carlisten einen möglichst günstigen Bericht, weil die Einwohner im Allgemeinen sich lebhaft für sie interessirten. Ich sagte, wenn sich Villafranca nicht am nächsten Tage ergäbe, so würden Vorbereitungen zum Sturm getroffen werden, bei welchem dann keine lebende Seele verschont bleiben sollte. Hierüber brach die junge Frau in Thränen aus; wir erfuhren endlich mit vieler Mühe, daß sich ihr Vater und Bruder in Villafranca unter den Urbanos befänden. Wir thaten unser Möglichstes, sie zu trösten. Wir wußten sehr wohl, daß es Valdez unmöglich war, wieder ins Feld zu rücken, noch viel weniger in die Provinzen einzudringen, wo er in den engen Thälern überall aufgehalten werden konnte. Seit der Niederlage vom 2ten und 3ten Januar zeigten die Christinos außerdem durchaus keine Lust, Zumalacarregui in den Provinzen aufzusuchen, und die totale Niederlage, die Gomez durch Iriarte bei Guernica erlitt, war auch kein ermunterndes Beispiel. Die Hauptarmee der

Siebentes Capitel.

Königin machte daher weiter keine Demonstration, als daß sie von Pampelona nach der Borunda vorrückte; und da sie auf Ituralde und seine Division stieß, schnell wieder umkehrte.

Gleich zu Anfange der Belagerung hatten unsere Leute kaum achtzig Schritt vom Thore in einer finstern Nacht einige Häuser in Besitz genommen; von hier aus wurde gegen die Stadt minirt. Als sich die Carlisten zurückzogen, hatte die Besatzung einen Ausfall gemacht und diese Häuser verbrannt. Man glaubte, ein Bombardement würde hinreichen, die Uebergabe zu bewirken. Zwei Mörser, von denen der eine Bomben von 175 Pfund warf, waren beständig in Thätigkeit, und richteten bedeutenden Schaden an, obgleich ein Mann, der zum Aufpassen auf einen Thurm gestellt war, stets die Glocken anschlug, so wie er eine Bombe ankommen sah, um die Einwohner zu ermahnen, sich in die Häuser zu begeben, wo sie weniger Gefahr liefen. Es ist in der That überraschend, daß es uns gelungen war, unser schweres Geschütz durch Ochsen auf der steilen, schlüpfrigen Straße, in einem durch den beständigen Regen aufgeweichten Lehmboden, zu einer solchen Höhe hinaufzubringen. Endlich schossen wir in die Mauern zweier massiven alten Häuser Bresche, und obgleich dieselbe kaum praktikabel war, so befahl doch der General den Sturm. Da Villafranca in Guipuzcoa liegt, so gab er den Ehrenposten dem 1sten Bataillon von Guipuzcoa, und ganz besonders zwei Compagnien, die den Sturm eröffnen sollten. Drei Bataillone von Navarra folgten. Sie rückten in aller Stille vor, mit Leitern zu Ersteigung der Wälle. Nachdem zwei oder drei Mann getödtet worden, wichen die beiden Compagnien zurück, und weigerten sich entschieden, von neuem zu stürmen. Als die Offiziere der Compagnien dieß dem General anzeigten, kannte sein Zorn keine Grenzen. Er cassirte die Offiziere und Unteroffiziere, und ließ die beiden Compagnien loosen, denn nach dem Kriegsgesetz sollte der zehnte Mann wegen Feigheit erschossen werden. Es war jetzt zu spät, den Bataillons von Navarra den Befehl zum Stürmen zu geben, da der Feind rings umher Leuchtkugeln in den Graben geworfen hatte.

Als am nächsten Tage das feige Benehmen der Guipuzcoaner bekannt wurde, erbot sich der Capitain Lathchica, ein sehr muthiger Officier, der die 8te Compagnie der Guiden commandirte, den verlornen Haufen zu übernehmen, wozu sich 120 Mann freiwillig gemeldet hatten. Unter den Vordersten befanden sich achtzehn französische Soldaten, alle, die wir in der Armee hatten; unmittelbar nachher meldeten sich vier Compagnien des 3ten Bataillons, oder die Requeté, ebenfalls freiwillig, und so auch die vier ersten Compagnien des Bataillons der Guiden. Alle diese Mannschaft brachte den ganzen Tag am Fluß mit Trinken, Singen und Späßen hin. Die Annäherung der Gefahr scheint in den Gedanken des Soldaten die Rolle des Todes in den alten Trinkliedern zu übernehmen, der ihn daran erinnert, wie kurze Zeit ihm noch für Wein und Fröhlichkeit übrig bleibt.

Lathchica verdient einiger Erwähnung in diesen Blättern. Vor dem Tode Ferdinands hatte er bei den Grenadieren zu Pferde gestanden. Seine zwerghafte, wenngleich wohlproportionirte Gestalt — er war kaum größer als seine Grenadiermütze — machte ihn zur Zielscheibe fortwährender Scherze, die sein Muth jedoch durchaus nicht duldete. Dadurch hatte er beständig Händel, und diese werden in der spanischen Armee sehr streng bestraft. Als er einst einen frechen Cavalleristen geschlagen hatte, der wahrscheinlich zu viel getrunken, zog dieser seinen Säbel und führte einen furchtbaren Hieb nach ihm; er parirte ihm und spaltete ihm dafür den Kopf bis auf die Kinnlade. Nach dem Kriegsgesetz hatte er Recht; da seine kleine Gestalt ihm jedoch fortwährende Zänkereien verursachte und bei den Soldaten einen Mangel an Respect erzeugte, so nahm er seinen Abschied. Er wurde auf halben Sold gesetzt, und zog sich in seine Heimath nach Andalusien zurück. Als die Regierung nach und nach genöthigt wurde, alle ihre Offiziere in die nördlichen Provinzen zu senden, erhielt er den Befehl, sich zu einem Lancier=Regiment zu verfügen. Da er carlistisch gesinnt war, lehnte er diese Anstellung ab; es wurde ihm jedoch angedeutet, wenn er sich nicht freiwillig einstelle, so solle er durch Carabineros von Station zu Station bis zu seinem Regiment transportirt werden. Er gab daher nach, und beschloß zu Don Carlos überzugehen, welches er ausführte, noch ehe er eine Woche in Pampelona gewesen war. In unsern Diensten hatte er zuerst bei der Cavallerie gestanden, und war dann zu den Guiden versetzt worden, wo er sich während der Niederlage des Baldez ausgezeichnet hatte.

Als er die Erlaubniß zur Anführung des verlorenen Haufens erhielt, erbat er sich statt einer Beförderung das Leben der Soldaten, die wegen Feigheit in der Prevention saßen; er sagte, er habe mit ihnen gesprochen, und stehe mit seinem Kopf dafür, daß sie die Ersten sein würden, mit ihm die Wälle zu ersteigen. Dieß gab der General sehr bereitwillig zu, und die Leute wurden in Freiheit gesetzt. Die Stürmenden waren alle bei der heitersten Laune. Ein Jeder sprach vom baldigen Ueberschreiten des Ebro. Dieß konnten nur Vermuthungen sein, und für solche hätte ich sie auch genommen, wenn der General dieselben nicht mit seinem eigenen Munde bekräftigt hätte, und er war mit seinen

Entwürfen sonst immer sehr zurückhaltend. Nachdem Lathchica mir die Führung eines Theiles seiner Leute angeboten hatte, wozu besonders die Franzosen gehörten, ging ich zu Zumalacarregui, um seine Einwilligung dazu zu erlangen. Er schlug es ab, weil ich ein Cavallerie-Offizier wäre, den er, wie er sagte, bald gebrauchen würde. »Wir gehen in wenigen Tagen nach den Ebenen von Alt= und Neu=Castilien, und ich spare Sie für einen eben so verzweifelten und ehrenvollen Dienst in Ihrer eigenen Waffe auf,« schloß er.

Da die Bresche bereits wieder ausgefüllt war, und man beabsichtigte, die Wälle zu ersteigen, zu welchem Zweck schon die Leitern angeschafft waren, so konnte die Einnahme des Ortes nicht ohne Blutvergießen abgehen. Die Leute warteten die ganze Nacht hindurch, ohne den Befehl zum Stürmen zu erhalten. Zumalacarregui, der von der Bewegung Espartero's, den Ort zu entsetzen, Kenntniß erhalten hatte und überzeugt war, daß es hinreichen würde, denselben aus dem Felde zu schlagen, schob den Sturm auf, um nicht allein das Leben der Einwohner, sondern auch das seiner eigenen Leute zu schonen. Burgeß kam mit einem Offizier aus dem Bastan=Thal an, wo sie den ältesten von den beiden Söhnen des Generals Cuevillas gepflegt hatten, der vor drei Wochen in dem Gefecht bei Elzaburu, wo Oraa's Colonne vernichtet worden, eine tödliche Wunde erhalten; eine Kugel hatte ihm das Rückgrat zerschmettert, und Burgeß hatte auf der Stelle erklärt, daß keine Hoffnung auf Genesung für ihn existire. Seine Mutter und Schwester waren jetzt bei ihm. Auf seinem Wege zum Hauptquartier hatte er zu Lecumberri 480 Gefangene gesehn, die später zu uns geschickt wurden; sie waren alle bei Elzaburu gefangen worden. Lord Eliot's Convention war nur einen Tag vorher bei ihnen bekannt geworden; ihr verdankten sie das Leben.

Siebentes Capitel.

Nachdem Espartero aus den Garnisonen von Bilbao und St. Sebastian 7000 Mann zusammen gebracht hatte, beschloß er durch einen Handstreich die carlistische Armee zu überfallen, und den Ort zu entsetzen. Während einer finsteren und stürmischen Nacht marschirte er über das Gebirge, um uns anzugreifen. Bekannt mit dieser Bewegung hielt Zumalácarregui, der sich nicht so leicht überraschen ließ, Alles zu seinem Empfange bereit, und schickte Eraso, dessen Marsch leichter zu verbergen war, mit acht Compagnien ab, um ihn auf seinem Wege in der Finsterniß anzugreifen. Espartero konnte nicht getadelt werden, weder daß er diesen Versuch machte, noch daß er mißlang. Da seine Absicht den Carlisten bekannt war, konnte der Ausgang nur unglücklich sein. Durch acht Compagnien gänzlich geschlagen, vermehrte die Menge seiner Leute nur noch die Verwirrung, wogegen ihre geringe Stärke den Carlisten zum Vortheil gereichte. Der Angriff begann auf den Höhen von Descarga.

Indem Espartero seine Truppen zum Ueberfall der Belagerer auf einem schmalen Wege führte, wo sie vor Kälte erstarrend, naß bis auf die Haut, jeden Augenblick im Schmutz ausgleiteten und fielen, wurde er selbst durch das Gewehrfeuer der Carlisten überrascht, die da wußten, daß sie nur auf die Straße zu schießen hatten, und sich mit dem Geschrei: »Viva el Rey! Viva Zumalacarregui! hai quartel! hai quartel!« (Hier ist Pardon!) auf ihn stürzten. So entmuthigt war damals die Armee der Königin durch die Siege des carlistischen Generals, daß sie sich nach einer einzigen Salve auflösten und entflohen, oder sich ergaben, wobei ganze Compagnien die Gewehre wegwarfen. Eraso's Sohn zeigte bei dieser Gelegenheit besondere Bravour. Zum Glück für die Ueberwundenen hatten die Convention Lord

Eliot's und unsere letzten Siege den Haß unserer Leute sehr gemildert, so daß nicht Hundert getödtet oder verwundet wurden, obgleich vor Tagesanbruch 1800 Gefangene in unsern Händen waren. Diejenigen, welche entkamen, erreichten Bilbao in der elendesten Verfassung, ohne Kopfbedeckung, ohne Schuhe, und von Kopf bis zu Fuß mit Koth bedeckt. Selbst Espartero's Mantel war durch einen Lanzenstich von einem Lancier aus Eraso's Escorte durchstochen worden, und Mirasol mit seinem ganzen General-Stabe wurde in einem Hause an der Straße überrumpelt. Mirasol, der ein kleiner Mann ist, war so glücklich, auf folgende Weise zu entkommen: Da man die Uniform eines Brigade-Generals in der spanischen Armee nur an den gestickten Aufschlägen erkennt, so klappte er diese um, und gab sich für einen Tambour aus. Da die Soldaten nur bemüht waren, Offiziere gefangen zu nehmen, und Niemand sich die Mühe geben wollte, einen Trommelschläger zu bewachen, bekam er einen tüchtigen Tritt und wurde zu den Andern hinaus geschickt. Hier befanden sich schon mehr Gefangene, als die Soldaten zu beaufsichtigen im Stande waren; es gelang ihm daher, zu entwischen.

Am nächsten Morgen wurde ein Parlamentair nach Billafranca geschickt, um die Besatzung zu benachrichtigen, daß Espartero, der zu ihrem Entsatz herbeigeeilt, geschlagen sei, und daß der Sturm sogleich beginnen werde, wenn sie sich nicht ergäben. Sie schickten einen Offizier hinaus, der sich von der Wahrheit dieser Angaben überzeugen sollte. Nachdem dieser die Gefangenen gesehen und mit ihnen geredet hatte, kehrte er mit der Nachricht zurück, daß alle fernere Hoffnungen vergebens seien. Die Stadt wurde daher übergeben, und noch an demselben Tage um drei Uhr Nachmittags nahmen wir Besitz davon. Die Bürgergarde wurde entwaffnet, und — wie ausgemacht worden — das Eigenthum respectirt; man entließ sie mit dem Bedeuten in ihre Heimath, daß sie, wenn sie noch einmal gegen Don Carlos die Waffen ergriffen, mit weniger Schonung behandelt werden sollten. Unter den Urbanos befanden sich der Vater und Bruder unserer Patrona aus dem Eisenhammer, — beide unverletzt.

Eine große Menge von Vorräthen aller Art, achthundert Gewehre und ein Achtpfünder, aber nur eine geringe Quantität Pulver kamen in unsere Hände. Die Befestigungswerke wurden sogleich demolirt, und wir marschirten nach Bergara, wohin sich mehrere Flüchtlinge von Esparteros's Colonne und — wie man eine Zeitlang glaubte — er selbst gerettet hatten. Es war im Ganzen mit einer Garnison von 1300 Mann und mit neun größern und kleinern Geschützen besetzt. Sobald der Fall von Villafranca bekannt wurde, räumte die Garnison von Tolosa diese Stadt mit so großer Uebereilung, daß sie zwei zwölfpfündige eiserne Carronaden vernagelt zurückließen; auch eine große Menge Mehl, gesalzener Fische und 25,000 Patronen fanden wir noch. Es wurde sogleich Besitz davon genommen.

Bergara war für die starke Garnison nur mit geringen Mundvorräthen versehen; überdieß konnte es von den umliegenden Höhen leicht beschossen werden, und von den Generalen der Königin ließ sich nicht viel erwarten: Valdez war gänzlich geschlagen, — Iriarte's Colonne bei Guernica zerstreut, — die von Oraa hatte zu Elzabutu, und die von Espartero auf ihrem Wege nach Villafranca ein gleiches Geschick gehabt; — alle diese Umstände ließen der Garnison keine andere Wahl, als sich zu ergeben. Als die Soldaten erfuhren, daß Zumalacarregui sich vor den Mauern befand, weigerten sie sich zu fechten, wenn die Offiziere auch Lust dazu gehabt hätten. Er bot den Offizieren freien Abzug an; wenn die Stadt jedoch nicht noch an demselben Tage übergeben würde, so sollte sie ohne Verzug gestürmt werden. Nachdem der Oberst Carvallar, der Commandant, einen Kriegsrath gehalten, antwortete er, daß er bereit sei, sich zu ergeben, wenn die Räumung von Tolosa wahr sei. Demgemäß wurden zwei Offiziere nach dem Ort geschickt; und als sich diese überzeugt hatten, — es war dieß wohl nur eine leere Form, — ergab sich Bergara am Tage darauf.

Als wir einmarschirten, fanden wir — den Gouverneur ausgenommen — sämmtliche Offiziere der Garnison auf der Straße zu Fuß und ohne Degen. Der Capitulation gemäß wurde ihnen gestattet, sich nach jedem beliebigen Orte hinzubegeben, da sie versprochen hatten, nicht wieder gegen die Carlisten zu dienen. Mehrere waren von ihren Frauen begleitet, manche hatten Kinder, und es folgten ihnen einige von Ochsen gezogene Karren. Außer dem Obersten hatte nicht ein Einziger von ihnen in seinem Aeußern etwas Ausgezeichnetes oder Militairisches; einige runde, wohlgemästete Individuen sahen eher Gewürzkrämern und Lichtziehern als Soldaten ähnlich. In der carlistischen Armee traf man dergleichen Gestalten nur höchst selten; manche hatten ein rauhes, halb räuberartiges Ansehen, im Ganzen sahen jedoch die Offiziere distinguirter und militairischer aus. Ich muß jedoch anführen, daß zwischen den Offizieren, die in der letzten Periode des Krieges und denen, die in der ersten Zeit gefangen genommen wurden, ein großer Unterschied stattfand; diese waren auf dem gewöhnlichen Dienstwege avancirt und mehrere davon hatten schon den Constitutionskrieg mitgemacht; in der letzten Periode schien man jedoch ohne weitere Rücksicht, bloß um die Verluste zu ersetzen, Offiziers=Patente ausgetheilt zu haben. Es fiel mir auf, von einem Carlisten, einem alten castilischen Capitain, der dem Könige nach Portugal gefolgt war, als wir bei den Gefangenen vorüber kamen, gegen seine Kameraden oft das Datum des heutigen Tages mit besonderem Nachdruck wiederholen zu hören. Als ich ihn nach dem Grunde fragte, sagte er mir, daß sie sich gerade heute vor einem Jahre in derselben demüthigenden Lage in Portugal befunden hätten, nämlich entwaffnet und zu Fuß durch die Reihen der sieghaften Pedroisten gehend; hier herrschte jedoch der auffallende Unterschied, daß unsere Leute die Unglücklichen durch kein einziges Wort verspotteten; sie riefen nur Viva el Rey! wohingegen jene beraubt, mißhandelt und sogar viele von ihnen umgebracht worden waren.

Am Tage nach Zumalacarregui's Besitznahme hielt Carl V. seinen triumphirenden Einzug. Dreizehnhundert Mann ergaben sich als Kriegsgefangene; die Anzahl derjenigen, die wir jetzt in unserer Gewalt hatten, wurde fast beunruhigend; Onate, Mondragon und Villa=real waren damit angefüllt. Ich brachte eine Nacht in letztgenannter Stadt zu, wo sich nur 800 Mann zur Bewachung von 1500 Gefangenen befanden. Sie baten alle laut, in unsre Reihen eintreten zu dürfen; sie gaben an, bisher durch ihre Offiziere hintergangen worden zu sein, die ihnen gesagt hätten, die Carlisten verziehen Niemandem, der jemals die Waffen gegen sie geführt, und brächten sogar alle Deserteurs auf eine barbarische Weise um.

Eybar, wegen seiner Gewehrfabriken berühmt, aber nur durch Urbanos besetzt, war durch einige Bataillons von Guipuzcoa eingeschlossen worden. Zumalacarregui bot ihnen an, wenn sie sich ergäben, ihr Eigenthum zu respectiren, und sie nach Ablieferung aller Waffen, Munition und Pferde in ihre Heimath zu entlassen; thäten sie es nicht, so wollte er den Ort stürmen, und sie nach Kriegsrecht behandeln. Eybar ergab sich, — und in derselben Nacht, wo der Fall von Bergara bekannt wurde, entfloh die Besatzung von Durango nach Bilbao. Die folgende Nacht traf uns in Durango.

Hier wurde die Räumung van Salvatierra bestätigt; zugleich erfuhren wir, daß sämmtliche schwere Artillerie, so wie alle Lebensmittel und Vorräthe mit nur fünf Bataillons von Vittoria fortgeschickt und nur die Urbanos als Garnison zurückgelassen worden waren. Diese geringe Truppenzahl würde ohne Zweifel bei unserer Annäherung den Ort aufgegeben haben; Zumalacarregui beschloß daher, gerade dahin zu marschiren, und dann sich nach Burgos zu wenden, wo er den Feind entweder zu einer Schlacht zu zwingen, oder den Marsch nach Madrid fortzusetzen gedachte. Seine schnellen Fortschritte hatten eine solche Bestürzung über die Armee der Königin gebracht, daß ihm die Truppen in Navarra und den Provinzen weder eine Schlacht geliefert, noch sich ihm überhaupt widersetzt hätten, die Garnisonen am Ebro ausgenommen, die ihm vielleicht den Uebergang streitig gemacht hätten; auch wäre ihm nicht einmal eine Truppenabtheilung in seinem Rücken gefolgt, wenn er Ituralde mit nur zehn Bataillons zurückgelassen hätte. Die Christinos wollten unter keiner Bedingung fechten. In unserer Armee wurden hohe Wetten gemacht, daß wir uns in sechs Wochen in Madrid befinden würden, und auf zwei Monate setzte man Alles gegen eine Kleinigkeit. Nur an einer Sache fehlte es — an Geld; die Koffer des Don Carlos waren gänzlich leer. Als er nach Navarra kam, hatte er mit einem Juden, dem Baron Moritz Haber, einen Contract behufs einer Anleihe von fünf Millionen Pfund

Sterling abgeschlossen; dieser Contract war am 14. Juni am Bord des Donegal, einem Schiffe Sr. brittischen Majestät, unterzeichnet worden. Haber war durch das Haus Gower et Comp. accreditirt worden; und als Don Carlos durch Paris kam, hatte Mr. Jauge, der carlistische Banquier, ihn in seinen Hoffnungen bestärkt, und sich erboten, die Negotiation der Haberschen Anleihe in Frankreich zu übernehmen. Als Jauge anfing über diese Capitalien zu disponiren, ward er ins Gefängniß geworfen. Andere financielle Einrichtungen wurden vorgeschlagen; durch eine lange Reihe von Mißgriffen und beklagenswerthen Intriguen waren sie jedoch vernachlässigt worden, und die Regierung von Don Carlos blieb — (einige Tausende ausgenommen, die von befreundeten Mächten eingingen) — ihren eigenen Hülfsmitteln wie immer überlassen, die in einem Lande, welches die Armeen zu ernähren genöthigt war, nicht von Bedeutung sein konnten. Dieß war um so empörender, als Europa voll von Speculanten ist, die, wenn auch zu übertriebenen Bedingungen, Geld geschafft haben würden; hätte es Don Carlos nicht daran gefehlt, so würde er sich jetzt in dem unbestrittenen Besitz des Thrones von Spanien befinden. Viele, die bei den Anleihen der Cortes und der Königin betheiligt waren, hätten gewiß ihrer eigenen Sicherheit halber selbst Papiere gekauft.

Dieser Mangel an Geldmitteln war die Veranlassung, daß man den großen Fehler beging, Bilbao anzugreifen, anstatt über den Ebro zu gehen, und aus dem panischen Schrecken des Feindes Vortheil zu ziehen. Der König erklärte, er sei nicht allein außer Stande, die Rückstände zu bezahlen, sondern er habe auch für jetzt durchaus keine Geldsendung zu erwarten; Bilbao, eine reiche Handelsstadt, vermöge allein augenblickliche Abhülfe zu leisten, und müsse da-

her belagert und genommen werden. Diesem widersprach
Zumalacarregui auf das entschiedenste: es würde ihnen, sagte
er, mehrere Tage wegnehmen, und sei außerdem eine mili=
tairisch falsche Bewegung; immer noch besser sei es, von dem
Schrecken des Feindes Vortheil zu ziehen, bevor er sich davon
zu erholen vermöge, und auf Vittoria, Burgos und Madrid
zu marschiren; dadurch würden die Truppen in Gegenden
kommen, die noch nicht durch häufige Durchmärsche erschöpft
seien; und da man die Armee dem Ziel ihrer Anstrengun=
gen entgegen führe, sei Geld weniger nöthig.

Wenn wir Burgos erreicht hätten, wäre die Regierung
der Königin wahrscheinlich entflohen, und die carlistische
Partei in Madrid würde ihr Haupt erhoben haben; war
die Hauptstadt einmal genommen, so mußten alle Hülfs=
quellen des Königreichs in unsere Hände gerathen, und
Bilbao, Pampelona und alle besetzte Städte natürlich fallen.
Zum Unglück machte der Mangel an Geld einen solchen Ein=
druck auf die Umgebung des Königs, daß man ihm rieth,
gegen sein besseres Urtheil auf die Einnahme von Bilbao zu
bestehen, und er legte Zumalacarregui nur die Frage vor:
»Können Sie es einnehmen?«—»Ich weiß, daß ich es neh=
men kann,« war die Antwort des Generals, »aber nur mit
einem großen Opfer an Menschen, und einem noch größern
an Zeit, welche jetzt kostbar ist.«

Er sprach leider nur zu wahr, obgleich er vielleicht
nicht voraussah, daß er sein eigenes Leben vor diesen
Mauern verlieren sollte. Da der üble Genius der Carlisten
gesiegt hatte, und der Angriff auf Bilbao beschlossen war, so
schickte er den Rest seiner Artillerie nach Bilbao, wo Batt=
rien errichtet wurden, und marschirte mit einem Achtzehn=
pfünder und zwei Mörsern an der Spitze von drei Batail=
lons nach Ochandiano, wo eine Garnison von 380 Mann

vom Provinzial-Regiment von Sevilla unter dem Marquis von San Gil lag und den Ort befestigt hatte. Sie ergab sich nicht bei unserer ersten Aufforderung, und die Geschütze fingen daher an zu spielen. Alle Häuser waren crenelirt; am stärksten befestigt zeigte sich jedoch die Kirche, die man mit Tambours umgeben hatte.

Wir fingen unsern Angriff um acht Uhr des Morgens an, und schossen einige Häuser nieder; acht bis zehn andere in der Nähe der Kirche, die der Besatzung hinderlich waren, wurden durch diese selbst niedergebrannt. Unsere Truppen drangen hierauf in die Straße, und trieben den Feind von Haus zu Haus, indem sie mit Spitzhacken Löcher in die Wände schlugen und Handgranaten hineinwarfen. Um ein Uhr waren die Christinos auf die Kirche und ihre nächste Umgebung beschränkt. Vier dreizehnzöllige Bomben schlugen nach einander in dieses Gebäude, welches dicht mit Menschen vollgepfropft war; die letzte verwundete zwölf Mann und tödtete zwei. Da sie fanden, daß der Mörser jetzt eine gute Richtung hatte, hingen sie eine weiße Flagge aus. Hierauf traten ein Offizier und ein Sergent hervor; doch wurde sogleich aus einem Hause, welches der Feind noch im Besitz hatte, auf sie geschossen; der erstere bekam eine Wunde ins Bein, dem letzteren ging die Kugel durchs Gehirn. Bei dieser verrätherischen Handlung schwor Zumalacarregui, jegliche lebende Seele über die Klinge springen zu lassen, wenn man ihm nicht die Thäter auf der Stelle auslieferte. Als sich die Garnison auf Gnade und Ungnade ergab, wies es sich jedoch aus, daß sie nichts von der weißen Flagge gewußt hatten, und sie blieben daher nur Kriegsgefangene.

Hier kamen außer 380 Gefangenen das ganze Musikchor, eine Menge Vorräthe, hunderttausend Patronen und fünfhundert Gewehre in unsere Hände; diese waren fast alle neu und von englischer Fabrik mit dem Stempel des Tower, und wahrscheinlich ein Theil von denen, die der Herzog von Wellington in Folge der Quadrupel = Allianz nach Spanien geschickt hatte. Die Hautboisten waren sehr gut, und da wir in unserer Armee nichts als die Trompete, die Trommel und das Clarin hatten, so war es ein sehr willkommener Fang, besonders da sie sich sehr bereitwillig zeigten, Don Carlos zu dienen. Doch wurden sie später in das königliche Hauptquartier gesendet, weil sie Transport= mittel für ihre Instrumente verlangten.

Als ich die Kirche betrat, hatte ich einen Anblick vor mir, der alle Beschreibung übersteigt; Tornister, Czako's, Mäntel, zerbrochene Stühle, Bänke und Zierrathen aller Art lagen in wilder Unordnung durch einander; in der Mitte hatte man die Ziegelsteine aufgerissen, und drei bis vier Todte in ein großes Loch geworfen, welches noch nicht wie= der zugedeckt war; modernde Schädel und Gebeine, beim Graben aufgewühlt, lagen mit der Erde auf dem Boden umher.

Früh am andern Morgen kehrten wir nach Durango zurück, und marschirten von hier nach Bilbao, wohin uns die Artillerie bereits vorangegangen war. Ochandiano, wel= ches am Morgen um acht Uhr eingeschlossen wurde, hatte sich noch vor Einbruch der Nacht ergeben. Dieß war der letzte Triumph des carlistischen Anführers; als er eben an= fing, die Früchte seiner Arbeiten zu ernten, entriß sie der Tod seinen Händen.

An einem schönen Sommer = Nachmittag formirten wir uns zum Abmarsch unter den hohen, schattigen Bäumen ei= ner schönen Promenade. Dieß war das letzte Mal, wo ich Zumalacarregui im Sattel sah; auf seinem ernsten, aber edlen Gesicht hatte ich nie einen so finstern Ausdruck bemerkt, der noch mehr durch die heitern Gesichter um ihn her hervortrat; denn in einer Armee giebt es nur sehr wenige, die etwas weiter hinaus über dasjenige hinweg sehen, was unmittelbar vor ihnen liegt, oder die sich um den folgenden Tag kümmern; und die Idee, in eine Stadt wie Bilbao einzurücken, die nur einige Stunden entfernt lag, und an deren Einnahme Keiner zweifelte, war für den Augenblick vielleicht angenehmer, als ein Marsch nach Madrid, das viele Meilen entfernt war. Ich bildete mir das, was ich vom General so eben gesagt, durchaus nicht etwa ein, es wurde im Gegentheil von Allen bemerkt. Ein Offizier sagte ganz besonders zu mir: »Sehen Sie den General! — man sollte eher meinen, er ginge zum Schaffot, als zur Einnahme einer Stadt wie Bilbao.«

»Er hat seinen schwarzen Frack noch nicht abgelegt,« wurde sorglos bemerkt. Dieß war eine Anspielung auf einen schwarzen Frack, den er während seines letzten Besuches beim Könige mit seiner Pelzjacke oder Zamara hatte vertauschen müssen, unter der er gewöhnlich eine schwarze Weste trug. Diesen schwarzen Frack hatte er zuletzt angezogen, da ihm angedeutet worden, es sei nicht schicklich, in der Zamara an den Hof zu gehen; denn er hatte es stets verweigert, die Uniform eines Generallieutenants zu tragen, und er schien stolz auf seinen abgetragenen Anzug, der, außer seinen rothen Beinkleidern, nur zu einem Militair=Anzug geworden war, weil er ihn dazu gemacht hatte. Da die Soldaten nicht gewohnt waren, ihn in dieser Kleidung zu sehen, und da er wahrscheinlich, als sie ihn darin erblickten, gerade bei weniger guter Laune war, so sagten sie: »Onkel Tomas ist stets übler Laune, wenn er den Frack anziehen muß.«

Er trug nie einen der Orden, die er nach und nach erhalten hatte; selbst als Don Carlos ihm nach der Schlacht von Vittoria in Onate das Großkreuz des San Ferdinands-Ordens umhing — eine Ehre, die selten einem Unterthan zu Theil wird, — trug er dasselbe nur bis ins Lager. Er hatte mehr als einmal seine Absicht angedeutet, in seinem rothen Barett mit der Pelzjacke und seiner Peitsche darüber an der Spitze seines Lieblings-Bataillons der Guiden mit ihren hanfenen Sandalen und Patronengurten in Madrid einzuziehen.

Daß sein Tod ein Verlust für Spanien war, sind Alle, welche ihn kannten, wohl überzeugt. Ich könnte ein langes Capitel über seine Absichten im Fall eines glücklichen Ausganges, und über die Ausführung großer und nützlicher Entwürfe schreiben, die mehr zur Umgestaltung und Wiedergeburt des Landes beigetragen haben würden, als alle Pläne der sogenannten Liberalen. Wenn er noch zwei Monate länger gelebt hätte, um die Früchte seiner Arbeit zu ernten, so würde ein solches Capitel eben so interessant für den Leser gewesen sein, als es jetzt ermüdend wäre, ihn davon zu unterhalten.

Achtes Capitel.

Bilbao. — Portugalete. — Belagerung von Bilbao. — Mangel an Munition. — Zumalacarregui verwundet. — Folgen davon. — Der König besucht ihn. — Thätigkeit des Feindes. — Mißverständniß. — Aufklärung. — Eine Unterredung. — Schwäche des Don Carlos. — Versuch, in Bilbao einzudringen. — Tod Zumalacarregui's.

Bilbao liegt etwa siebzehn englische Meilen nordöstlich von Durango an den Ufern des Flusses Ybaizabal oder Ivaizaval, wie es ausgesprochen wird, der in der Nähe der Stadt einen großen Bogen macht. Obgleich das Land im Vergleich mit dem Innern eben ist, so finden sich doch eine Menge Hügel, und die macadamisirte*) Straße ist an manchen Stellen durch den Felsen gehauen. Wenn man von Durango anlangt, so sieht man rechts und links nichts als die massive Kirche von Begoña, die sich, umgeben von einigen Häusern, außerhalb der Stadt erhebt. Zur Rechten sind einige Ebenen, zum Theil bewaldet, zum Theil angebaut, durch welche sich der Fluß windet; weiter führt die Straße über eine hübsche und breite steinerne Brücke nach Bilbao, welches hinter Reben-Hügeln verborgen liegt.

---

*) Von M'Adam oder Mac Adam, einem berühmten Chausséebauer in England.

Jenseit derselben finden sich einige Hütten, zur Linken ein unansehnliches Haus und zur Rechten ein Gasthof. Dieser Ort wird wegen der Nähe der Brücke Puente Nuevo genannt, obgleich, wie bei dem Pont Neuf in Paris, ihr altes Ansehen dem Namen widerspricht; und hier befand sich während der ganzen Belagerung das Hauptquartier der Carlisten.

Bilbao scheint, so weit wir als Belagerer darüber urtheilen konnten, eine hübsche Stadt, obgleich irregulär gebaut, hauptsächlich an dem rechten Ufer des Flusses, der in der Stadt tiefer aber schmäler ist als zu Puente Nuevo, und bis zum Haupt=Quai mehrere Krümmungen macht. Das linke Flußufer ist ebenfalls bebaut, jedoch in weit geringerer Ausdehnung, und dieser Theil der Stadt wird Bilbao la vieja oder Alt=Bilbao genannt; ihm schließt sich eine Vorstadt an, und er steht mit dem rechten Flußufer durch eine Hängebrücke in Verbindung. Die Häuser an den Quais und Plätzen scheinen alle sehr hoch und regelmäßig gebaut zu sein, — größtentheils von Stein mit Balkons, und alle reinlich und gut abgetüncht. An dem einen Platz befindet sich das Hospital, ein großes Gebäude, das durch seine vielen Fenster eher einem Gewächshause als einem Hospital ähnlich sieht, und mehr malerisch als solide zu sein scheint. Bilbao ist vielleicht, Cadix und Barcelona ausgenommen, die bedeutendste Handelsstadt in Spanien, und soll einen höchst heitern und lebhaften Anblick gewähren. Dieß konnten wir nur wenig beurtheilen, da die Leute, selbst wenn das Feuer eingestellt war, sich kaum auf die Plätze oder in die Straßen wagten. Der Boden um die Stadt ist äußerst fruchtbar, und bis zum Meere hin, welches ungefähr nur sechs englische Meilen entfernt ist, finden sich an beiden Ufern die schönsten Landhäuser. Nahe an dem Meerbusen von Biscaya, auf dem linken Flußufer, liegt Portugalete, wo die großen Schiffe, die nicht den Fluß hinauffahren können, genöthigt sind Anker zu werfen. Dieß war durch den Feind befestigt und besetzt. Damals lagen bei Olaveaga, nicht weit von Bilbao, am Fuße des Klosters von San Mames, vier oder fünf französische und englische Kauffahrer und drei Kriegsschiffe, das französische Regierungs Dampfboot »Le Météore,« eine französische Goëlette, und der »Sarazen,« ein brittisches Schiff. Die Befehlshaber dieser Schiffe hatten eine Unterredung mit Zumalacarregui, der sich nach der Aussage des auf dem Flusse befehligenden Capitains sehr höflich gegen sie benahm, und für den brittischen Consul einen Paß bewilligte, vermöge dessen ihm eine freie Communication mit dem »Sarazen« gestattet wurde.

Es würde sehr schwer gehalten haben, Bilbao, woselbst sich damals dreißig Geschütze befanden, dadurch einzunehmen, daß man die isolirten Forts oder vielmehr Feldwerke zerstört hätte, die auf Terrassen rings um die Stadt aufgeführt, und durch einen Wall mit einem tiefen Graben verbunden waren, — d. h. es würde schwierig für uns gewesen sein, da unser ganzer Belagerungstrain nur aus zwei Achtzehnpfündern bestand. Unsere sechs- und achtpfündigen metallenen Geschütze richteten nur wenig Schaden an, und unsere Batterien wurden durch die Anzahl und Schwere der feindlichen Geschütze, worunter sich Zweiunddreißigpfünder befanden, demontirt. Die Stadt zu stürmen war eigentlich leicht, und wir würden sie mit einem Verlust von kaum fünfhundert Mann in unsere Hände bekommen haben; Zumalacarregui entschloß sich daher auch dazu. Auf einer Höhe am linken Flußufer, welche den ganzen Platz am Hospital beherrscht, wurden drei Mörser aufgestellt, und Begoña gegenüber, auf dem rechten, wurde eine Batterie von zwei Achtzehnpfündern ziemlich nahe an einer Terrasse und Mauer angelegt, die einen großen Theil der Stadt beherrschte.

In der Kirche unserer lieben Frauen von Begoña, die, obgleich außerhalb der Stadtmauer, die Hauptkirche von Bilbao ist, hatte sich das Bataillon der Guiden festgesetzt. Unsere Munition wurde in Karren durch Ochsen heraufgezogen und hinter der Kirche aufgefahren. Links davon befand sich ein Palast. Da man die Mauern dieses Gebäudes für stark genug hielt, wurden zwei Schießscharten geöffnet und zwei Kanonen hineingebracht. Nachdem unsere Batterieen endlich das Feuer begonnen hatten, wurde gegen Abend gemeldet, daß die Bresche bald gangbar sein würde. Man looste, und es traf die erste und zweite Compagnie der Guiden, an der Spitze der Stürmenden zu stehen. Zumalacarregui setzte die Leute mit wenigen Worten in Kenntniß, daß ein Jeder von dem Hundert, welches die Stadt zuerst betreten würde, eine Unze Gold erhalten solle; sechs Stunden Plünderung wurden gestattet, und für die Familien der Gefallenen sollte gesorgt werden. Sie antworteten ihm mit einem lauten Geschrei, daß er sie nur hinsenden möge. In diesem Augenblicke fehlte es uns an Munition; ein Bote nach dem andern wurde abgeschickt, und während das Feuer nachließ, füllten die Feinde die Bresche mit Sandsäcken aus, so daß diese Stelle nun gerade die schwierigste wurde; denn sicher fanden sich auf der innern Seite spanische Reiter und Gräben. Zumalacarregui verschob jetzt den Sturm bis zur Nacht, und ließ Vorbereitungen zur Anlegung einer Batterie beträchtlich links von Begoña treffen, da er nun einen weiseren Plan gefaßt hatte. Er wollte jetzt den Wall einschießen lassen, welcher die einzelnen Forts verband, und so in die Stadt bringen; hatte er diese einmal genommen, so konnten die umherliegenden festen Punkte und Terrassen, obgleich sie die Stadt beherrschten, diese höchstens in Brand stecken, und mußten sich dann ergeben.

Der Palast neben der Kirche von Bilbao gewährte eine weit umfassende Aussicht; und obgleich er nicht über hundert Klafter von den feindlichen Werken entfernt lag, und das Holzwerk an den Fenstern wie ein Sieb durchlöchert, alle Fenstergitter bis auf drei durch die Kartätschkugeln weggerissen waren, so trat doch Zumalacarregui, der Alles selbst sehen wollte, gegen die Vorstellungen seines Generalstabes, am andern Morgen ganz früh mit einem Fernrohr auf den Balkon. In dem Augenblick, wo er sich zeigte, begann das Gewehrfeuer, und alle Leute auf den Werken und Batterien, die einen Mann sahen, der sich so preis gab, und ihn nach seinem Fernrohr und seiner schwarzen Pelzjacke für einen höhern Offizier hielten, richteten ihre Geschütze dahin. Man sagt, es habe ihn ein Soldat von der englischen Marine getroffen, und zwar von dem Dampfboot im Dienste der Königin, welches damals auf dem Fluß lag; doch läßt sich dieß nicht mit Bestimmtheit behaupten, und es ist mehr als wahrscheinlich, daß die Kugel, welche seinen Tod verursachte, von einem Spanier kam; denn die Seesoldaten in der Batterie können sich höchstens auf zwanzig bis dreißig Mann belaufen haben, und alle stimmen darin überein, daß mindestens hundert Gewehre abgefeuert wurden. Der General trat langsam vom Balkon zurück; als er sich jedoch außer Stand sah, das Hinken zu verbergen, gab er endlich zu, daß er verwundet sei. Eine vom Geländer des Balkons abprallende Kugel hatte ihn an der innern Seite der Wade des rechten Beines getroffen, ohne das Schienbein zu verletzen, den kleineren Knochen zerschmettert, und war einige Zoll tiefer in das Fleisch gegangen.

Ich war in der vorigen Nacht in der Nähe von Zornosa, etwa neun englische Meilen von hier auf der Straße nach Durango, gewesen, und hatte Befehl von Zumalacarregui erhalten, mich am nächsten Morgen bei ihm einzufinden, weil ich in seinen Generalstab versetzt worden war. Da ich bereits vor Bilbao gewesen, und die Quartiere dort sehr schlecht gefunden hatte, übereilte ich mich eben nicht, ob mir gleich um 9 Uhr der Befehl wiederholt wurde; denn ich war am Tage zuvor nicht vom Pferde gekommen und daher noch sehr ermüdet. Als ich nach Zornosa kam, erfuhr ich, daß man so früh nach mir geschickt, weil der General verwundet sei, und weil Burgeß, der den Verband anlegen sollte, meiner bedurfte, um sich verständlich zu machen. Dieser war bereits vor einer halben Stunde abgegangen. Ich drückte meinem Pferde die Sporen in die Seite, doch erreichte ich Bilbao erst, als der General bereits durch zwölf Soldaten in seinem Bett auf der Straße fortgetragen wurde. Er schien zu leiden, doch rauchte er seine Cigarrillo, und unterhielt sich während des ganzen Weges, als wenn nichts vorgefallen wäre. Burgeß hatte die Wunde noch nicht untersucht, — er war auch eben erst angelangt; nach der Beschreibung, die der Chirurgus indeß davon machte, konnte sie nur sehr unbedeutend sein. Dessen ungeachtet schien es ihm doch höchst empfindlich, die Armee verlassen zu müssen, und die Belagerung ferner nicht leiten zu können. Ueberall auf dem Wege, wo sich die Nachricht von Zumalacarregui's Verwundung wie ein Lauffeuer verbreitete, versammelten sich die Landleute und Soldaten um sein Lager. Er trank zweimal unterwegs Chokolate und sagte: »Ich glaube, ich darf nichts Anderes genießen,« welches die Aerzte bestätigten.

Wir rückten so langsam vor, daß es bereits Nacht geworden war, als wir Durango erreichten. Eins der besten

Häuser in der Stadt, dem Palaste gegenüber, in welchem der König wohnte, war zu seinem Empfange in Bereitschaft gesetzt worden. Alle Minister waren gegenwärtig, ihn zu empfangen. Da Zumalacarregui — was ich vielleicht schon erwähnt habe — mit der Umgebung des Königs nicht im besten Vernehmen stand, so war er nicht sehr zuvorkommend. Als sie ihn fragten, ob er Schmerzen habe, antwortete er unfreundlich: »Glauben sie etwa, eine Kugel durchs Bein thue nicht weh?« Die Wunde ward untersucht und von der Art befunden, wie ich bereits anführte; — er hatte etwas Fieber, welches sich in der Nacht vermehrte. Seine erste Bemerkung, als ihn die Minister verließen, war: »Der Krug geht so lange zu Wasser bis er bricht. Zwei Monat weiter hin, und ich würde mich um keine Wunde gekümmert haben.« Er wurde durch seinen Stabsarzt, — einen Mann, der vor einigen Wochen von den Christinos zu uns desertirt war, und zu welchem er Vertrauen zu haben schien, — durch den Leib-Arzt des Königs und durch Burgeß behandelt. Die beiden Ersteren waren der Meinung, nach Verlauf von einem Monat würde er wieder zu Pferde sitzen können, so geringfügig war die Wunde; — Burgeß gab eine noch kürzere Zeit an, und sagte, daß er bei einer richtigen Behandlung in zwei bis drei Wochen wieder dienstfähig sein könne. Dieser war auch der Meinung, die Kugel sogleich herauszuschneiden; dem widersprachen die beiden andern, ja sie lösten den Verband nicht einmal bis am nächsten Morgen; er widersprach auch dem Anlegen einer Bandage und dem Gebrauch eines samaritanischen Balsams aus Oel und Wein, welches er für unnütz erklärte. Sie schliefen alle drei in demselben Zimmer, und wachten abwechselnd. Was mich betraf, so ließ ich mir, da ich unwohl und sehr müde war, von dem Alkalden ein Quartier anweisen und kehrte früh am nächsten Morgen in das Zimmer des Generals zurück.

Um sechs Uhr kam Don Carlos, um Zumalacarregui zu besuchen, und sie unterhielten sich eine lange Zeit; der König hatte Thränen in den Augen, und die ganze Zusammenkunft war äußerst rührend. Zumalacarregui sah sehr blaß und erschöpft aus, da er die ganze Nacht hindurch nur wenig geschlafen hatte. Er durchlas und unterschrieb mehrere Papiere. Alsdann ersuchte er mich, Burgeß zu sagen, da seine Wunde von sehr geringer Bedeutung sei, und da er außer dem Stabsarzt noch vom Könige den Leibarzt zugeschickt erhalten, so möge er lieber nach Puente Nuevo zurückkehren, wo er den Verwundeten nützlicher sein könne. Er entließ mich ebenfalls, und schickte mich zu Eraso, der jetzt ad interim den Oberbefehl führte. Er wurde auf einer Bahre von hier nach Segura und von dort nach Cegama, eine Strecke von etwa dreißig englischen Meilen, geschafft, und kam dabei durch das Dorf Ormaistegui. Dreimal hatte er nach langer Zeit seinen Geburtsort wieder passirt, den er in einem frühen Alter verlassen; — einmal während der Niederlage des Feindes am 3ten Januar, als wir in aller Eile der Verfolgung hindurchzogen, — ein zweites Mal nach der Niederlage Espartero's, der Uebergabe von Villafranca, und der Räumung von Tolosa und Salvatierra durch den Feind, als er zur Einschließung von Bergara marschirte, — und das dritte Mal auf einer Bahre mit der Wunde, die tödtlich wurde, — als er kam, um seine Gebeine in einer geringen Entfernung von seinem Geburtsorte niederzulegen; dieser wurde seinen Blicken nur durch einen Berg entzogen, welcher der Schauplatz eines seiner ersten Siege gewesen war.

Er starb, wenn ich mich recht erinnere, am elften Tage

Achtes Capitel.

nach seiner Verwundung. Er phantasirte, und gab seinen Geist in einer für ihn charakteristischen Weise auf. Er schien seine Leute in einem verzweifelten Gefecht anzuführen, nannte die Offiziere beim Namen, und gab seinen Bataillonen Befehl, anzugreifen, oder sich zurückzuziehen, als hätte er die letzte Schlacht gekämpft, die Spaniens Geschick entscheiden mußte, und in welcher sein Fall viel weniger bedauernswerth gewesen wäre. Mit ihm verlor nicht allein die carlistische Partei, sondern ganz Spanien einen Mann, dessen gleichen es seit vielen Jahren nicht gesehen, und auch so bald nicht wieder sehen wird.

Als ich ihn zu Durango verließ, hätte ich mich dessen nicht versehen. Er war so oft allen Gefahren glücklich entgangen, und so eng mit unserer Sache verbunden, daß wir uns seinen Tod nie hätten träumen lassen. Es würde uns weniger befremdet haben, wenn ein Erdbeben die Hälfte unserer Armee verschlungen hätte.

Ich kehrte nach Puente Nuevo zurück, doch war in allen unsern Operationen eine gewisse Schlaffheit bemerkbar. Zumalacarregui hatte schon am zweiten Tage Bresche gelegt. Obgleich **mehr** Geschütze herbeigeschafft wurden, so war dieß nachher nicht mehr erreicht worden. Der Gouverneur Mirasol, der etwas von Zumalacarregui's Verwundung vernommen, hatte die falsche Nachricht von seinem Tode unter der Garnison verbreitet. Ihr lautes, betäubendes Geschrei verkündete den Carlisten ihren Jubel. »Wir haben Euern barbarischen Anführer getödtet! Der furchtbare Zumalacarregui ist nicht mehr bei Euch! Habt Ihr Wurst aus seinem Blut gemacht, Ihr Räuber?« — so riefen sie. Unsere Leute antworteten mit einem sehr nutzlosen Gewehrfeuer, und schwuren, daß für jeden Tropfen Blutes, den der General verloren, das Herzblut eines Christino fließen solle.

Von diesem Augenblick an war ein großer Zuwachs an Kraft und Muth bei den Feinden bemerkbar. Sie verstärkten ihre Werke, machten zwei Ausfälle und feuerten mit überraschender Energie auf unsere Batterien. Wenn die Kirche von Begoña nicht zusammengeschossen wurde, so lag dieß nur an ihren starken Mauern. Ich befand mich gerade im Thurm, als die größte der Glocken durch einen Schuß aus einem Zwölfpfünder zertrümmert wurde. Zwei oder drei Häuser, worin sich einige Compagnien unserer Truppen postirt hatten, waren durchlöchert wie ein Sieb; da sie jedoch aus Fachwerk bestanden, konnten sie nicht ganz zusammengeschossen werden. In dem Palast wurden zwei Geschütze demontirt, und an dem großen Mörser der Zapfen zerschmettert. Wie es zuging, weiß ich nicht, doch schien ihr Hauptfeuer mehr links von der Kirche gerichtet, wo sie ohne scheinbaren Nutzen eine dicke Wand in Bresche legten, und weiter keinen Schaden anrichteten, als daß sie vier Ochsen tödteten. Eine vierundzwanzigpfündige Kugel ging durch diese Thiere, welche vor zwei Munitionskarren gespannt waren, den man hier hatte stehen lassen. Zwei Mann wurden unter der Piazza neben der Kirche durch Bomben getödtet. Ein Artillerist verlor seinen Kopf durch eine Kanonenkugel, und sechs bis acht wurden durch Splittern der Glocke verwundet; doch hörte ich von keinen ferneren Verlusten während der fünf oder sechs Stunden dieses heftigen Feuerns.

Am nächsten Morgen wurde ein Ausfall in der Absicht gemacht, um einiges Vieh in der Nähe der Seilerbahn wegzunehmen. Unsere Leute suchten die Feinde durch einen verstellten Rückzug zu locken, als sie sie jedoch zu vorsichtig fanden, stürzten sie sich darauf und trieben sie in die Stadt zurück. Ein Marine-Capitain, ein Irländer im Dienste der Königin, wurde bei diesem Ausfall getödtet; ich glaube, er hieß O'Brien. Der Graf Mirasol sagte in dem officiellen Bericht: — »Mein Pferd ward verwundet; Capitain O'Brien wurde ebenfalls getödtet.« Dieser Bericht ist für die Leute unter Evans gewiß äußerst schmeichelhaft; sie erfahren dadurch, wie sie von denjenigen betrachtet werden, für welche sie bereit sind, ihr Blut zu vergießen. Ein englischer Capitain sieht demnach nicht des Sieges oder eines Platzes in der Westminster-Abtei wegen, sondern um sich eine Stelle in dem Bulletin neben dem Pferde eines spanischen Brigade-Generals zu erwerben.

Es war am Tage darauf, wie ich glaube, als ich durch Benito Eraso, den interimistischen Oberbefehlshaber, mit dem Oberstlieutenant Arjona und noch einem Offizier an Bord der Brigg Sarazen geschickt wurde. Hier hatten wir wegen einiger Mißverständnisse eine Conferenz mit den englischen und französischen Seeoffizieren. Zumalacarregui hatte dem englischen Consul einen Paß für die Fahrt auf dem Fluß gegeben, um mit den Schiffen seiner Regierung Verbindung halten zu können. Unmittelbar nach seiner Verwundung hatte sich jedoch Giubelalde, der einige Bataillons an dem Ufer und bei San Mames commandirte, geweigert, den Paß anzuerkennen, da er glaubte, derselbe sei nur für einen Tag ausgestellt. Die Truppen an den Flußufern waren durch andere abgelöst worden, und da ihnen der Befehl, alle Böte mit der französischen und englischen Flagge stromabwärts passiren zu lassen, nicht wiederholt worden war, so hatten sie jegliche Verbindung mit Portugalete verhindert. Dieß war natürlich nur ein Irrthum; doch war es unverantwortlich, französische und englische Schiffe gegen ihren Willen anzuhalten, da die Blockade nur weiter stromaufwärts stattfand, wo man eine doppelte Reihe von Böten quer über den Strom versenkt hatte. Der auf dem Fluß befehligende

Capitain, dessen Name mir entfallen ist, und der Consul erzählten, Zumalacarregui sei bei ihrer Unterredung zuvorkommend artig gegen sie gewesen, und habe gesagt, daß die strengsten Befehle gegeben werden sollten, das Eigenthum derjenigen brittischen Unterthanen, die in der Stadt bleiben würden, im Fall eines Sturms, zu respectiren, und sie hätten nur nöthig, die brittische Flagge über ihren Thüren auszustecken. Er hatte auch ohne weitere Schwierigkeit dem englischen und französischen Consul und den Offizieren Erlaubniß ertheilt, von der Stadt nach Olaveaga zu gehen, und vice versa; unmittelbar nach seiner Verwundung trat jedoch eine große Veränderung ein. Es wurde nicht allein dem Consul die Rückkehr nach Bilbao verweigert, sondern man ließ nicht einmal sein Boot den Fluß hinabfahren. Als sich derselbe an Giubelalde wandte, antwortete dieser: »Verlangen Sie, daß ich mich durch Verletzung meiner Instructionen compromittire?« Die Wahrheit ist, er hatte im Allgemeinen den Befehl, die Blockade streng aufrecht zu erhalten; und da es Eraso nicht für nöthig erachtet hatte, die Ausnahme für den englischen und französischen Consul, so wie für die Officiere zu wiederholen, so befolgte er die Instructionen nach dem Buchstaben. Der Irrthum in Bezug auf die Böte wurde sogleich abgestellt, und wir ritten nach Puente Nuevo, um von Eraso für den Consul einen Paß zu holen, der ihm auf der Stelle geschickt ward; und den nächsten Morgen wurde eine Zusammenkunft zwischen Eraso und dem französischen und englischen Consul verabredet.

Zur bestimmten Zeit kamen sie mit ihren Dolmetschern und dem Capitain die Straße von der Promenade von Miraflores herab. Es gingen ihnen Matrosen mit ihren Flaggen voraus, und sie wurden Eraso vorgestellt. Dieser fing damit an, wegen des Aufhaltens der Böte um Entschuldigung zu bitten, wofür er sich erbot, den Divisions-General zu suspendiren, der sich diesen Eingriff habe zu Schulden kommen lassen, und dann ertheilte er ihnen Pässe für sich oder ihre verantwortlichen Stellvertreter. Da die Consuln ihn so nachgiebig fanden, verlangten sie für alle brittische und französische Unterthanen freien Aus- und Eingang in Bilbao. Der französische Consul zumal forderte dieß auf eine sehr hochmüthige Weise, und ich glaube, wenn er dieß nicht gethan hätte, so möchte es wohl bewilligt worden sein. Es wurde ihm jedoch gesagt, wenn er den Kriegsgebrauch nicht verstehe, so wolle man ihn damit bekannt machen; es sei nur eine Gunst, daß die Carlisten, nachdem sie die Stadt in Belagerungszustand erklärt, noch eine Communikation irgend einer Art gestatteten; und da er dem Consul und den Einwohnern Erlaubniß ertheilt, den Ort zu verlassen, so seien die Carlisten nicht einmal verbunden, die Zurückgebliebenen von den Folgen eines Sturmes auszunehmen. Hierauf stand man sogleich von dem Verlangen ab.

Die Bitte des englischen Consuls belustigte uns; »da der General — meinte er — nicht gegen die Consuln und ihre Familien Krieg führe,« so werde er wohl erlauben, daß jeden Tag einer seiner Leute hinausginge, um etwas frisches Fleisch zu holen, welches sie seit einiger Zeit nicht genossen hätten. Dieß schien im Orte sehr rar geworden zu sein; ein Pfund Rindfleisch kostete 48 Realen oder 4 Thaler, und ein Dutzend Eier 36 Realen oder 3 Thaler. Eraso lächelte, und sagte, er wolle es nicht allein gestatten, sondern wenn sie einen Bedienten mit der englischen Flagge schickten, wolle er befehlen, ihm Fleisch für sie alle zu geben. Der französische Consul dankte ihm, und bemerkte mit einer gewissen affectirten Unachtsamkeit: »Ich weiß nicht, wie es zugeht, — mein Koch hat stets Fleisch gefunden.« —

»Wirklich?« riefen der brittische Consul und der Dolmetscher wie aus einem Munde, — »ich möchte wohl wissen, wo es zu haben ist.« Dieß war sehr ergötzend für uns.

Als ich mich am Tage zuvor am Bord des »Sarazen« befand, ersuchte mich ein Offizier, dessen Namen ich vergessen habe, wenn es möglich wäre, einen Korb voller Lebensmittel an einen seiner Freunde nach Bilbao zu befördern. Am nächsten Tage langte ein Korb voller Geflügel und Enten unter meiner Adresse an, den ein Matrose brachte. Nachdem ich Erlaubniß zum Absenden desselben erhalten hatte, war die einzige Schwierigkeit, Jemand zum Hineintragen aufzutreiben. Die Bauern fürchteten, man möchte sie in der Stadt festhalten; und es ließ sich nicht gut thun, den alle Augenblick wechselnden Posten zu befehlen, nicht auf sie zu schießen, zumal wenn sie von der Stadt herkamen. Es fiel mir ein, ihn durch den Matrosen hineinzuschicken, den ich — da er die Jacke der Union trug — für einen Engländer hielt. Er war jedoch, wie sich nachher fand, vom französischen Dampfboot Météore. Ich übergab ihm den Korb mit dem Bedeuten, er sei für seinen Consul bestimmt. Er wurde daher in Bilbao an den Koch des französischen Consuls abgeliefert. Dieser, der wohl merkte, woher der Wind kam, hatte nichts Eiligeres zu thun, als den Inhalt des Korbes sogleich an den Bratspieß zu stecken. Die Offiziere des Météore's, die gerade bei seinem Herrn zu Tische waren, erzählten mir später, sie hätten eine Gesundheit auf das Wohlergehn der Engländer dazu getrunken.

Sobald Zumalacarregui den Oberbefehl abgegeben, wurde sogleich gegen Eraso's eifrigste Vorstellungen von seinem Plan, den Ort zu stürmen, abgegangen. Man überredete den König, es sei unverantwortlich, eine Stadt, deren

Bevölkerung zum dritten Theil aus Carlisten bestehen, den Gräueln eines Sturmes auszusetzen, bei welchem die Unschuldigen mit den Schuldigen durch die Wuth der Soldaten fallen würden. Von Entsetzen über diese Vorstellungen ergriffen gab der König die bestimmtesten Befehle, nur die Außenwerke zu stürmen. Er wollte seine Krone durch keinen Act der Ungerechtigkeit erlangen.

Die falsche Milde ist nachher die Veranlassung zu vielem Blutvergießen gewesen. Die unmittelbare Folge davon war, daß die Truppen, als ihnen dieser Befehl mitgetheilt wurde, der ihnen die Aussicht auf den Lohn für ihre Anstrengungen raubte, sich weigerten, die Mauern zu ersteigen, oder es wenigstens merken ließen.

Viele Bataillon-Commandeurs und Compagnie-Chefs erklärten, nicht für den Gehorsam ihrer Leute stehen zu können, wenn man ihnen nicht die Plünderung des Ortes gestatte; sie erboten sich jedoch, für ihre Person den Sturm als Freiwillige mitzumachen. Es wurde hierauf beschlossen, die Stadt zu bombardiren; da Zumalacarregui jedoch nur wenig Munition hatte herbeischaffen lassen, wohl wissend, daß Bilbao durch einen Sturm sehr leicht zu nehmen sei, so mußte erst die Ankunft frischer Transporte abgewartet werden. Dadurch ging eine kostbare Zeit verloren, und der Feind erholte sich von seinem panischen Schrecken, und vermehrte in Bilbao ruhig seine Vertheidigungsmittel, wo einige hineingeworfene Bomben keinen andern Schaden thaten, als die Dächer von ein paar Häusern einzuschlagen.

Es wurde jetzt ein Versuch gemacht, Hülfstruppen in die Stadt zu werfen, indem man in der Nacht an dem rechten Ufer nahe dem Meere Truppen landete. Unsere dort postirten Leute zwangen sie jedoch, sich schnell wieder einzuschiffen. Espartero, der 7000 Mann bei Portugalete ver=

sammelt hatte, beschloß einen Versuch zu machen, in die Stadt zu bringen. Er wußte, daß die ganze Macht, — etwa 18,000 Mann — die nach den letzten Niederlagen noch übrig geblieben war, vorrückte, um eine Vereinigung mit ihm zu bewirken, und daß der größte Theil unserer Truppen abgeschickt war, dieses Corps zu beobachten.

Die voreiligen Gerüchte von Zumalacarregui's Tode hatten den Feind mit einem wunderbaren Muthe beseelt. In der ganzen Zeit, während welcher der General einen Ort nach dem andern belagerte und einnahm, war nichts gethan worden; in diesem Kleinmuth gingen sie plötzlich über zu der trügerischen Hoffnung, daß die Carlisten nach Zumalacarregui's Tode leicht zu besiegen sein würden, und ergriffen die Offensive.

Eraso war nur mit sechs Bataillonen bei Bilbao gelassen worden; er selbst litt an einer unheilbaren Krankheit, die ihn auch nach meinem Abgange dem Grabe zugeführt hat. Er verließ das Krankenbett, um das Commando von drei Bataillons zu übernehmen, die Espartero den Weg versperren sollten. Dieser konnte von Portugalete her nur Bilbao erreichen, indem er einen kleinen Fluß, den Salcedon, überschritt, der sich zwischen beiden Städten in den Ybaizabal ergießt. Das ganze südliche Ufer war durch die Carlisten besetzt, und die Häuser an der steinernen Brücke mit Schießscharten versehen, so daß seine Bemühungen, die Brücke zu passiren, vereitelt wurden. Ein feindlicher Capitain machte einen verzweifelten Versuch, die Brücke zu nehmen; unter Trommelschlag rückte er mit achtzehn Mann an; ehe sie aber die Brücke erreicht hatten, wurden der Tambour und der ganze Haufen niedergestreckt; nur fünf, unter ihnen der tapfere Capitain, blieben am Leben, und

machten sich eiligst davon. Da Espartero erfuhr, daß Ca=
stor's biscayisches Bataillon und noch zwei andere abgeschickt
waren, um ihn in die Flanke zu nehmen, so kehrte er schnell
nach Portugalete zurück.

Wir hatten bisher sehr befriedigende Nachrichten über
Zumalacarregui's Besserung erhalten, und theilten die Ge=
fühle der Soldaten, die den Feinden auf ihr Geschrei, wir
hätten unsern Anführer verloren, antworteten: — »In eini=
gen Tagen werdet ihr sehen, ob wir ihn verloren haben!«
Am nächsten Morgen kam — einem Donnerschlag ähnlich
— die Nachricht von seinem Tode. Ich war nach dem
Kloster San Mames geritten; bei meiner Rückkehr erblickte
ich nichts als geheimnißvolle und finstere Mienen. Ich sah
deutlich, daß sich ein Unglück zugetragen; doch war ich weit
davon entfernt, die Wahrheit zu ahnen. Man versuchte
noch, es den Leuten zu verschweigen; doch lief die Kunde so=
gleich nach allen Richtungen umher, obgleich man sie sich
nur zuflüsterte. Sie erzeugte jedoch weniger Entmuthigung
als ich erwartet hätte; viele Offiziere und Soldaten von den
Guiden, die noch in Begoña standen, konnten sich indeß der
Thränen nicht enthalten.

Nach und nach wurde öffentlich davon gesprochen, und
die navarresischen Bataillone, besonders aber die Guiden,
verlangten laut, Bilbao zu stürmen, um seinen Tod zu rä=
chen. »Wir wollen es ohne zu plündern thun! — Wir
wollen ohne die hundert Unzen stürmen! — Wir wollen hin,
und wenn die Hölle vor uns wäre!« so riefen sie unauf=
hörlich.

Wenn man selbst jetzt noch den Enthusiasmus der
Truppen benutzt hätte, so wäre Bilbao noch eingenommen
worden, bevor die zum Ersatz heranziehenden Colonnen, die

ohnedieß langsamen Schrittes und mit weit vorgestreckten Fühlhörnern anrückte, uns zwingen konnte, die Belagerung aufzuheben. Die Folgen dieses neuen Sieges wären unberechenbar gewesen. Ich sah einen von Zumalacarregui's Leuten, der die ganze Zeit über bei ihm gewesen war; es scheint, als habe er trotz des Fiebers nicht aufgehört, sich fortwährend mit Geschäften zu befassen. Die Chirurgen hatten sich endlich entschlossen, die Kugel herauszuziehen; da sie jedoch durch den Verzug einige Zoll tiefer gefallen war, so hatten sie immer weiter und weiter geschnitten, und die Operation auf eine so barbarische Weise vollzogen, daß er vor Schmerz in Ohnmacht gefallen war. Um diesen zu betäuben, hatten sie ihm Opium — wahrscheinlich aber in einer zu großen Quantität — gegeben, denn bald nach dem Herausnehmen der Kugel starb er — wie bereits angeführt — im Delirium. Er wurde in einen bleiernen Sarg gelegt, und in der Kirche von Segama, einem kleinen Dorfe am Orrio, wo er seinen Geist aufgegeben hatte, beigesetzt. Einen Schlüssel zum Sarge schickte man seiner Frau, einen andern dem Könige, und einen dritten behielt man zurück.

Er hinterließ sein ganzes Vermögen, welches aus dreihundert und vierzig Thalern bestand, seinen Leuten. Seiner Wittwe vermachte er die dankbare Erinnerung des Königs; und obgleich nicht das bescheidenste Monument den Ort angiebt, wo er mit seiner Armuth und seinem Ruhm begraben liegt, so ist sein Name einer von denjenigen, die noch lange in Spanien wiederhallen werden. Wenn Don Carlos auf seinen rechtmäßigen Thron gelangt, so verdankt er dieß allein Zumalacarregui. Die Angelegenheiten des Königs befanden sich jetzt in einer ganz andern Verfassung, als zur Zeit des Todes Ferdinands VII., und Don Carlos besaß jetzt die

Mittel zum Siege in einem verzweifelten Kampfe, in dem zu Anfange so wenig Aussicht zum Gelingen war. In dem Nachlasse Zumalacarregui's befand sich ein kleines Kästchen mit Papieren, die Pläne zur Fortsetzung des Feldzuges enthalten sollten.

Neuntes Capitel.

Hoffnungen der Christinos nach Zumalacarregui's Tode. — Die Belagerung von Bilbao aufgehoben. — Hinrichtung zweier Deserteurs. — Christinos. — Tod Eraso's und Reyna's. — Lopez Reyna. — Der Verfasser verläßt die Armee. — Ursprung dieses Werkes.

Kaum wurde es bekannt, daß Zumalacarregui wirklich gestorben, als die ganze feindliche Colonne, deren Stärke ich auf 18,000 Mann angegeben habe, schnell vorrückte, um sich mit Espartero zu vereinigen, und Bilbao zu entsetzen. Einige Offiziere vom »Sarazen« und den französischen Schiffen kamen an dem Tage nach der empfangenen Nachricht von Zumalacarregui's Tode, um mit mir zu Mittag zu essen. Ihre Namen sind meinem Gedächtniß entfallen, bis auf den eines Lieutenants, der Roger hieß. Er sprach vortrefflich französisch und spanisch, und schien ein sehr unterrichteter und wohlgezogener Mann zu sein. Im Allgemeinen schienen die Offiziere der Königin, die sie in Bilbao gesehen hatten, eben keinen günstigen Eindruck auf sie gemacht zu haben.

Der Gouverneur Mirasol, nur bemüht, Zeit zu gewinnen, schickte einen Parlamentair ab, der angab, er wünsche eine Unterredung mit den Belagerern. Dem zufolge begaben sich der Oberstlieutenant Arjona, der Sohn des Exgouverneurs von Sevilla, und Zaraitegui, der Secretair Zumalacarregui's, in die Stadt. Der erstere kannte Mirasol von früher her; sie bemerkten jedoch bald, daß er nicht Lust hatte, sich zu ergeben. Was ihn persönlich anbelangte, so war er sehr höflich; er setzte ihnen einige Erfrischungen vor, und als sie sich trennten, wurden sie von mehreren seiner Offiziere bis an das Thor begleitet. Ein Haufen des wüthendsten Pöbels verfolgte sie mit Beleidigungen aller Art. Diese Leute gehörten besonders zur handeltreibenden Klasse, oder zum Auswurf der Gesellschaft. Als sie sich zugleich nicht mehr mit Schreien und Schimpfen aus der Entfernung begnügten, und sich bis dicht zu ihnen drängten, hielt Arjona an und erklärte, unter den Beleidigungen einer solchen Bande nicht weiter gehen zu wollen.

»Wir können das Volk nicht verhindern, seine Gefühle auszudrücken,« sagte der Commandant.

Arjona versetzte, wenn er nicht Stillschweigen gebieten und veranlassen könne, einen Parlamentair zu respectiren, der überall für unverletzbar gehalten werde, so wolle er nach dem Hause des Gouverneurs zurückkehren.

»O,« sagte der Christino spöttisch, »fürchten Sie nichts; sie sollen Ihnen nichts zu Leide thun.«

»Nein,« versetzte Arjona, der ein junger und muthiger Offizier war, »ich fürchte mich auch meinetwegen nicht; denn wenn Ihr mich umbringt, so würden morgen für Antonio Arjona hundert und funfzig Eurer Offiziere am andern Ende der Brücke von Puente Nuevo baumeln.«

An dem Ende dieser Brücke war es, wo man im vergangenen Jahr die Offiziere des Provinzialregiments von Granada hingerichtet hatte.

Die Annäherung des Feindes muß den Rathgebern des Königs, als es zu spät war, bewiesen haben, wie unrecht sie gehandelt hatten. Bilbao hätte in der Zeit mehr als einmal erstürmt werden können. Mit einer so schlechten Artillerie wie die der Carlisten, und gegen dreißig schwere Geschütze in der Stadt ihre Batterien einschießen zu wollen, würde mindestens sechs Wochen erfordert haben. Es war daher ohne Nutzen viel kostbare Zeit verloren worden, während sich der Feind täglich von seinem Schrecken erholte, und durch die Nachricht von Zumalacarregui's Tode sein ganzes Zutrauen wieder gewann.

Es wurde jetzt beschlossen, die zur Unterstützung der Stadt herbeieilende Armee anzugreifen. Don Carlos selbst übernahm den Befehl seiner Truppen, Moreno wurde zum Chef seines Generalstabes ernannt, und Erafo vor Bilbao zurückgelassen; nach und nach nahm man ihm jedoch so viel von seinen Streitkräften, daß er sich genöthigt sah, die Belagerung aufzuheben, worauf wir nach Villareal de Alava marschirten. Die Carlisten waren zwei Stunden zu spät gekommen, um die Christinos mit Vortheil anzugreifen; da dieser Fehler aber nun einmal begangen war, so zogen beide Armeen — dem Anschein nach ein Gefecht fürchtend — ohne einen Schuß zu thun, an einander vorüber.

Als ich mich wieder nach dem königlichen Hauptquartier begab, um meinen Abschied in Empfang zu nehmen, wurde ich Zeuge der Hinrichtung zweier Deserteurs. Sie waren vom dritten Bataillon von Castilien, demselben Bataillon, welches man aus den zu Trevino gefangenen Christinos gebildet hatte. Nachdem sie zu desertiren entschlossen waren, benutzten sie einen dichten Nebel, um sich zu entfernen. Bald trafen sie einen Bauer; in seiner Gegenwart luden sie ihre Gewehre, und versprachen ihm eine halbe Unze Goldes, wenn er sie zu den Truppen der Königin führen wollte; zu gleicher Zeit aber schworen sie, ihn zu erschießen, wenn er sie verriethe. In der Entfernung, besonders aber wäh=

rend eines dichten Nebels kann man die Truppen beider
Armeen nur durch unsere runden Mützen oder Barets und
die Czako's, Fouragier=Mützen oder gorras de quartel der
Christinos unterscheiden. Der Bauer erinnerte sich sogleich,
daß einige von den carlistischen Bataillons von Alava eben=
falls diese Fouragier=Mützen trugen; und da das Dorf
wußte, wo eins derselben im Quartier lag, so führte er sie
schnurgerade dorthin. Als er dem Dorf ziemlich nahe ge=
kommen war, rief er mit starker Stimme: Muchachos! a
qui hai dos traidores! (hier Bursche, hier sind zwei Ver=
räther!) Die beiden Soldaten, welche sich verrathen sahen,
versuchten sich durch die Flucht zu retten, ohne an die Be=
strafung ihres Führers zu denken. Sie wurden indeß ver=
folgt, und, da sie der Gegend unkundig waren, sehr bald
gefangen genommen.

Der Marsch des größten Theils der carlistischen Armee
war jetzt auf Salvatierra gerichtet, welches die Christinos
früher, durch Zumalacarregui gezwungen, verlassen hatten.
Salvatierra, eine sehr alte Stadt an der linken Seite der
Straße von Vittoria nach Pampelona, war mit einem alten
Walle von beträchtlicher Höhe und Festigkeit umgeben. Ob=
gleich diese mit viereckigen Thürmen besetzte Umwallung zu
einer Zeit stark gewesen sein mochte, wo die Artillerie entwe=
der unbekannt oder noch im Entstehen war, bot sie gegen
die jetzigen Belagerungswerkzeuge durchaus keinen hinreichen=
den Schutz. Man muß jedoch nicht vergessen, daß sich die
carlistische Armee vorzüglich zu Anfange des Krieges in der=
selben Lage befand, wie alle Armeen vor der Einführung
der Geschütze, und vielleicht in einer noch schlimmern; denn
es standen ihnen nicht einmal die Mittel der Krieger früherer
Zeit — die Catapulten, die Scorpione und die Mauerbre=
cher — welche bei jenen die Geschütze ersetzten, zu Gebote.

Ein jeder Gegenstand, der nur einen Gewehrschuß abhielt, wurde für ihre Gegner eine Festung, bis es endlich den Anstrengungen und der Beharrlichkeit eines einzigen Artillerie-Offiziers gelang, in den Wäldern und Bergschluchten einige dieser furchtbaren Maschinen zu erzeugen, mit denen es dann nicht schwer hielt, sich mehrere zu verschaffen; denn nur der Anfang war schwer.

Da Salvatierra durch den Feind geräumt worden, nahmen es die Carlisten in Besitz und demolirten, wie gewöhnlich, die Festungswerke. Dieß verlangte hier jedoch einige Zeit. Wir trafen 200 mit Ketten an einander geschlossene Peseteros und Chapelgorris daran arbeitend, denen man zwar seit Lord Eliot's Convention das Leben geschenkt, jedoch keine Waffen in die Hände gegeben hatte; wenn Zumalacarregui dieß versucht hätte, so würden sich bestimmt sämmtliche Leute in allen Compagnien geweigert haben, sie aufzunehmen, so sehr verhaßt waren sie. Die Soldaten der Linie wurden jedoch von dem Augenblick an wie Brüder von ihnen behandelt, wo sie den Czako mit dem Baret vertauscht hatten.

Unter den Gefangenen befand sich ein alter Mann, dessen ganze Erscheinung andeutete, daß er einer höhern Klasse als der der Arbeiter um ihn her angehöre. Es war ein Marquis, wie ich später erfuhr, dessen Name mir entfallen ist; er hatte sich jedoch unter den Liberalen berühmt gemacht, und war durch eine Partida gefangen worden, als er mit einer kleinen Eskorte Vittoria verließ, um ein Freicorps für die Königin zu errichten; deßhalb hatte man ihn wie einen Pesetero behandelt. Er schien den Wechsel des Geschicks mit großer Festigkeit zu tragen. Bei der Ankunft des Königs wurde seine harte Arbeit gemildert, und am Abend nachher erschien der Sohn des Marquis mit einem andern Offizier unter einer kleinen Bedeckung aus Vittoria, um den Austausch seines Vaters gegen die Familie eines unserer hohen Offiziere, der sich in der Gewalt des Feindes befand, vorzuschlagen, welches angenommen wurde.

Von Salvatierra aus begleitete ich den König während eines entsetzlichen Sturmes nach Eulate in den Amescoas. Am nächsten Tage nahm er mit vierzehn Bataillons eine Position bei Arrouniz, während Eraso angefangen hatte, Puente la Reyna zu belagern, um Cordova zu einem Gefecht zu zwingen. Da ich erfuhr, daß mein Paß an Eraso geschickt worden, begab ich mich zu ihm.

Eraso, der eines langsamen Todes an der Schwindsucht starb, war eben aufgestanden und bei Tische. Dieser Mann, der ein geschickter Soldat war und nach meinem geringen Dafürhalten Zumalacarregui — wenn auch noch in weiter Entfernung von ihm — zunächst stand, hatte aus einem höchst uneigennützigen und reinen Gefühl für den Royalismus gefochten. Ihm wollte Zumalacarregui als älterem Offizier den Oberbefehl übertragen; er gestand jedoch offen, daß er Zumalacarregui's Talent für größer halte als das seinige, und verweigerte die Annahme. Er war sich seines allmählichen Hinsterbens bewußt, und hatte dieß schon vor mehreren Monaten ausgesprochen. Demgemäß hatte er wie ein Mann gehandelt, der, den Tod vor Augen, von der Nichtigkeit irdischen Ehrgeizes durchdrungen ist. Seine letzte Heldenthat war der Sieg über Espartero auf den Höhen von Descarga, wo er 1800 Gefangene machte. Als ich Abschied von ihm nahm, und die Hoffnung auf seine Genesung aussprach, schüttelte er meine Hand und sagte mit einem melancholischen Lächeln: »Wenn die Blätter fallen, werde ich aufgehört haben zu sein.« Er hatte richtig prophezeit; denn nach sechs Wochen starb er.

Ich bemerkte, daß er für Zumalacarregui's sämmtliche Leute und Diener gesorgt hatte. Dieß waren größtentheils rohe Bauern aus den Dörfern, in denen der Held von Ormaistegui seine Jugend zugebracht. Obgleich er für sie als seine unmittelbaren Landsleute eine Vorliebe gezeigt, so waren sie jedoch nie über ihre geringen Verdienste befördert worden, welches er sonst wohl hätte thun können. Ehe wir uns trennten, ersuchte mich Eraso um eine Copie von dem Bilde Zumalacarregui's, welches als Titelkupfer beigefügt ist, und von ihm für sehr ähnlich erklärt wurde.

Da es meine Absicht war, in wenigen Stunden nach der Grenze abzureisen, ging ich mit dem Obersten Goni vom ersten Bataillon zu Mittag zu essen. Bei Tische wurden wir durch Musketenfeuer aufgeschreckt. Da sein Bataillon Puente gegenüber im Dienst war, bestiegen wir sogleich unsere Pferde, die zum Glück gesattelt waren, und ritten nach der Batterie. Puente la Reyna liegt am Abhange eines Hügels; an der andern Seite strömt der Fluß Arga vorüber; diese wurde durch zwei Batterien auf einer kleinen Anhöhe gedeckt. Wir bemerkten bald, daß der Feind einen Ausfall gemacht und eine unserer Batterien genommen hatte, die den seinigen gegenüber lag. Nachdem wir uns an die Spitze von zwei Compagnien gesetzt hatten, die etwa hundertundfunfzig Schritt davon auf Posten standen, rückten wir vor und eroberten die Batterie wieder. Goni wurde dabei leicht im Schenkel verwundet, — übrigens war der Verlust auf unserer Seite höchst gering.

Das Erste, was wir in der Batterie erblickten, war Reyna's Leiche auf der Erde; er hatte einen Bajonnetstich durch das Herz und einen Schuß durch den Hals bekommen, und noch quoll das warme Blut aus den Wunden; hierauf bemerkten wir den Lieutenant Plaza mit zerschmettertem Hirnschädel und sieben Artilleristen, die alle, wie man deutlich sehen konnte, so erschossen worden waren, daß man ihnen die Gewehre dicht auf den Leib gehalten, denn die Kleidungsstücke von zweien glimmten noch wie Zunder. Alles dieß war durch die Nachlässigkeit der Schildwacht geschehen, die eingeschlafen war, und ihr Vergehen zuerst mit dem Leben bezahlt hatte. Ermüdet durch die Beaufsichtigung der Batterie während der ganzen Nacht hatte Reyna sich zwischen einigen Bomben niedergelegt, um ein paar Stunden zu schlafen; die übrigen Leute waren beim Essen. Ein Spion muß sich durch die Weinberge zu den Feinden geschlichen haben, um ihnen Nachricht hiervon zu geben; denn sie überfielen die Batterie so vollständig, daß die Artilleristen vor dem Entfliehen nicht einmal Zeit hatten, ihre Gewehre mitzunehmen. Nach der Aussage dieser Leute scheint es, als hätten sich Reyna, Plaza und sieben Artilleristen zu Kriegsgefangenen ergeben. »Pardon für diejenigen, die sich auf die Knieen werfen!« riefen die Christinos; Reyna und die Andern gehorchten dieser Aufforderung. Nachdem sie die Uebrigen verfolgt, und die Geschütze vernagelt hatten, brachten sie nach zehn Minuten die Gefangenen mit kaltem Blute um; denn es war nach dieser Zeit, als wir die Schüsse hörten. Dreien der Unglücklichen hatten sie die Hände mit Schnupftüchern auf den Rücken gebunden, und einem mit dem Riemen der Patrontasche, der zu diesem Zweck abgeschnitten worden. Dieß war seit der Convention Eliot's das erste Mal, daß sie dieselbe gegen carlistische Offiziere in Ausübung bringen konnten, und auf diese schmachvolle Weise verfuhren sie, obgleich Zumalacarregui dieselbe getreu beobachtet und während des letzten Monats über 4000 Gefangene gemacht hatte. Die Geschütze waren vernagelt, jedoch mit eisernen anstatt mit stählernen Nägeln, so daß sie sich leicht mit Zangen herausziehen ließen, und die Batterie schon nach einer halben Stunde ihr Feuer wieder eröffnete. Keiner der Soldaten wollte mir — vielleicht aus Aberglauben — ein Messer oder eine Scheere borgen, womit ich Reyna eine Haarlocke für seinen Bruder abzuschneiden gedachte, der eine Schwadron befehligte, bei welcher ich gedient hatte, und mit dem ich sehr vertraut geworden. Endlich sah ich mich genöthigt, den scharfen Säbel eines Artilleristen dazu zu nehmen. Reyna und sein Bruder hatten manchem Gefangenen das Leben gerettet; und beide waren eben so sehr wegen ihrer Menschlichkeit, als wegen ihrer Tapferkeit berühmt.

Nach zwei Tagen, als ich bereits der Grenze nahe war, fand das Gefecht bei Mendigorria statt, in welchem die Carlisten besiegt wurden, obgleich diese Niederlage nicht eben große Folgen nach sich zog. Reyna, der die Nachricht vom Tode seines Bruders und das melancholische Andenken durch mich erhalten hatte, zeichnete sich durch die Rettung zweier castilischer Bataillone aus. Lopez verfolgte nämlich mit 500 Pferden die Carlisten, als Reyna mit der dritten und vierten Schwadron — im Ganzen 240 Pferde — die Erlaubniß erhielt, anzugreifen. Er warf und schlug die Cavallerie des Lopez in die Flucht, und, keinen Pardon gebend, rächte er durch ein furchtbares Blutbad die Ermordung seines Bruders. Ich habe später von einem Augenzeugen erfahren, daß die ganze vierte Schwadron mit bluttriefenden Lanzen zurückgekehrt sei.

Tomas Reyna, noch ein junger Mann, war Rittmeister von den Kürassieren der Garde Ferdinands gewesen. Er hatte sich sehr ausgezeichnet, und war ein großer Liebling von Zumalacarregui. Niemand versuchte mehr — so viel es in seiner Gewalt stand — die Gräuel des Bürgerkrieges zu mildern, und Niemand beklagte sie mehr als er. Ich habe gehört, er sei seit der Zeit der Claverhouse *) der carlistischen Armee geworden, indem er gelobt, niemals wieder einen der Feinde zu schonen, die so unbarmherzig gegen sein eigenes Blut gehandelt hatten.

Die letzte Scene, die ich noch erlebte, bevor ich die royalistische Armee verließ, war daher — so wie es die erste gewesen war — eine Scene des Blutvergießens. Reyna gehörte zu meinen frühesten Bekannten. Nur sehr wenige von denen, die ich zu Anfang des Krieges kennen lernte, hatten nach einem Jahre seine Wechselfälle überlebt, und die Glieder der Freundschaftskette, die mich mit Vielen verband, waren nach und nach zerbrochen. Drei Tage nachher kehrte ich über die Grenze zurück, und vertauschte mein rothes Baret mit einem runden Hut, und mein Schwert mit einem Wanderstab.

Ich habe eine kurze Erzählung der Ereignisse meines Feldzuges, größtentheils nach auf der Stelle gemachten Notizen, geliefert, um die Schwierigkeiten zu zeigen, mit denen ein Mann zu kämpfen hatte, dessen Heldenthaten der Erwähnung werth sind, und um darzuthun, was er leistete; — zugleich wollte ich das Publikum von dem eigentlichen Stand der Dinge in Kenntniß setzen, und es befähigen, mit Berücksichtigung des Muthes und der Ausbauer des baskischen Volkes ein richtiges Urtheil über den endlichen Ausgang der Sache des Don Carlos zu fällen.

---

*) Anspielung auf eine Erzählung Walter Scott's aus den Zeiten der Rebellion unter Carl I.

Zehntes Capitel.

Betrachtungen über die Quasi-Intervention. — Widerlegung der Ansprüche der Königin darauf. — Falschheiten, um das Publicum zu täuschen, aufgedeckt. — Oberst Evans und die Hülfstruppen. — Was ihnen wahrscheinlich widerfahren wird, wenn sie ins Feld rücken. — Die Folgen, wenn sie in der Garnison bleiben.

So groß die Einfalt John Bulls auch angenommen wird, so muß man sich doch sehr darüber wundern, wie es einigen wenigen Tonangebern auf dem Geldmarkt durch Bestechungen und Intriguen möglich gewesen ist, das Publicum eine so lange Zeit hindurch über die Ereignisse in den nördlichen Provinzen Spaniens in gänzlicher Unwissenheit zu erhalten, da sie doch für so Viele ein Gegenstand des lebhaftesten Interesses sind. Der größte Theil der heftigen Verfechter der Königin besteht aus diesen Wucherjuden; denn wenn der usurpirte Thron einstürzt, kommen sie um ihr Geld. Hiervon sind sie vollkommen durchdrungen; was jedoch die Gerechtigkeit oder Ungerechtigkeit der Sache anbetrifft, so ist ihnen dieß ganz indifferent, und kommt bei ihrem Calcul niemals in Betracht. Sie erklären die Sache der Königin für gerecht, weil sie es vortheilhaft finden, daß eine Nation eine Regierung besitzt, durch welche einige Individuen in London oder Paris reich werden.

Ueber die Intervention der unter Evans ausgezogenen Mannschaften will ich nur wenige Worte sagen, wenn sie auch überflüssig sein sollten. Wenn sich die großen Fondsinhaber der Stadt London einbilden, Spanien sei ein Land, welches sich wie Portugal durch ihr Gold erobern lasse, so sind sie mit ihrem Urtheil über den Charakter der Spanier sehr im Irrthum, wenn sie nämlich die Königin auf die Weise zu unterstützen gedenken, wie Don Pedro; denn zehn- oder funfzehntausend Mann sind für Spanien nichts als ein Tropfen Wasser im Ocean, und würden der Sache der Königin mehr schaden als nützen. Es giebt für die Ungerechtigkeit und Falschheit keine Worte, mit welcher sie die Angelegenheiten der Halbinsel dargestellt und dadurch viele Tausende ruinirt haben.

Das Publicum wurde zu glauben verleitet, die Mehrzahl der Nation stimme mit dem Testament überein, durch welches Ferdinand gegen das bestehende Gesetz die Thronfolge umänderte, unter der Bedingung, sogenannte liberale Institutionen einzuführen. Ohne diese Zustimmung hatte dasselbe, wie zugegeben wurde, natürlich keine Rechtskraft; man sagte jedoch, die Mehrzahl des Volkes sei günstig für die Regierung gesinnt, und diese hatte die Armee von 120,000 Mann, alle feste Plätze und das Material des Königreiches in ihrer Gewalt. Ist dem nun also, wie sollten sie alsdann noch der Hülfe von Fremden bedürfen? — und zwar der Hülfe des Auswurfs eines Landes, welches einem Mistbeete gleicht, wo edle Früchte und Blumen aus Unrath und Dünger hervorschießen, dessen es dort mehr giebt als irgendwo. Ist die Mehrheit der Nation nicht für die Königin, so hört ihr Recht nach den Grundsätzen ihrer eigenen Verfechter von selbst auf, und es wird zu einer himmelschreienden Ungerechtigkeit, gegen Don Carlos Partei zu nehmen; denn alsdann geschieht es nur des Gewinnes halber.

Wie die Fondsinhaber — ich meine die ohne Verschulden blinden — noch im Stande sind, jenen öffentlichen Blättern Glauben zu schenken, durch welche sie so oft belogen wurden, übersteigt meine Begriffe. Wenn man sämmtliche Nummern aus den letzten Jahren dieser falschen Orakel nimmt, so wird man in ihnen von der ersten Zeit an, wo man in England anfing, die Sache zu verhandeln, stets finden, »die carlistische Faction oder die bewaffneten Banden existiren nicht mehr.« Obgleich sie also gar nicht mehr existirten, so wurden sie doch, wie die Berichte lauteten, fortwährend vernichtet, und nach diesen Vernichtungen erlebten sie wieder vollständige Niederlagen. Als endlich die Niederlage von Valdez durch das Zeugniß Lords Eliot's außer allen Zweifel gesetzt wurde, und als Zumalacarregui Bilbao belagerte, welches Jedermann hätte die Augen öffnen sollen, hörte man noch nicht auf, den falschen Berichten zu trauen; so gern glaubt der Mensch das, was er wünscht, und natürlich sagen die Leute: »Die Inhaber spanischer Staats-Papiere werden doch wohl am besten wissen, wie die Sachen stehen.«

In Bezug auf die Hülfstruppen sagt man, die genaue Kenntniß des Landes — doch höchstens nur eine topographische — welche der General Evans besitzt, werde Wunder bewirken; aber was ist diese gegen die Terrainkenntniß Mina's, El Pastors und hundert anderer Offiziere auf beiden Seiten, denen nicht allein die Lage der Berge, Straßen und Dörfer, sondern jeder Fußpfad, Bach und fast die Anzahl der Steine auf jeder Brücke bekannt ist? *) Mina's An-

---

*) Als ich einen Offizier der carlistischen Armee, der unter Mina

führertalent besitzt er nicht, wenigstens hat er noch keine Gelegenheit gehabt, es zu entfalten, — und sein Rednertalent, so nützlich es ihm bei den Wahlbürgern von Westminster sein mag, kann ihm unter den Landleuten der Provinzen nichts helfen. Einige behaupten dreist, sein ganzer Plan, »den Krieg zu Ende zu bringen,« bestehe darin, sich gewisser dominirender Stellungen zu bemächtigen. Für die, welche das Land kennen, bedarf dieß weiter keines Commentars; für die übrigen erlaube ich mir zu bemerken, daß dieß zu einer Zeit ganz vergebens war, wo die Armee der Königin unendlich zahlreicher war als jetzt, wo die Carlisten nur 6000 Mann ohne Artillerie zählten, und Robil jede Stadt mit einer starken Garnison versehen, und jeden militairisch wichtigen Punkt befestigt hatte. Was kann der General Evans wohl jetzt mit 6 — 8000 elenden Kerlen in einer nur untergeordneten Stellung anfangen, da die Carlisten 30,000 Mann stark und mit Artillerie versehen sind.

Was die Leute anbetrifft, so sind sie noch gänzlich undisciplinirt; und so brav meine Landsleute auch sonst sein mögen, so muß ich doch offen bekennen, daß sie zu einem Guerrilla-Krieg am allerwenigsten geeignet sind. Die rangirten Schlachten und stehenden Gefechte hören hier auf, und ihre Hauptgegner sind Hunger, Anstrengung, Krankheit, das Messer, und vor allem Andern der plötzliche Wechsel von Mangel und Ueberfluß. Sind dieß die Feinde, welche der brittische Soldat zu bekämpfen gewohnt ist? Und die Hülfs-Legion ist weit davon entfernt, aus brittischen Soldaten zu

---

gedient hatte, nach diesem Umstande fragte, antwortete er mir: „Wir sind jetzt auf der Brücke von Sumbillio; — wenn Sie zu Mina nach Cambaud gehen könnten, so würde er Ihnen sagen, wie viel Zoll die Brücke lang und breit ist, und wie viel Steine sich im Brückengeländer befinden.

bestehen. Man hat sehr mit Unrecht gehofft, der Name dieser Hülfstruppen und die rothen Röcke würden Wunder thun; doch müssen wir uns erinnern, daß die Truppen Napoleons wohl einen größeren Ruf hatten, und in Bezug auf ihre Excesse *) mehr Schrecken verbreiteten, als die unsrigen; dieß entmuthigte jedoch die Spanier nicht, und die Tausende der Eroberer von Europa, die ohne den Ruhm einer Schlacht umkamen, füllen ein verhängnißvolles Blatt in der Geschichte Napoleons, und hätten wohl als nützliches Beispiel dienen sollen.

Die Berge von Navarra sind nicht das Schlimmste; der Krieg würde in Catalonien oder Galicien erst von neuem beginnen, wenn der König ihn dorthin verlegte, und wenn es möglich sein sollte, ihn aus den insurgirten Provinzen zu vertreiben. Die französischen Soldaten sagten, die Navarresen seien wie die Regenwürmer, — wenn man einen entzwei schneidet, entstehen zwei daraus. Ich kenne einen Oberstlieutenant in französischen Diensten, der, als er mit Joseph in Madrid war — auf dem Wege von der Grenze bis zur Hauptstadt ohne ein einziges Gefecht drei Fünftel der Leute seines Bataillons verlor, und damals war Spanien durch eine große Armee überschwemmt. Die Hülfe, welche die Fondsinhaber zu senden vermögen, kann nur eine höchst unbedeutende sein. Daß sie dieselbe auf einen Guerrilla-Krieg zu beschränken im Stande sein werden, glaub' ich nicht; sie werden vielmehr einen heftigen Widerstand erfahren. Erstens sind die Bataillons von Navarra, die von Anfang an Zumalacarregui folgten, und die größten Entbehrungen und Anstrengungen ertragen lernten, deren der

---

*) Hierin scheinen die Hülfstruppen es ihnen wenigstens gleich zu thun.

menschliche Körper überhaupt fähig ist, viel bessere Truppen, als die Hülfstruppen in vielen Monaten werden können. Vorzüglich wird sich ihnen das Bataillon der Guiden von Navarra, wenn sie jemals mit diesem zusammentreffen, als ein Feind zeigen, wie sie sich bisher noch keinen träumen ließen. Zweitens werden sie finden, daß die Carlisten alle halbe Stunden auf den Straßen vortheilhafte Positionen finden, bei denen der Feind, wenn er sie nimmt, nichts gewinnt, und wenn er sie nicht nimmt, immer große Verluste erleidet, die ihn nöthigen, in seinen befestigten Plätzen Zuflucht und Ersatz für die gehabten Verluste zu suchen. Oder die Carlisten werden sich zurückziehen und ihre Feinde in unwirthbare Gegenden locken, wo es an gebahnten Wegen fehlt, wo sie, bei Tage der brennenden Sonne und bei Nacht der schneidenden Kälte ausgesetzt, weder Nahrung noch Obdach finden; und dann kommen noch die Partidas, um alle Zufuhr abzuschneiden und alle Nachzügler aufzuheben. Hat dieser Spaß einige Tage gedauert, und es erfolgt nun ein wirklicher Angriff, so ist man, wie ich aus Erfahrung weiß, von dem feinen durchdringenden Regen durchnäßt, von Hunger und Mattigkeit so abgespannt, daß man sich, ohne Widerstand zu leisten, mit Stöcken und Steinen umbringen läßt.

Von diesen Entbehrungen führt ihn ein kurzer Marsch in eine Gegend, wo der Soldat für einen Silbergroschen eine Flasche Wein erhalten kann; und unter solchen Umständen verlaßt Euch auf die Mäßigkeit dieses würdigen Theiles meiner Landsleute, die sich unter den Fahnen Ihrer glorreichen Majestät versammelten! Dabei ist wohl zu bemerken, daß nur einen Büchsenschuß entfernt ein schonungsloser Feind wie ein Wolf sie umschleicht und Jeden greift, der sich vom großen Haufen entfernt. Darum sind auch alle Communicationen und Zufuhren sehr schwierig, ja fast unmöglich, wenn sie auch unter starker Eskorte gehen. Die Wege sind eng und schmal, und die Lastthiere, Maulesel und Pferde, können nur einzeln gehen; während nun die Bedeckung durch einen verstellten Angriff an die Tête oder Queue gelockt wird, kommen andere Haufen von den Bergen herab, schneiden jenen Thieren die Gurgeln durch und plündern oder zerstören die Bagage. Was will man dagegen thun?

Wollte man vorschlagen, die Hülfstruppen bloß zur Vertheidigung der Städte und festen Plätze zu verwenden, so stößt man auch hier auf Schwierigkeiten. Die Spanier sind nur durch die liberale Partei und durch die Umstände gezwungen worden, fremde Hülfe anzunehmen; aber nach den vielen harten Schlägen, die sie bereits bekommen haben, würden sie sich bestimmt nicht hinstellen und fechten, während sich die Fremdlinge, die sie bezahlen, hinter den Mauern fester Städte verbergen. Gebrauchte man die Hülfstruppen wirklich nur zu Besatzungen, so würden bald Uneinigkeiten zwischen ihnen und den spanischen Soldaten ausbrechen, welches dennoch höchst wahrscheinlich das Ende von der ganzen Sache sein wird. Wir dürfen uns nicht etwa einbilden, daß die Spanier glauben, die Engländer leisten ihnen aus Freundschaft Beistand, — sie wissen sehr wohl, daß dieß nur des Gewinnes halber geschieht. Ich meine damit nicht die Angestellten, sondern die Anstellenden. Bei der liberalen Klasse und der Bevölkerung der Städte ist die Abneigung gegen die Engländer gerade am stärksten; sie werfen uns Dinge vor, die kaum der Widerlegung bedürfen. Sie erzählen mit dem größten Ernst, die Engländer hätten Befehl gehabt, als sie unter der Maske der Freundschaft in Spanien waren, alle Manufacturen nieder zu brennen, welches sie auch gethan; und in der Schlacht bei Toulouse habe der Herzog von Wellington — einer erhaltenen Instruktion gemäß — die Spanier dahin gestellt, wo sie geopfert werden mußten, und zwar ihrer liberalen Gesinnungen halber. In ganz Europa haben wir das Unglück, daß man uns nicht allein unsere wirklichen Fehler sehr scharf anrechnet, sondern daß man uns sogar noch falsche dazu andichtet. Die nördlichen Provinzen Spaniens haben wenigstens eine dankbare Erinnerung an unsere ihnen geleisteten Dienste aufbewahrt; und obgleich auch hier dieselbe Abneigung gegen alles Fremde wie im übrigen Lande herrscht, so war doch bisher der Name eines Engländers hier eine sehr große Empfehlung. Wie gewöhnlich bemühen wir uns, diese guten Eindrücke durch die Dienste, welche wir der andern Partei leisten, möglichst zu verwischen, und uns so verhaßt zu machen, wie die Franzosen seit ihrer Invasion es sind.

So weit hatte ich geschrieben, als die Miethlinge aus St. Sebastian und Santander ausrückten; und obgleich seit der Zeit mehrere Monate verstrichen sind, so habe ich doch noch keinen Grund gefunden, eine Zeile von dem hier Angeführten zu ändern. Was ich vorhersagte, ist vollständig eingetroffen. Die brittischen Hülfstruppen sind jetzt schon mehr als sechs Monat in Spanien. Selbst ihre wärmsten Vertheidiger werden nicht behaupten können, daß sie in dieser ganzen Zeit etwa Ruhm und Vortheil für sich oder für die Regierung, der sie dienten, eingeerntet hätten. Nach den Berichten ihrer Gegner und selbst unparteiischer Autoritäten haben sie nur Niederlagen und Schmach erlebt, die nun auf die ganze brittische Nation fallen werden; denn die Spanier machen keinen Unterschied zwischen der Nation und dem Auswurf derselben, eine Bezeichnung, die das Hülfs-Corps unter Evans im Allgemeinen verdient. Natürlich werden sich Ausnahmen darunter befinden, aber gewiß nur sehr wenige. Welche Meinung ich auch über die sich widersprechenden Berichte der drei Recognoscirungen oder Gefechte von Hernani, Arrigoriaga, und auf der Straße nördlich von Vittoria in Bezug auf die anglo-spanische Legion habe, so will ich mich hier jedoch nicht darüber auslassen, da es bei diesem Werke mein Zweck gewesen ist, nur Thatsachen zu erzählen, von denen ich Augenzeuge war, oder wovon ich mit Bestimmtheit sprechen konnte.

Wenn der Leser einen Blick auf die Karte wirft, wird er leicht bemerken, daß eine jede der beiden ersten Bewegungen gemacht wurde, um eine Verbindung zwischen der Küste und den Ebenen von Vittoria und der Rivera herzustellen. Demgemäß sollte die Passage auf den Straßen von St. Sebastian und Bilbao nach Vittoria durch den gebirgigen Theil des Landes erzwungen werden. Auf der ersten dieser Straßen rückte die brittische Legion bis Hernani vor; hier ereignete sich das erste Gefecht gegen die Division des Gomez, die aus den rohesten Truppen der Carlisten bestand. Beide Theile erzählen den Hergang auf sehr verschiedene Weise; Niemand bestreitet jedoch die Thatsache, daß sich die Legion nach demselben hinter die Wälle von St. Sebastian zurückzog, von wo aus sie auf dieser Straße niemals wieder vorrückte; denn sie ging nachher zur See von St. Sebastian nach Bilbao. Von hier marschirte sie einige Stunden weit mit dem Gros der Armee der Königin auf einer der nach Vittoria führenden Straßen vor. Bei Arrigoriaga kam es zum Gefecht, welches ebenfalls auf ganz verschiedene Weise erzählt wird; die Folge davon war jedoch, daß die Legion sich abermals nach Bilbao zurückzog, wo sie hergekommen war.

Man erzählt uns mit der größten Ernsthaftigkeit, dieß seien Recognoscirungen, und die Stadt-Politiker und Fondsinhaber mögen es auch glauben; ein jeder Soldat weiß aber, daß man nicht mit vier Fünfteln einer ganzen Besatzung, oder mit allen disponiblen Streitkräften recognoscirt, sondern daß dazu funfzig oder hundert Mann schon hinreichen.

Als man endlich die Vereinigung mit Cordova zu Vittoria bewerkstelligte, geschah dieß nicht auf der directen Straße von Norden nach Süden, sondern auf einem bedeutenden Umwege nach Westen hin; und dennoch wurde die Legion zweimal bei dieser Unternehmung zurückgetrieben. Mit Cordova vereinigt wurde abermals ein Versuch in der Affaire vom 17. Januar gemacht, eine Verbindung zwischen den Ebenen von Vittoria und der Rivera und der Nordküste durch die Provinzen von Biscaya und Guipuzcoa herzustellen — (eine Gegend, welche die Legion noch niemals betreten hatte) — indem sie von Vittoria aus nach Norden vorrückten. Das Ergebniß blieb auch dießmal dasselbe: sie waren genöthigt, sich wieder nach Vittoria zurückzuziehen, so daß sie jetzt — um nach der Nordküste zu gelangen — genöthigt sind, den weiten Umweg zu machen, wenn ihre ferneren Versuche nicht glücklicher ausfallen, woran ich sehr zweifle. Unterdeß vermehrt sich die Infanterie des Don Carlos täglich und in einem größeren Maße, als die feindliche zusammenschmilzt.

Die Lage der Sachen ist demnach, in wenig Worten geschildert, folgende. Die Streitkräfte des Don Carlos in Biscaya, Navarra und Guipuzcoa sind zu stark, als daß die Truppen der Königin, die brittische Hülfslegion und Alles mit eingeschlossen, was Mendizabal durch seinen levée en masse zusammenbringen möchte, im Stande wären, ihn zu belogiren. Sollte man es versuchen, so würde nur Niederlage und Vernichtung die Folge davon sein.

Auf der andern Seite würde die Armee des Don Carlos wegen Mangel an Cavallerie nie im Stande sein, — wenn die Armee der Königin in dem jetzigen Zustande bleibt — über den Ebro zu gehen, und die Ebenen von Castilien zu durchschreiten, ohne sich derselben Gefahr auszusetzen. Ferner kann Don Carlos in diesen Provinzen auch keine hinreichende Anzahl von Cavallerie errichten; die Gegend erzeugt keine Pferde, und die Kosten und Schwierigkeiten, solche aus Frankreich her zu beziehen, sind zu groß.

Der Marsch auf Madrid wird daher wahrscheinlich von den östlichen Provinzen, Catalonien und Valencia, aus unternommen werden. Catalonien befindet sich in demselben Zustande, worin die baskischen Provinzen vor einem Jahre, und Valencia in demselben, worin jene zu Anfang des Krieges waren; hier findet man Pferde genug. Die Insurgenten, deren Organisation langsam vorrückt, und die nur durch die wiederholte Sendung von Divisionen aus dem Lager von Don Carlos beschleunigt werden kann, sind jedoch jetzt zu mächtig, um mit geringen Mitteln bekämpft zu werden, und eine ansehnliche Macht kann die Regierung der Königin nicht gegen sie abschicken, ohne Castilien und die Hauptstadt den Carlisten preis zu geben. Die Ereignisse müssen demnach ihren Lauf gehen, und die Königin hat — so weit sich dieß beurtheilen läßt, — nur mit Hülfe einer französischen Intervention, an die jetzt nicht mehr zu denken ist, einige Aussicht auf Erfolg.

Der Augenblick ist vorüber, wo eine National-Intervention von Seiten Englands den Kampf beenden konnte. Don Carlos mag langsam vorrücken, doch entgeht ihm nichts durch den Aufschub. Die Regierung der Königin läuft in jeder Stunde Gefahr, auf den Klippen Schiffbruch zu leiden, auf denen sie gestrandet ist. Der Bürgerkrieg, der nun schon so lange das schönste Land von Europa verwüstet, wird daher nicht so schnell zu Ende gehen, und alle Versuche fremder Mächte, das Ende zu beschleunigen, würden im glücklichsten Falle nur dazu beitragen, auf kurze Zeit die Flamme zu unterdrücken, die nur zu bald mit erneuter Kraft wieder auflobern würde; es bleibt daher nichts übrig, als das Feuer ruhig ausbrennen zu lassen.

Wäre eine französische Intervention eingetreten, wären die Anhänger des Don Carlos zerstreut und er selbst getödtet oder gefangen worden, so würde dieß durchaus nicht das Ende des Kampfes herbeigeführt haben; und diejenigen, welche dieß glauben, haben entweder eine sehr irrige Ansicht vom Charakter der Spanier, oder keine richtigen Begriffe von dem Stand der Dinge.

Es ist nicht ein Successionskrieg, sondern der Kampf des erhaltenden Principes gegen das zerstörende, und der ganzen spanischen Nation gegen eine kleine, aber mächtige Partei. Das spanische Volk, dessen größter Theil carlistische Gesinnungen hegt, ist zu stolz, um sich eine fremde Entscheidung gefallen zu lassen; und der entschlossene Muth, welcher die Mauren zurückschlug, und die Anstrengungen des größten modernen Eroberers vereitelte, erwacht sehr leicht in den ruhigsten Gemüthern, wenn die National-Eifersucht auf irgend eine Weise geweckt wird.

Unter solchen Umständen muß ein jeder Engländer, der die Sache so ansieht wie ich, lebhaft bedauern, daß man sich in den Bürgerkrieg auf eine andere Weise mischte, als wie der Herzog von Wellington es that, indem er durch eine Sendung des Friedens allein in den wenigen Monaten, welche ich nach dem Abschluß der Eliotschen Convention noch bei der Armee zubrachte, 5000 Bewohnern eines Landes des Leben rettete, welches er einst durch sein Schwert befreit hatte. Die Verwaltung, welche der des Herzogs folgte, hat nur Oel in das Feuer gegossen und das Chaos des Bürgerkrieges mit neuen Elementen vermehrt.

Anhang.

Der Verfasser des »zwölfmonatlichen Feldzuges« verweist den Leser in Bezug auf die Intriguen, welche dem Tode Ferdinands vorangingen, um die Abschaffung des Salischen Gesetzes herbeizuführen, auf das Werk von de los Valles *); aber nicht allein die Intriguen der sogenannten Camarilla finden sich darin, sondern diese höchst interessante Schrift stellt auch die neuesten Verhältnisse Spaniens auf eine sehr klare und übersichtliche Weise dar, so daß sie eigentlich die Einleitung zum »zwölfmonatlichen Feldzug« bilden, und von Jedem gelesen werden sollte, der sich mit den Angelegenheiten der pyrenäischen Halbinsel auf irgend eine Weise zu befassen gedenkt. Da nun der Verfasser der zwölfmonatlichen Campagne seine Darstellungen erst mit der Abreise des Don Carlos und seiner Familie von Madrid — (am 16. März 1833) — beginnt, so wird es dem Leser vielleicht nicht unwillkommen sein, aus einer authentischen Quelle diejenigen Ereignisse hier aufgeführt zu finden, welche dem jetzigen Bürgerkrieg in Spanien voraufgingen, und ihn veranlaßten. Der Baron de los Valles war, so wie der

---

*) The Career of Don Carlos since the death of Ferdinand VII. etc. by his Aide-de-Camp the Baron de los Valles. London 1835.

Capitain Henningson, zum großen Theil der Augenzeuge der von ihm erzählten Begebenheiten, und wir geben hier nur seine eigenen Worte in der Uebersetzung wieder.

---

1. Zustände der Carlisten und Christinos im Januar 1836.

Nachdem der Verfasser des »zwölfmonatlichen Feldzuges« durch seine Schilderung der Zustände in Spanien unser Interesse auf das Lebhafteste erregt hat, läßt er plötzlich mit dem Tode Zumalacarregui's den Faden der Begebenheiten fallen, oder spinnt ihn nur dürftig bis zu Ende des Jahres 1835 weiter, eben noch der Vereinigung der englischen Legion mit der Hauptmacht der Christinos unter Cordova im Januar 1836 zu Vittoria gedenkend. Es möchte dem Leser vielleicht nicht unwillkommen sein, über den weiteren Verlauf der Dinge etwas zu erfahren, und er dürfte auch wohl den Wunsch haben, einmal von der andern Partei etwas zu vernehmen und zu sehen, wie es in dem feindlichen Lager aussieht, gegen welches er bisher mit zu Felde gezogen ist. Vielleicht wird sich dadurch manches Gesagte berichtigen, manches bestätigen. Wir theilen daher aus dem United Service Journal einige »Briefe vom Kriegsschauplatz« mit, deren Verfasser ein Adjutant des General Evans, der Major Herbert Byng Hall ist, welcher häufig zum Hauptquartier Cordova's commandirt war. Diese Briefe schildern den bereits vom Verfasser des »zwölfmonatlichen Feldzuges« erwähnten Versuch zur Herstellung einer Communikation zwischen Vittoria und den Ebenen der Rivera mit dem nördlichen Meeresufer.

Vittoria, im Januar 1836.

Verschiedene Gerüchte waren in Bezug auf die Bewegungen der Carlisten im Umlauf, und man erwartete täglich, daß sich Cordova mit der englischen Legion vereinigen würde. Nach einer so langen Epoche von Unentschlossenheit und Unthätigkeit zweifelte Niemand mehr an einer allgemeinen Bewegung, und beide Parteien, Liberale und Royalisten, sahen einem entscheidenden Schlage entgegen. Die Carlisten hatten sich in dem Schloß von Guevara verschanzt; ein Theil ihrer Streitkräfte stand in Salvatierra und Salinas; auch hatten sie den Höhenzug von Arlaban besetzt und ihre Vorposten bis in die Nähe von Vittoria vorgeschoben. Viele von ihnen waren so kühn, sich während der Nacht bis an die Thore auf der Nordseite der Stadt zu wagen; hier ließen sie sich Geld und allerhand Kleinigkeiten von den royalistisch gesinnten Einwohnern geben, und feuerten alsdann ihre Gewehre auf die zunächst stehenden Schildwachen ab, »um sie fein wach zu erhalten,« wie sie sagten. Im Entwischen waren sie alsbann so geübt, daß es den Christinos niemals gelang, irgend Einen davon gefangen zu nehmen, obgleich 10,000 Mann in der Stadt lagen; aber sie lagen freilich und schliefen.

Bald darauf stieß Cordova von Navarra her zu uns, und die Gerüchte von einer nahen Bewegung vermehrten sich. Täglich langten frische Truppen mit Artillerie, Sturmleitern und Belagerungswerkzeugen aller Art an; man hätte keine größern Vorbereitungen treffen können, wenn man die Absicht gehabt, Paris einzunehmen. Guevara und Salvatierra waren die einzigen Worte, die man aussprechen hörte; aber zum großen Verdruß derjenigen, die nichts sehnlicher als eine schnelle Beendigung des Bürgerkrieges wünschten, geschah immer noch nichts. Nach dem, was ich gehört hatte, schien es die Absicht Cordova's zu sein, eine vereinte Bewegung auf Salvatierra und Guevara zu machen; wenn er diese Positionen genommen, wollte er sie durch starke Garnisonen in beiden Orten behaupten, und er glaubte alsdann im Stande zu sein, eine Communikationslinie durch die Borunda nach Pampelona zu eröffnen, wodurch er das Königreich Navarra von den baskischen Provinzen abgeschnitten haben würde.

Dieser Plan war — nach meinem Dafürhalten wenigstens — nicht nur sehr ausführbar, sondern er würde auch zu dem günstigsten Resultate geführt haben; doch kam er, wie viele andere, niemals zur Ausführung, und jeden Morgen waren neue Gründe zum Aufschub der Operationen in Umlauf, als: Cordova's Krankheit, Mangel an Geld, an Kriegsmitteln u. s. w. Zuletzt schützte man die Abwesenheit der französischen Legion vor, deren Ankunft man täglich entgegen sah.

Auch dieser Entschuldigungsgrund fiel endlich weg; — die französische Legion rückte ein, und nie habe ich eine schönere Truppe gesehen, die nach Aussehen und Disciplin mehr geeignet schien, die Strapazen eines Krieges zu ertragen. Ihre Anzahl belief sich auf 3000 Mann. In Spanien scheint jedoch immer noch ein Nationalhaß gegen die Franzosen zu bestehen, denn beim Einmarsche dieses braven Corps zeigte sich nicht die geringste Spur von Enthusiasmus, obgleich es sich seit seiner Landung in Barcelona bereits in mehreren Affairen gegen die Carlisten ausgezeichnet hatte.

Die Ankunft der französischen Legion belebte jedoch auf einige Zeit den Muth der christinischen Armee; es entstand ein Wetteifer unter den Truppen der verschiedenen Nationen, sich gegen den Feind auf dem Schlachtfelde vor den übrigen auszuzeichnen. Dennoch verging aus einer unerklärlichen Ursache ein Tag nach dem andern in vollständiger Unthätigkeit, bis endlich die bedeutende Anhäufung einer so großen Truppenmasse innerhalb und in der Nähe der Stadt die übelsten Folgen zeigte. Zuletzt fehlte es an Futter für die Pferde; man mußte daher jeden Tag eine Cavallerie-Abtheilung zum Fouragieren auf die umliegenden Dörfer senden, woselbst es nun beständig mit den Carlisten zu kleinen Gefechten kam.

Um diesem Uebelstande einigermaßen abzuhelfen, beschloß General Evans, einige Dörfer auf der Straße nach Salvatierra zu besetzen. Man brachte zu diesem Ende Matauco, Ylarasa und Elorriaga in Vertheidigungszustand, indem man die Mauern mit Schießlöchern versah, und zwei leichte Geschütze auf jeden Kirchthurm stellte. Diese Dörfer wurden mit zwei Brigaden der englischen Legion belegt, wodurch wir die Straße bis zwei Stunden nördlich von Vittoria offen erhielten. Alle Dörfer auf der Südseite von Vittoria, die an der Straße nach Madrid liegen, wurden ebenfalls in Vertheidigungszustand gesetzt, und mit Christinos belegt.

Die Carlisten waren jedoch weit davon entfernt, unsere Vorposten unangefochten zu lassen; in jeder finstern Nacht griffen sie die Dörfer an; und indem sie sich nach dem Laufe der Wachtfeuer richteten, schossen sie oft mitten unter die Leute, die sich in aller Ruhe wärmten.

Während der Zeit unserer Unthätigkeit in Vittoria und der Umgegend begingen die Chapelgorris und Peseteros viele Gräuelthaten; und sich mit dem Diebstahl von Geflügel, Schafen u. s. w. — worin sie äußerst geschickt waren — nicht mehr begnügend, raubten sie endlich nicht allein die wenigen silbernen Zierathen aus einer Dorfkirche, sondern sogar die Monstranz, wobei sie den Priester, der ihnen Vorstellungen gegen diesen Kirchenraub machte, so mißhandelten, daß er ohne Bewußtsein am Altare liegen blieb.

Als General Espartero dieß erfuhr, machte er einige Versuche, die Uebelthäter zu entdecken. Da aber seine Bemühungen fruchtlos blieben, ließ er das schuldige Bataillon ausrücken, und durch seine übrigen Truppen mit aufgepflanzten Bajonneten ein Quarré darum formiren. Er forderte die Leute jetzt nochmals auf, die Schuldigen zu nennen; und da auch dieß ohne Erfolg blieb, wählte er zehn Mann vom Bataillon aus, und ließ sie auf der Stelle erschießen. Neun dieser Unglücklichen fielen todt nieder, — der zehnte, ein Franzose, war nur verwundet und bat um sein Leben. Da er feierlich beschwor, der Kirche nicht zu nahe gekommen zu sein, wurde er begnadigt.

Es war auf jeden Fall nöthig, bei dieser Gelegenheit einmal ein strenges Beispiel zu geben, da man sich durch die vielen Räubereien den Einwohnern immer verhaßter machte. Es steht jedoch sehr dahin gestellt, ob es nach einigen geringen Bemühungen, die Thäter zu entdecken, nicht viel zu barbarisch sein möchte, mit kaltem Blut zehn Menschen — und vielleicht zehn Unschuldige — zu morden. Die Wirkung, welche dieß auf alle Offiziere der Legion hervorbrachte, war durchaus für Espartero keine günstige, und die Folge davon war, daß viele Leute von den Chapelgorris ihre Fahne verließen, und entweder in ihre Heimath zurückkehrten, oder zu Don Carlos übergingen; denn es stand ihnen frei, sich jeden Augenblick aufzulösen.

Das Wetter wurde nicht besser, die bereits ausgesprochenen Krankheiten nahmen zu, Lebensmittel und Geld wurden täglich seltener, — dennoch blieben wir in Vittoria.

Endlich erschien indeß der ersehnte Tag, an welchem

Zustände der Carlisten und Christinos im Januar 1836. 169

die vereinten Kräfte eine Bewegung gegen den Feind machten. Bevor ich jedoch über die Operationen berichte, will ich noch den Befehl anführen, den Cordova am 15ten Januar, am Tage vor unserm Abmarsch, an die Armee erließ:

Armee-Befehl.

»Kameraden!«

»Seiner früheren Niederlagen nicht mehr eingedenk und durch Selbstvertrauen und Stolz verblendet, befindet sich der Feind jetzt auf den Höhen von Arlaban, und hat die Vermessenheit, unsere Macht herauszufordern. Wir nehmen seine Herausforderung an; und um Eurer Kampflust zu genügen, bin ich bereit, Euch in die Schlacht — mit andern Worten zum Siege zu führen!«

»Wir wollen uns daher der Pflichten erinnern, die wir gegen das Vaterland, den Thron, den Ruhm unserer tapferen Armee, mit einem Wort gegen unsere Ehre und unser Leben haben, und eingedenk sein, daß es nach so vielen Siegen um so schmachvoller und schmerzlicher für uns sein würde, diese Lorbeeren durch einen einzigen unglücklichen Tag wieder zu verlieren.«

»Kameraden! — ich bitte nicht um Euer Vertrauen, denn ich weiß, in wie großer Ausdehnung ich dasselbe besitze, sondern ich ermahne Euch zur Erhaltung der Ordnung, die in den Schlachten den Sieg herbeiführt, und den Truppen stets Ehre macht.«

»Brave und edelmüthige Fremde, die ihr gekommen seid, um für die Fortschritte der Civilisation zu kämpfen! — laßt uns — durch den Geist eines edelmüthigen Wetteifers beseelt — versuchen, welcher Nation das Geschick seine Gunst und Fortuna ihre schönste Krone reichen wird.«

»Mein Herz — es ist wahr — wünscht sie meinen Landsleuten; meine Gerechtigkeitsliebe wird sie jedoch denjenigen aufsetzen, die — vom Glück begünstigt — die beste Gelegenheit haben werden, sie zu verdienen. Das Band, welches uns für gleiche Interessen und Anstrengungen verbindet, giebt allen denen gleiche Rechte, die für die Freiheit kämpfen.«

»Spanische Soldaten! — laßt uns wie Krieger fechten, die in Europa am längsten im Besitz der Freiheit sind.«

»Gegeben in meinem Hauptquartier zu Vittoria, am 15ten Januar 1836.«

gez. »Cordova.«

General Evans erließ hierauf folgenden Befehl an die Legion:

»Soldaten der brittischen Legion!«

»Ihr habt die Anrede des Oberbefehlshabers vernommen, und jedes Wort derselben wird — wie ich hoffe — Anklang in Euren muthigen Herzen finden. Der Augenblick, den ihr so lange ersehnt habt, ist nun endlich erschienen; — Ihr sollt dem Feinde in einer allgemeinen Schlacht gegenübertreten. Diese Nachricht wird Euch zur Freude stimmen.«

»Euer Benehmen erregt in England, in ganz Europa das größte Interesse. Die heilige Sache, zu deren Vertheidigung ihr herbeigeeilt, steht auf dem Spiel. Ihr werdet Euch daher veranlaßt fühlen, alle Eure Kräfte zur Erfechtung eines glorreichen Sieges aufzubieten. Ich will nur noch ein Wort hinzufügen, — und dieses ist, um Euch aufzufordern, bei jedem Schritt gegen den Feind daran zu denken, daß ihr einen Boden betretet, der bereits mit dem

Blut Eurer Landsleute benetzt und durch ihren unsterblichen Ruhm verherrlicht worden ist.«

»Hauptquartier Alburgo, den 16ten Januar 1836.«

gez. »De Lacy Evans.«

Der pomphafte Armee-Befehl des Oberbefehlshabers und die bestimmte Nachricht, daß der Feind die Höhen von Arlaban besetzt halte, führten natürlich zu der Vermuthung einer entscheidenden Hauptschlacht; denn der Carlisten Stellung war äußerst fest; ihr rechter Flügel lehnte sich an Salinas, der linke an Guevara und Salvatierra; außerdem war das Terrain sehr bergig.

Am Morgen des 16ten Januar wurde es in den Straßen von Vittoria äußerst lebhaft; Adjutanten und Ordonnanzen trugen Befehle hin und her, und auf jedem Gesicht malten sich Furcht oder Hoffnung, die Vorboten großer Ereignisse; es herrschte mit einem Wort das Geräusch, welches allemal mit dem Aufbruch von 20,000 Mann verbunden ist.

Das Wetter war trübe und neblicht, und ein feiner Regen mit allen Anzeichen von Schnee vermehrte noch das Düstere eines Januarmorgens. Dennoch standen um 8 Uhr die Truppen unter den Waffen, und bald darauf setzten sie sich in Marsch.

Cordova rückte an der Spitze von zwölf Bataillons Infanterie und vier Schwadronen Cavallerie — bestehend aus den Lanciers der königlichen Garde und einem Husaren-Regiment — mit mehreren Geschützen und der französischen Legion auf der Chaussee nach Frankreich — auf Salinas und Mondragon — vor. Das Corps, welches General Evans commandirte, bestand aus elf schwachen Bataillons Infanterie mit vier Geschützen, — aus dem 1sten Lancier-Regiment der Hülfstruppen, das nur 250 Pferde zählte, —

aus einer Schwadron spanischer Linien-Cavallerie, — aus den Chapelgorris und dem spanischen Regiment von Castilien unter den Befehlen El Pastor's oder Jaureguy's, und rückte über Ylarasa und Matauco auf der Chaussee nach Salvatierra vor.

Die Division Espartero's, bestehend aus acht Bataillons Infanterie und einem Regiment Linien-Cavallerie mit Artillerie, welche außerhalb der Stadt Vittoria in einigen Dörfern auf der Straße von Villareal gelegen hatte, marschirte auf diese Stadt zu; sie bildete demnach den **linken** Flügel unserer Operationslinie, Cordova das Centrum und Evans den **rechten** Flügel.

Da man uns von dem eigentlichen Zweck dieser allgemeinen Bewegung nicht in Kenntniß gesetzt, sondern uns nur gesagt hatte, eines Gefechtes gewärtig zu sein, — und da wir wußten, daß sowohl das Schloß Guevara als auch Salvatierra vom Feinde besetzt waren: so glaubten wir als die Vordersten auf dem Marsche zu diesen Punkten natürlich, Cordova habe uns die Ehre zugedacht, das erste und das hitzigste Gefecht mit dem Feinde zu bestehen. Gleich hinter Matauco führt die Chaussee zu einer Ebene; als General Evans diese etwa um Mittag erreicht hatte, formirte er hier seine Streitkräfte auf einer Stelle, welche das Thal von Guevara beherrscht. Von hier aus konnten wir mit Ferngläsern deutlich sehen, daß sich das Schloß im Besitz der Carlisten befand, die auch ringsumher auf den Bergen Verschanzungen aufgeworfen hatten. Das Dorf Menbijur, etwa anderthalb englische Meilen von uns entfernt, war ebenfalls durch zwei carlistische Compagnien besetzt.

Der Pfarrer Isadore, der sich dem General Evans angeschlossen hatte, wollte diesen wichtigen Punkt in Besitz nehmen; er rückte daher mit funfzig seiner kühnen Guerrillas vor, und es gelang ihm, den Feind aus dem Dorfe zu vertreiben. Als General Evans dieß sah, ritt er mit seinem General-Stabe vor, um sich von der Stärke und Bewegung des Feindes in Kenntniß zu setzen. Die beiden Compagnien hatten nach dem Verlassen des Dorfes die Lisière eines Gehölzes besetzt, welches die Basis der Position berührte; und obgleich sie noch ziemlich entfernt waren, so befanden sie sich doch immer nahe genug, um uns durch die Musik der pfeifenden Kugeln zu unterhalten. So viel wir beurtheilen konnten, mochten auf den Abhängen vor uns wohl fünf Bataillons stehen, und eine Lancier-Schwadron hielt ruhig in dem Thale unter uns. Da diese nicht Lust zu haben schien, sich so genau betrachten zu lassen, machte sie — durch eine Tirailleurlinie unterstützt — eine Bewegung vorwärts.

Der General, der nur seinen Generalstab bei sich hatte, hielt es für weise, sich dem Feuer der Feinde zu entziehen. Dieß benutzten jene augenblicklich, um das Dorf wieder in Besitz zu nehmen, woselbst nur wenige Leute des Pfarrers zurückgeblieben waren. Sie behielten es jedoch nicht lange; denn als der General dieß bemerkte, gab er dem ersten Regiment der Legion Befehl, das Dorf anzugreifen, und dieß trieb die Carlisten mit gefälltem Bajonnet und fast ohne einen Schuß zu thun mit der größten Kaltblütigkeit wieder hinaus und den gegenüberliegenden Berg hinab. Hierbei hatten wir das Unglück, einen braven Sergenten zu verlieren, der im Dorfe einen Schuß durchs Herz bekam. Der Capitain der vordersten Compagnie und einige Leute wurden verwundet, so wie auch der Adjutant des Brigade-Generals M'Dougall, der eine schwere Kopfwunde erhielt.

Um diese Zeit vernahmen wir ein starkes Feuern in dem Thale zu unserer Linken nach Azua hin, welches bewies, daß Cordova mit dem Haupt-Corps des Feindes handgemein geworden. Dieses Feuern dauerte mehrere Stunden lang, doch rückten wir weder vor, noch marschirten wir ihm zu Hülfe, welches mich auf die Vermuthung führte, Cordova komme das Thal herauf, um Guevara im Rücken anzugreifen, und daß wir vielleicht den Befehl haben möchten, ihn dabei von vorn zu unterstützen, oder in Salvatierra einzurücken. Cordova's Wünsche oder Absichten waren weder damals bekannt, noch sind sie es bisher geworden; ich bin jedoch fest überzeugt, daß General Evans den gemessensten Befehl hatte, nicht zu weit vorzurücken, dem er natürlich gehorchen mußte; sonst hätte das Schloß von Guevara mit einem nur geringen Verlust in die Hände der Legion fallen müssen.

Im Laufe des Nachmittags nahm das Feuer zu unserer Linken bedeutend ab, und die Carlisten machten eine unbedeutende Bewegung, um das Dorf Mendijur wieder zu nehmen. Sie wurden jedoch durch das muthige Vorrücken von zwei Compagnien des 3ten Regiments der Legion zurückgeworfen, wobei der Capitain Fitzgerald einen Schuß durchs Bein bekam.

So ging eine Gelegenheit verloren, den Feind zu schlagen, und eine der wichtigsten Positionen in Besitz zu nehmen. Eine so günstige Chance wird sich wahrscheinlich so leicht nicht wieder darbieten. Der Fehler kann natürlich *) nur Cordova zugeschrieben werden, da nicht allein General Evans, sondern jeder Mann auf dem Platze vor Ungeduld brannte, die feste Position des Feindes anzugreifen. So viel mehr Urtheil General Evans auch haben mochte, so war er doch viel zu klug, um den Unwillen des-

---

*) Natürlich!!

jenigen zu reizen, unter deſſen Befehlen er ſtand, welches auch bei einem noch ſo günſtigen Reſultate die Folge geweſen ſein würde; und auf der andern Seite war Sorge getragen worden, ihm die Hände möglichſt zu binden, damit er nicht ohne Beiſein ſpaniſcher Truppen Lorbeeren ernten möchte.

Bei einbrechender Dunkelheit nahmen wir unſer Nachtquartier in den Dörfern Arbulo und Matauco; unſer Hauptquartier befand ſich in dem erſteren. Während unſeres Marſches nach dieſen Oertern mußten wir fürchten, daß der Feind ſeine Kenntniß des Terrains benutzen würde, um uns in der Finſterniß anzugreifen; er blieb jedoch ruhig in ſeinem Bivouak auf dem Bergabhange von Guevara.

Matauco und Arbulo ſind zwei kleine, arme Dörfer, von ihren Bewohnern faſt gänzlich verlaſſen, die entweder freiwillig oder gezwungen den Carliſten dienen. Matauco liegt, wie ich bereits erwähnte, auf der Chauſſee von Vittoria nach Salvatierra, etwa zwei Stunden von jedem dieſer Orte entfernt, und war durch die Legion in Vertheidigungsſtand geſetzt worden. Arbulo liegt eine halbe Stunde davon, links nach Guevara hin.

Unſere Nachtquartiere waren, wie man ſich denken kann, von der ſchlechteſten Beſchaffenheit, und es hielt bei dem kalten Wetter und Regen äußerſt ſchwer, unſere Pferde unterzubringen; ſogar die Küchen wurden zu Ställen benutzt. Das Haus des Geiſtlichen, welches in der Regel das bequemſte im Dorfe iſt, war durch den General und ſeinen General-Stab in Beſchlag genommen worden. Unglücklicherweiſe gehörte der Pfarrer von Arbulo nicht eben zu den reichſten ſeines Standes, und der ganze Generalſtab des Hauptquartiers mit zehn Pferden mußte ſich daher für dieſe

Nacht mit zwei kleinen Zimmern, einem Gange, einer Küche und einem Stalle behelfen.

Am nächsten Morgen verließen wir unsere Streue sehr früh, und da sich die erwartete große Schlacht am Tage vorher noch nicht ereignet hatte, sahen wir derselben heut entgegen. Wir hatten weder einen Befehl, noch die geringste Nachricht von Cordova erhalten, der gleichwohl nur anderthalb Stunden von uns entfernt sein konnte; und nachdem unsere Leute angetreten waren, schlugen wir mit ihnen die Richtung nach Azua ein, um uns — wie wir glaubten — mit Cordova zu vereinigen, anstatt nach Salvatierra zu marschiren. Auch in Azua angelangt, — welchen Weg wir zurücklegten, ohne einen Schuß zu thun, — fanden wir keine Nachrichten vom Oberbefehlshaber; wir vermutheten daher, mit jedem Augenblick seine Avantgarde erscheinen zu sehen. Da dieß nicht geschah, machte unsere hinterste Brigade Halt, um mit einer Schwadron gemeinschaftlich Azua zu besetzen. Der Rest unserer Truppen passirte die Zadora, — es führt am Nordeingange des Dorfes eine kleine Brücke über dieselbe, — und marschirte nach Zuaso di Gamboa, wo wir rechts von diesem Orte eine starke Position besetzten, welche das Thal nördlich von der Zadora vollständig beherrschte, während Schloß Guevara und Salvatierra in bedeutender Entfernung links geblieben waren. Hier hatten wir die Höhen von Arlaban und das Dorf Marietta dicht vor uns, — das Thal, aus welchem wir Cordova erwarteten, und das sich bis nach Villareal und der Chaussee nach Frankreich erstreckt, zu unserer Linken, — und das Dorf Nanclares di Gamboa im Rücken.

In dieser Stellung, und immer ohne Befehle vom Centrum, so wie ohne Aufschluß über das Feuern in unserer linken Flanke am vorigen Tage, erhielten unsere Leute den

Befehl, die Bivouaksfeuer anzuzünden, um sich gegen das rauhe Wetter zu schützen, und sich vorzubereiten, die Nacht unter freiem Himmel zuzubringen; denn die Tage waren sehr kurz, und es fing bereits an, dunkel zu werden. Während dieses Standes der Dinge bemerkten wir durch unsere Ferngläser einige carlistische Lanciers, die in aller Ruhe beim Dorfe Marietta umherritten, um unsere Bewegungen zu beobachten; zu gleicher Zeit vernahmen wir abermals ein Schießen in unserer linken Flanke, welches uns anzeigte, daß Cordova wiederum in geringer Entfernung von uns mit dem Feind handgemein sei.

General Evans beschloß daher, eine kleine Bewegung vorwärts zu machen, und befahl den Schützen und Chapelgorris, zu versuchen, sich in den Besitz von Marietta zu setzen, welches nur schwach vom Feinde besetzt zu sein schien. Sie drangen ein; die carlistischen Lanciers zogen sich, ohne Widerstand zu leisten, nach dem Schloß Guevara zurück.

Wir feuerten hierauf einige Gewehrsalven ab, um den Oberbefehlshaber von unserer Nähe in Kenntniß zu setzen; aber auch dieß hatte keine Folgen, — wir bekamen weder Nachrichten noch Befehle. Der größte Theil unserer Leute blieb daher die Nacht hindurch im Bivouak, da die Dörfer äußerst klein waren und nur wenig Gelaß boten; auch war, mit Ausnahme einiger alter Weiber und Kinder, kein Mensch in denselben anzutreffen.

Das Haus des Geistlichen in Zuaso di Gamboa war abermals durch den General und seinen Stab in Beschlag genommen worden; außerdem hatten nur wenige Offiziere ein Obdach für diese Nacht gefunden. Selbst die Brigade=Generale waren genöthigt, trotz des starken Frostes bei ihren Brigaden im Bivouak zu bleiben. Ich fühlte großes Mitleiden mit unserm Wirth, dem niedergeschlagenen Geistlichen, der sich bitter über das Elend eines verheerenden und grausamen Bürgerkrieges beklagte, und während desselben vergebens bemüht war, seinen friedlichen Beruf auszuüben. Ich muß gestehn, daß er dem Anschein nach so viel zur Befriedigung unserer Bedürfnisse that, als in seiner Macht stand; bestimmt war er jedoch in seinem Herzen ein treuer Anhänger dessen, der alle Gräuel eines blutigen Krieges über dieses unglückliche Land gebracht hatte.

Die Nacht im Bivouak verging, ohne daß sich etwas Erhebliches zugetragen hätte. Am folgenden Morgen schien eine helle Januar=Sonne auf unsere Position, aber sie brachte uns keine Nachrichten von Cordova. Der Pfarrer Isadore, welcher bis zum Hauptquartier gelangt war, kam jedoch zurück, um uns anzuzeigen, die Waffen der Christinos seien glücklich gewesen, und die Carlisten aus ihrer festen Stellung auf den Höhen von Arlaban vertrieben.

Diese günstigen Neuigkeiten veranlaßten uns zu glauben, daß wir in Vereinigung mit den Streitkräften Cordova's, oder zur Unterstützung derselben dem Feinde nach Salinas oder Mondragon folgen, oder eine Bewegung nach unserer rechten Flanke hin machen würden, um das Schloß Guevara zu nehmen.

Unser Zustand nach einer im Freien zugebrachten Januarsnacht fing an sehr unangenehm zu werden; auch war es nicht möglich, trotz dem, daß Vittoria nur zwei Stunden hinter uns lag, anders Lebensmittel von dort her zu beziehen, als durch das Detachiren einer bedeutenden Abtheilung zur Deckung des Transports. In den Dörfern rings umher war nicht einmal ein Laib Brot zu haben, viel weniger sonst etwas Eßbares. Um unsere Besorgnisse zu vermehren, hatten wir außerdem noch die Nachricht von der Ermordung eines unserer Commissarien erhalten, der es versucht hatte, unsern Truppen ohne hinreichende Bedeckung einige mit Branntwein beladene Maulthiere zuzuführen. So etwas mag in einem civilisirten Lande fast lächerlich klingen. Es ist jedoch erwiesen und feststehend, daß bei einer Bewegung der Armee nach dem Innern der Provinzen hunderte von kleinen carlistischen Abtheilungen diese umschwärmen, und ihr sogleich alle Communikation nach rückwärts abschneiden. Es gelingt ihnen nicht allein, alle für die Armee bestimmten Zufuhren abzuschneiden, sondern sie heben oft sogar im Angesicht der Colonnen diejenigen Leute auf, welche so thöricht sind, sich auch nur eine geringe Strecke davon zu entfernen.

In dieser mißlichen Lage blieben wir bis zum Nachmittag des 18ten Januar, wo General Evans, ungeduldig über die Unthätigkeit und den Mangel, der ihn umgab, beschloß, nur von seinem Generalstabe und einer kleinen Escorte begleitet, quer durch das Land nach dem Hauptquartier zu reiten, um Cordova persönlich zu sprechen. Nachdem wir daher die Zadora in unserm Rücken und das Dorf Nanclares di Gambia passirt hatten, schlugen wir etwa auf eine Stunde eine schräge Richtung nach der Chaussee ein, die nach Frankreich führt, um Cordova's Armee zu treffen. Bald stießen wir auf eine Schwadron der königlichen Garde, von der wir erfuhren, der Oberbefehlshaber befinde sich zu Arroyabe vor ihnen; sie deckten aber eben den Rücken von Cordova's Armee, die auf dem Rückwege nach Vittoria begriffen war.

Man denke sich das Erstaunen, als wir bald darauf die französische Legion trafen, die ebenfalls nach dieser Stadt marschirte, als wenn nichts vorgefallen und nichts mehr zu thun übrig wäre. Endlich fanden wir den Helden von Arlaban; er saß mit aller Ruhe vor einem behaglichen

Kaminfeuer in seinem guten Quartier, und gab hier unserm General eine Audienz, in welcher er ihn von seiner Absicht, nach Vittoria zurückzukehren, in Kenntniß setzte. *)

Er schien mit dem Ergebniß seiner zweitägigen Campagne vollständig zufrieden, welches nur darin bestand, die Carlisten aus einer Position getrieben zu haben, die sie wahrscheinlich nicht einmal behaupten wollten. Dabei waren noch obenein 250 Mann theils getödtet, theils verwundet worden, die man nach Vittoria transportirt hatte, und außerdem noch einige der besten Offiziere und drei seiner Adjutanten, von denen einer, vielleicht der talentvollste junge Mann in der ganzen Armee, getödtet wurde.

Ich fragte mehrere französische Officiere nach dem Benehmen ihrer Legion bei dieser Affaire; sie sowohl als auch viele spanische Officiere rühmten die Tapferkeit der Leute, welche sie gezeigt, als man ihnen Gelegenheit dazu gegeben; und man erzählte mir, die Legion hätte mehrere feste Stellungen der Carlisten mit dem Bajonnet genommen, während ihre Hautboisten selbst im Feuer nicht aufgehört hätten zu spielen. Mehrere Christinos, die bei den Bataillons standen, welche die Carlisten aus den Gefangenen formirt, hatten versucht, zu ihr zu desertiren, doch wurden sie — etwa dreißig an der Zahl — von den Leuten der Legion niedergestochen. Da die französische Legion keinen Pardon giebt, — (wenigstens war dieß damals der Fall) — so ist es kaum überraschend, — (wenn man bedenkt, wie wenig Schonung sie von den Carlisten erfahren haben), — sie eine

---

*) Es ist mir später erzählt worden, Cordova habe einen Adjutanten abgeschickt, um General Evans von seinen Absichten in Kenntniß zu setzen. Ist dieß geschehn, — welches ich sehr bezweifle, — so ist dieser wenigstens nicht zu uns gelangt; denn sonst würde unser General wahrscheinlich nicht mit persönlicher Gefahr das Hauptquartier aufgesucht haben.

solche Rache nehmen zu sehen; obgleich ich durchaus nicht glauben kann, daß auch ein so barbarischer, unmenschlicher Geist unter den Offizieren herrschen sollte, die fast alle zur französischen Armee gehören, und dieß ist eine hinreichende Bürgschaft für ihre Menschlichkeit. Der Verlust der französischen Legion während des 17. und 18. Januars war nur unbedeutend.

Nach der Audienz kehrten wir nach Zuaso di Gamboa zurück, aber nicht auf dem Wege, den wir gekommen waren, sonst möchten wir wohl an irgend einem Baum den Raben zum Futter aufgehängt sein; denn die Carlisten umschwärmten bereits die Arriergarde Cordova's. Unser General stellte sich mit der empfangenen Nachricht zufrieden, und es würde natürlich weder höflich noch dienstgemäß gewesen sein, unsere Meinung auszusprechen. Wir waren jedoch höchst aufgebracht über die unwürdige Behandlung, die unser Chef erlitten hatte. Wir kehrten zu unsern Leuten zurück, die immer noch in derselben Position standen, und sich um die Bivouakfeuer drängten, da der kalte und lange Winterabend bereits anbrach. Der General revidirte in Person jede Feldwache und die Postenkette, und begab sich dann in sein Quartier zum Geistlichen, jedoch kaum um zu ruhen, denn er hat sich während unserer Abwesenheit von Vittoria nicht ein einziges Mal entkleidet.

Espartero's Division, die mit zwei Regimentern San Fernando Befehl erhalten hatte, uns zu unterstützen, langte spät in der Nacht in unserm Rücken bei dem Dorfe Nanclares di Gamboa an. Die hierüber eingehende Nachricht machte uns Hoffnung, daß vielleicht noch etwas geschehen werde. Doch blieben wir — Dank Cordova's Fürsorge — diese Nacht und den ganzen folgenden Tag ruhig im Bivouak, höchst wahrscheinlich dem Feinde zum Gegenstand des Gelächters dienend, der — wie immer — sehr bequem einquartirt lag, während wir fast in einer Kälte umkamen, die der am Nordpol glich. Der folgende Morgen — der 19te Januar — brach mit einem Nebel an, welcher sich den ganzen Tag über nicht verzog. Er blieb so dicht, daß es unmöglich war, die Gegenstände bis auf funfzehn Fuß Entfernung zu unterscheiden; und dabei befanden wir uns in einem für uns gänzlich unbekannten Terrain *). Dieß versetzte uns natürlich in eine höchst gefährliche Lage, da wir sehr leicht in die Hände der Feinde gerathen konnten, anstatt unsere eigenen Cantonnements zu erreichen. Ich wurde von Zuaso nach Azua geschickt, um einen Befehl für die Cavallerie zu überbringen, wobei ich länger als eine halbe Stunde unterwegs war, obgleich die Entfernung kaum mehr als eine Viertelstunde beträgt; dennoch gerieth ich in den Fluß anstatt auf die Brücke.

Ein kluger Streich der Carlisten — aber nicht Cordova — erlöste uns endlich aus unserer traurigen Lage. Erfrorene Füße und leere Magen zeigten zu deutlich, daß Menschen nicht ohne Nahrung zu leben vermögen, wie groß ihr Muth auch sei; — der Frost wird stets den Körper angreifen, so warm das Herz auch schlage.

Gegen Abend stellte sich nämlich ein Deserteur — so wurde er wenigstens genannt — in unserm Hauptquartier ein, und erzählte eine klägliche Geschichte von schlechter Behandlung, Mangel an Lebensmitteln, rückständigem Gehalt, fortwährenden Märschen u. s. w., welche bis auf die Märsche

---

*) Es ist die Schuldigkeit eines jeden Subaltern-Offiziers, sich mit dem Terrain in der Nähe seiner Garnison bekannt zu machen. Wie ist es nun möglich, daß weder General Evans noch sein General-Stab einige Stunden von Vittoria nicht mehr Bescheid wußten, da die Legion doch so lange nichtsthuerisch in dieser Stadt gelegen hatte? Anm. des Ueberf.

gänzlich erlogen war. Er fand überall bereitwillige Ohren und gläubige Herzen, ganz besonders aber unter seinen Landsleuten, die der Legion attachirt waren. Hierauf erklärte dieses Individuum feierlich und beschwor es wieder und wieder, dreißig carlistische Bataillons seien gegen uns im Anmarsch, und nur höchstens noch eine Stunde von uns entfernt. Die Wirkung seiner Nachricht blieb nicht aus. Da der General es nicht für weise hielt, seine Legion gegen einen so überlegenen Feind auf's Spiel zu setzen, *) ordnete er die gehörigen Vorsichtsmaßregeln an, und gab seinen Truppen den Befehl, sich in der Abenddämmerung hinter Zabora zurückzuziehen, und links von Azua eine neue Stellung einzunehmen. Diese Bewegung fing erst um acht Uhr an, und dauerte bis um zwei Uhr des folgenden Morgens. Da man alle Anordnungen gehörig getroffen hatte, so wurde diese rückgängige Bewegung auf eine höchst militairische Weise ausgeführt. In Bezug auf unsere frühere Position hatten wir keinen üblen Tausch gemacht; denn jene war im Fall eines Angriffs äußerst gefährlich, da man sich aus derselben nur durch zwei kleine Brücken über die Zabora abziehen konnte. Hätten uns die Carlisten bei diesem Brückenübergange angegriffen, — wie wir es erwarteten — so würden sie uns wohl einigen Schaden zugefügt haben; denn der Uebergang dauerte sehr lange, da man kaum drei Mann hoch auf ihnen marschiren konnte. Aller Wahrscheinlichkeit nach wären sie doch wohl zurückgeworfen worden; denn jeder Soldat der Legion war über den grausamen Mord des

---

*) „Und da er nicht wußte, daß man bei solchen Fällen vor allen Dingen zuerst eine kleine Cavallerie-Patrouille abschickt, um Nachrichten vom Feinde einziehen zu lassen" — ist hier wahrscheinlich vergessen worden. Anm. des Ueberf.

Commissairs am Tage vorher und über die unwürdige Behandlung, die wir von andern Seiten erfahren hatten, noch zu sehr aufgebracht. General Evans blieb die Nacht über, umgeben von seinem Stabe, zu Pferde, (obgleich der Nebel so dicht und das Wetter so kalt war, daß wir fast auf unsern Pferden erstarrten), bis der letzte Mann die Brücke passirt hatte; und er bewies hierdurch, daß die Sorge für seine Truppen ihn veranlaßte, jegliche Rücksicht auf sich selbst außer Acht zu lassen, obschon seine Gesundheit nicht eben die festeste war.

Die abgeschmackte Geschichte in Bezug auf die dreißig Bataillons — (die ich vom ersten Augenblick an für ein Mährchen hielt, da die Carlisten kaum im Ganzen so viel Infanterie besaßen, obgleich sie dieselbe um diese Zeit bedeutend vermehrt hatten) — fiel dahin aus, daß am Tage vorher dreizehn feindliche Bataillone in unserer Nähe gewesen, deren Absicht jedoch durchaus nicht war uns anzugreifen, sondern die sich ruhig nach Salinas und Mondragon zurückgezogen hatten. Sie fürchteten im Gegentheil nicht nur, daß die Legion ihren Marsch hindern, sondern ihnen auch ihre Maulthiere, Ochsen, Karren und andere Fahrzeuge abnehmen möchte, welche sie zum Transport ihrer bei der letzten Affaire Verwundeten requirirt hatten. Da sie nun John Bull's Leichtgläubigkeit kannten, schickten sie einen ihrer Leute als Deserteur zu uns, der durch seine gut erzählte Geschichte die Gefälligkeit hatte, uns aus dem elenden und nutzlosen Bivouak bei Gamboa zu erlösen.

Als um zwei Uhr Morgens unser ganzes Corps den Fluß passirt hatte, wurden Feldwachen auf die Brücken gesetzt; aber nicht eher als bis jeder Posten aufgestellt und von ihm selbst revidirt war, zog sich General Evans zurück. Wir hatten am Tage zuvor gefrühstückt, es ist wahr; doch hatten wir dieß sehr früh gethan, um uns auf alle Fälle, die den Tag über vorkommen konnten, gefaßt zu machen. Von dieser Zeit bis zum andern Morgen um drei Uhr hatter wir außer einem Schluck Branntwein und etwas Zwieback nichts über unsere Lippen gebracht; dabei waren wir mehr als zehn Stunden zu Pferde gewesen, und hatten während der ganzen Zeit den dichten und ungesunden Nebel in der Nähe des Flusses eingeathmet.

Die menschliche Natur verträgt viel Strapazen und Entbehrungen, wenn sie durch Hoffnung auf Ruhm und Auszeichnung angespannt wird; fehlen diese mächtigen Triebfedern jedoch, so lassen die Körperkräfte nach. Wir waren daher äußerst ermüdet und hungrig, als wir in Azua einrückten, wo man ein Haus für den General eingerichtet hatte. Ich meine damit nur, daß die Thüren erbrochen worden waren, um dasjenige in Empfang zu nehmen, was er selbst mitbringen würde, und um ihm einen Schutz gegen das unbarmherzige Wetter zu gewähren. Man muß sich nicht etwa einbilden, daß ein behagliches Feuer auf dem Heerde brannte, oder einladende Speisen auf dem Tische dampften; wir hielten uns im Gegentheil für überglücklich, in der Küche einen unzertrümmerten Kamin anzutreffen, wo wir ein spärliches Feuer anmachen konnten, um welches wir die Nacht zubrachten. Betten galten für einen Luxusartikel, den wir selten erwarteten, und eine Bank am Feuer war nach meiner Meinung einem biscayischen Bett weit vorzuziehen, in welchem man durch das verhungerte Ungeziefer sogleich angefallen wurde.

Um zehn Uhr Morgens erschien General Draa von Vittoria her, begleitet durch einige spanische Offiziere des Generalstabes und eine Cavallerie-Escorte, um uns in Person den Befehl Cordova's zur Rückkehr nach der Stadt zu überbringen. Um diese Zeit zeigte sich, mit Ausnahme einer Cavallerie-Vedette, die sich dann und wann auf den Höhen von Arlaban oder bei Guevara in unserer Front und linken Flanke sehen ließ, vom Feinde keine Spur.

Wäre auch der Feind selbst in der Nähe gewesen, so beurtheilte er seine eigenen Streitkräfte und unsere gute Stellung zu richtig, um uns anzugreifen. Unter diesen Umständen und mit dem Gefühl der Täuschung und des Ueberdrusses, ohne irgend einen Zweck oder ein Resultat, einige Tage hinter einander dem übelsten Wetter und den Strapazen eines Bivouaks ohne hinreichende Lebensmittel ausgesetzt gewesen zu sein, waren wir natürlich froh, in unsere Quartiere nach Vittoria zurückzukehren, so schlecht diese auch sein mochten; denn bereits zeigten sich in Folge der Anstrengungen und Entbehrungen bei den Leuten Spuren der Krankheit.

Ein lächerlicher Vorfall ereignete sich mit einem Offizier der Legion, der zum Generalquartiermeisterstab gehörte, und den ich hier anführen will, da er kurz vor unserer Räumung von Azua vorfiel. Dieser Offizier oder sein Bediente hatte in der Küche oder dem Schuppen eines Hauses von Zuaso di Gamboa einen sogenannten Pony *) zurückgelassen; in dem Wirrwar des vorhergehenden Abends war dieses kostbare Thier vergessen worden. Nachdem der Eigenthümer sich vergebens überall danach erkundigt hatte, entschloß er sich, nach Gamboa zurückzukehren; und da unsere Feldwachen noch an den Brücken standen, die in dieses Dorf führen, so glaubte er, es ohne Gefahr wagen zu können. Nachdem er die Brücke passirt und das Dorf betreten hatte, entdeckte er endlich sein Quartier vom vorigen Tage; und

---

*) Ein kleines Pferd.

als er sich eben auf den Zehen heranschlich, um sich nach seinem Eigenthum umzusehen, erblickte er bei einer Wendung des Kopfes drei bis vier carlistische Cavalleristen, die sich so eben anschickten, ihn mit ihren Lanzenspitzen zu begrüßen.

Er vergaß auf der Stelle seinen Pony und Alles, und flog wie ein Pfeil vom Bogen zurück über die Brücke, nicht eher wieder anhaltend, bis er Azua glücklich erreicht, wo er bei dem Gelächter seiner Kameraden die entsetzliche Geschichte erzählte.

Die schwarze Fahne wehte noch auf den Thürmen des alten Schlosses von Guevara wie zum Hohn unserer Waffen; und als wir unsere rückgängige Bewegung antraten, wurde von Vielen bedauert, daß man uns nicht die Gelegenheit gegönnt hatte, sie gegen unsere eigene Fahne zu vertauschen, und uns in Besitz von Salvatierra zu setzen, welches nach meiner Meinung ohne bedeutende Verluste hätte geschehen können. Die Entfernung von Azua nach Vittoria beträgt in einer südlichen Richtung auf dem Landwege, den wir einschlugen, und welcher durch Arbulo führt und sich bei Matauco mit der Chaussee von Salvatierra vereinigt, etwa nur zwei Stunden. Nur eine Brigade der Legion rückte mit dem ersten Lancier-Regiment in Vittoria ein. Der Rest hielt, und nahm in Matauco und den Dörfern von hier bis zur Stadt Quartier.

Während unsers Marsches unterhielten wir uns damit, ein Pferd zu jagen, welches — gesattelt und gezäumt — wahrscheinlich seinen Reiter in einer höchst unangenehmen Lage zurückgelassen hatte. Endlich gelang es uns, das Thier einzufangen, und als wir den hinter dem Sattel aufgeschnallten Mantelsack öffneten, ersahen wir aus seinem Inhalt, daß es einem Geistlichen gehörte, der wahrscheinlich auf dem Wege zu Don Carlos beim Anblick unserer Truppen von seinen Reiterkünsten verlassen worden war. Wir gelangten dadurch zu dem unbestrittenen Besitz eines Pferdes, einiger Tafeln Chokolate — nie reist ein Spanier ohne dieselben — und ein reines, sauber in Papier gewickeltes Hemd.

Nachdem der General abgewartet hatte, bis die Truppen der Legion gehörig einquartirt waren, begab er sich mit seinem Stabe nach Vittoria, woselbst Cordova bereits seit zwei Tagen in einem sehr bequemen Quartiere lag. So endeten die Hoffnungen auf Schlacht und Ruhm, welche der pomphafte Armeebefehl erweckt hatte. Drei Wochen lang vor unserm Ausrücken aus Vittoria hatte man von nichts geredet als von der Einnahme des Schlosses Guevara und der Stadt Salvatierra. Bataillon auf Bataillon war zur Verstärkung der Armee angelangt, — Artillerie so wie Sappeurs und Mineurs waren von Burgos aus zu uns gestoßen; und nachdem alle diese Streitkräfte gegen den schwachen Feind vorgerückt, war Cordova — ohne etwas erreicht zu haben — mit mehr als zweihundert Verwundeten und eben so vielen Leuten, welche durch das böse Wetter und den Mangel an Nahrungsmitteln krank geworden, ruhig zurückgekehrt. Die carlistische Fahne wehte unangefochten auf Guevara, — die Stadt Salvatierra befand sich noch in den Händen des Feindes. Dessenungeachtet war der spanische Oberbefehlshaber Cordova ganz zufrieden gestellt. Wenn der Ruhm, den Carlisten zu beweisen, daß die Christinos stark genug seien, sie von Position zu Position zu treiben, welche jene entweder nicht behaupten wollten, oder konnten, nur allein erzielt wurde, so war dieß nichts mehr, als was wir selbst längst wußten; warum aber diese Operation mit dem Verluste vieler Leute und ohne das geringste Resultat verbunden sein mußte, und warum dabei der rechte Flügel der

Armee, der aus lauter kampflustigen Soldaten bestand, in völliger Unthätigkeit gelassen wurde, vermag ich nicht zu erklären. Unser Rückzug brachte bei den Bewohnern von Vittoria eine höchst ungünstige Wirkung hervor; und wie konnte dieß auch anders sein? Ohne hinreichende Zufuhr von Lebensmitteln hätte man nichts gegen den Feind unternehmen sollen; waren die Operationen aber einmal begonnen, so mußten sie mit Kraft, Bestimmtheit und Klugheit durchgeführt werden; aber diese drei Dinge trifft man selten bei einem Spanier an. Onate, das Hauptquartier des Don Carlos, hätte unser Ziel sein müssen; und hätte man den Truppen des General Evans gestattet, als Avantgarde zu agiren, und sie dabei gehörig unterstützt, so darf ich dreist behaupten, daß der Krieg einen andern Charakter angenommen haben würde. Das entschiedene Vorrücken sämmtlicher Streitkräfte Cordova's würde zwar den ganzen Muth der Carlisten zur Vertheidigung ihres Oberhauptes aufgeregt haben; trotz der zahlreichen Hindernisse jedoch, auf die wir im Herzen eines feindlichen Landes sicher gestoßen wären, und obgleich wir unsern Rücken etwas preisgegeben hätten, so wäre uns dennoch ein günstiges Resultat auf keinen Fall entgangen, da uns die wohlbesetzte Ebrolinie gegen jede Diversion sicher stellte.

Die Regierung zu Madrid überhäufte den Oberbefehlshaber und seine Anhänger für ihre bei dieser Gelegenheit geleisteten Dienste mit den größten Ehrenbezeigungen und drückte ihre große Zufriedenheit mit dem tapfern Benehmen der Armee aus. Meine Ansicht von der Sache kann daher nur eine falsche sein. Da ich jedoch nichts als Thatsachen berichte, die ich selbst mit erlebt habe, so überlasse ich Andern die Entscheidung.

Am 24. Januar, dem Sonntage, der unserer Rückkehr nach Vittoria folgte, unternahm Espartero's Division und ein Theil der brittischen Legion eine Recognoscirung nach Salvatierra, bei welcher Gelegenheit die spanischen Truppen die Mauern dieser Stadt erreichten, während die englischen ihren Marsch deckten. Es fand sich jedoch, daß die Carlisten den Ort gänzlich verlassen, und nicht allein sämmtliche Fortifications-Werke zerstört, sondern auch die meisten Bewohner der Stadt bewogen hatten, ihre sämmtlichen Geräthschaften, Betten, Tische, Stühle, und selbst alle Kochgeschirre zusammen zu packen, und ihnen zu folgen, so daß die Christinos nichts als die leeren Wände — stets das Beste an einem spanischen Hause — trafen. Das Ergebniß dieser Recognoscirung war der Beschluß von Seiten Cordova's, den Ort seiner Neutralität zu überlassen, indem er erklärte, er habe weder Mittel genug, ihn wieder befestigen zu lassen, noch Leute genug, ihn zu besetzen.

So endete der Plan, eine Communication durch das Thal der Borunda nach Pampelona hin zu eröffnen, dessen Ausführung gewiß zur baldigen Beendigung des Krieges beigetragen haben würde. Ich bin jedoch weit davon entfernt, den Mangel an Mitteln, der beständig von der spanischen Regierung bei dem Mißlingen irgend eines Unternehmens vorgeschützt wird, zu bezweifeln, da ich ihn selbst auf eine höchst empfindliche Weise kennen gelernt habe. Der Kriegsminister befand sich zwar in Person zu Vittoria; und wäre er durch Cordova gehörig unterrichtet worden, so müßte er mit eigenen Augen gesehen haben, daß noch nicht hinreichende Lebensmittel vor dem Beginn dieser Bewegung herbeigeschafft waren.

Cordova marschirte bald nachher mit einem großen Theil der spanischen Armee und mit der französischen Legion nach Logrono, indem er den Ebro bei Miranda del Ebro passirte. Diese rückgängige Bewegung wurde von ihm in der Absicht unternommen, die Ebrolinie wieder zu untersuchen, und durch das Thal der Rivera von Navarra aus nach Pampelona vorzudringen. Er wollte zuerst eine Verbindung von Pampelona nach der französischen Grenze herstellen, und alsdann von diesem Ort nördlich durch die Borunda einen Weg nach Salvatierra erzwingen. Bei diesem Unternehmen würde die brittische Legion ihn durch eine Bewegung von Vittoria aus nach Salvatierra hin unterstützt haben.

Sein erster Plan mißglückte, obgleich er so glücklich war, die französische Grenze zu erreichen, und mit dem französischen General zu sprechen, der den linken Flügel der Observations-Armee commandirte; denn es fand sich, daß er zur Sicherstellung dieser Communicationslinie mehr Truppen gebraucht haben würde, als er zu seiner Disposition hatte. Er ging daher mit seinen gewöhnlichen Ausflüchten davon ab.

Während der Abwesenheit des Oberbefehlshabers wurde die englische Legion aus Matauco nach Vittoria abgerufen, welches sie besetzte; Espartero's Division bezog südlich von der Stadt Quartiere, um die Straße nach Miranda del Ebro zu decken.

Nachdem es bisher während des ganzen Winters äußerst kalt, feucht und naß gewesen war, fiel jetzt ohne Unterbrechung ein dichter Schnee, der mehrere Wochen lang in beträchtlicher Höhe die Erde bedeckte. Das Fieber, welches bereits so große Verheerungen unter den Truppen angerichtet hatte, nahm durchaus nicht ab, und eben so wenig hörte der Mangel an Lebensmitteln auf, so viel Mühe General Evans sich auch gab. Die Folgen der vielen Entbehrungen wurden täglich, nein — stündlich verderblicher; und nichts kann die unverzeihliche Nachlässigkeit und die grausame Rohheit derjenigen entschuldigen, die damit beauftragt waren, für die gewöhnlichsten Bedürfnisse der Truppen und Kranken zu sorgen. Den letzteren fehlte es an Lagerstätten und Decken; die unglücklichen Folgen davon kann man sich leicht vorstellen: an jedem Tage wurden zehn bis funfzehn unserer Leute beerdigt. Den Aerzten und Chirurgen der Legion muß man die Gerechtigkeit widerfahren lassen, daß sie unermüdlich in der Sorge für die armen Leidenden waren, und fortwährend — ja zuweilen selbst mit Erfolg — gegen die Mängel aller Art kämpften. Aber die menschliche Natur reicht nur bis zu einem gewissen Grade aus, und manche der Aerzte fielen als Opfer ihrer unermüdlichen Anstrengungen und ihres täglichen Dienstes in den widrigen, unsaubern Hospitälern, die mit den Fieberkranken überfüllt waren. Schon der fieberische Athem dieser Unglücklichen war ansteckend und vergiftend genug, — von dem Schmutz und den Mängeln aller Art gar nichts zu sagen.

Auch die Offiziere blieben von dieser furchtbaren Krankheit nicht verschont. Viele der jungen Männer, die ihre Heimath blühend und in der Erwartung verlassen hatten, durch eine strenge Erfüllung ihrer Dienstpflichten militairische Ehrengrade zu erwerben, wurden hier durch so empörende Umstände in einem fremden Lande hingerafft, ohne daß Freunde oder Verwandte sie pflegen konnten.

Während dieser Zeit wurde die Gegend nördlich von Vittoria fortwährend durch kleine Abtheilungen der Carlisten beunruhigt, die der Stadt sämmtliche Zufuhr, und zumal diejenige abschnitten, welcher die Kranken am meisten bedurften. Weder Thee, Milch, noch irgend ein Artikel dieser Art konnte für die Leidenden aufgetrieben werden, und alle Lebensmittel waren theurer als selbst in London; dazu kam noch, daß der Schnee immer stärker und dichter fiel; dieß machte die Gebirgsstraßen von Tage zu Tage unwegsamer, und verhinderte die Landleute, die Märkte der Stadt zu besuchen.

Das Geld in den Militaircassen nahm mit jedem Tage mehr ab, ohne daß sich eine Aussicht auf neue Zuschüsse eröffnet hätte, und ich darf dreist behaupten, daß der größte Theil der jungen Offiziere — gleichviel ob krank oder gesund — genöthigt war, von seinen Rationen zu leben, die sehr schlecht und unregelmäßig geliefert wurden. Dreihundert Mann und zwanzig Offiziere und Aerzte hatte man bereits in Spanien begraben. Ihr Tod war die Folge von Mangel an Nahrung, Wohnung und Bedeckung. Man konnte sich durchaus nicht auf diejenigen verlassen, welche beauftragt waren, für die Legion in dieser Beziehung zu sorgen; Treue und Glauben suchte man bei ihnen vergebens. In den Hospitälern fanden sich noch über tausend Kranke, unfähig zum Dienste. Wären diese Unglücklichen auf dem Schlachtfelde für die Sache fechtend gefallen, der sie ihr Leben einmal geweiht, so hätten sie doch ein ruhmvolles Ende gefunden, und man würde ihr Loos weniger beklagt haben. Jetzt aber vermehrte jeden Morgen die Nachricht von neuen Opfern den Mißmuth, von welchem sich unsere kleine Armee gedrückt fühlte. Keine Ausschweifungen — denen man fälschlich die Krankheit zuschrieb — hätten vermocht, so entsetzliche Verheerungen unter den Soldaten der Legion hervorzubringen; nur der Mangel an Lebensmitteln war die alleinige Ursache davon. Was den Branntwein und andere spirituöse Getränke anbelangt, so glaube ich nicht, daß in der ganzen Stadt so viel davon aufzutreiben war, um ein halbes Regiment betrunken zu machen.

II. 13

Während dieses unseligen Standes der Dinge wurde der größere Theil der Legion nach Trevino, einer unbedeutenden Stadt der Grafschaft gleiches Namens in der Provinz Alava, beordert. Sie liegt an der Seite oder dem äußersten Ende eines Höhenzuges östlich von La Puebla, und etwa eine Stunde von der Chaussée, die von Miranda del Ebro nach Vittoria führt. Zu Anfange des Krieges hatte eine Garnison der Christinos darin gelegen; seit kurzer Zeit war es aber (wie viele andere Städte, und ich weiß nicht weßhalb) ohne Besatzung gelassen worden. Die Bewohner dieser Gegend galten jedoch für liberal, und selbst für exaltirt in ihren liberalen Grundsätzen. Um diese Stadt wieder in Vertheidigungszustand zu setzen, mußte die brittische Legion — viele Leute ohne Schuhe — drei Stunden durch Schmuz und Schnee marschiren; Espartero's Division marschirte in derselben Absicht nach Pena-cerada, einem Gebirgsdorfe weiter östlich von der Chaussée von Miranda und nördlich von Trevino*). Der Zweck dieser Bewegungen, die auf Befehl des Oberbefehlshabers ausgeführt wurden, bedarf einer Erklärung; doch fürchte ich, es wird mir sehr schwer fallen, diese zu geben. Wenn es Cordova's Absicht war, den Truppen eine Abwechselung zu verschaffen, und sie einmal aus einer überfüllten und durch ansteckende Krankheiten heimgesuchten Stadt zu erlösen, so ist dieß sehr lobenswerth; wenn seine Absicht jedoch war, sie durch zwecklose Märsche zu ermüden und aufzureiben, so wurde diese vollständig erreicht; denn viele Leute kehrten mit erfrorenen Gliedern, krank, matt, verdrießlich und durchnäßt zurück,

---

*) Warum beklagt nun der kriegslustige Major Byng Hall hier nicht auch das Geschick der Division Espartero's, der doch ebenfalls wohl von Niemanden Teppiche über „Schmuz und Schnee" gebreitet wurden? Anm. d. Uebers.

ohne ihre Kleider wechseln zu können. Dadurch starben viele in Schmerz und Elend, während andere durch das Abnehmen von Armen und Beinen für ihre übrige Lebenszeit ohne Hoffnung auf Pension oder Versorgung verstümmelt wurden; denn die erregten Hoffnungen wurden alle getäuscht.

Nach meiner Meinung ging durch die Befestigung von Trevino nur Zeit verloren; die Stadt eignete sich — wie die meisten Ortschaften in Biscaya — durchaus nicht dazu, befestigt zu werden. Eine Besatzung in dieser Stadt möchte jedoch die Straße geschützt haben, die von Vittoria nach La Guardia und Logrono führt; und dadurch wäre der Weg von diesen Städten nach der Provinz Alava bedeutend abgekürzt worden; denn man mußte bisher gewöhnlich über Haro und Miranda del Ebro gehen. Wenn nun aber die Einwohner der Sache der Christinos günstig waren — wie man hier bestimmt annahm, — so wäre es nur gerecht gewesen, ihnen eine Besatzung zu geben, die ihr Eigenthum gegen den Feind geschützt hätte. Auf keinen Fall war es jedoch an der Zeit, diese Bewegung jetzt zu unternehmen, da man wußte, daß die Hauptkräfte der Carlisten sich rechts am äußersten Ende der Provinz befanden, während andere Bataillone Vittoria umschwärmten, das nach unserm Abmarsch nur noch eine sehr schwache Garnison hatte.

Während der Besetzung von Trevino und Pena-ceraba durch die Legion und Espartero's Division — Cordova lag die ganze Zeit hindurch in äußerst guten Quartieren in Pampelona — griffen die Carlisten unter General Eguia in aller Ruhe Valmeseda an, und machten nicht allein 200 Gefangene, sondern die ganze Garnison streckte das Gewehr, und erklärte sich für Don Carlos. Nachdem sie hierauf die Einwohner gebrandschatzt und alle Sachen von Werth zusammengepackt, überließen sie die Stadt eben so ruhig wieder den Christinos. Viele Erzählungen von dem tapfern Widerstande waren in Umlauf, den die muthige Garnison geleistet haben würde, wenn nicht die erste Bombe gleich in das Pulvermagazin geschlagen wäre, das also wohl nicht bombenfest gewesen sein mag. Sei dem wie ihm wolle, — ich habe eine ganz andere Geschichte über diese Angelegenheit gehört. Die Garnison war nämlich hauptsächlich aus Leuten zusammengesetzt, die früher bei einem Regimente gestanden hatten, welches General Eguia als Brigadier unter der Regierung Ferdinands einst commandirt hatte. Nun waren nicht allein die Soldaten, sondern auch die Offiziere ihrem alten Commandeur so sehr ergeben, daß man übereingekommen war, den Carlisten die Stadt zu übergeben, wenn diese einmal Zeit und Gelegenheit finden sollten, vor ihr zu erscheinen. Die geringen Verluste auf beiden Seiten geben dieser Geschichte viel Wahrscheinliches.

Ein isolirtes Detachement, welches sich zu Mercadillo in einem Hause an der Straße verbarricadirt hatte, die von Villasana durch das schöne Thal von La Mena *) nach Valmeseda führt, war ebenfalls aufgehoben worden, und bis auf den letzten Mann in die Hände der Carlisten gefallen.

Bald nachher hatte Plentia dasselbe Geschick; fern sei es jedoch von mir, zu behaupten, daß es unter ähnlichen Umständen gefallen. Es wurde sehr tapfer vertheidigt; und die kleine, gänzlich aus Urbanos bestehende Garnison wandte nicht allein jegliche kräftige Maßregel gegen den Feind an, sondern sogar die Frauen ergriffen mit blauen Bändern — den Farben der Christinos — auf den Mützen zur Ver-

---

*) Der Major Byng Hall nennt dieses Thal bald Mena bald Mina; wir sind bei Mena geblieben.   Anm. d. Uebers.

theidigung ihrer Häuser und Kinder die Waffen. Der Ausgang dieser unglücklichen Affaire war höchst verhängnißvoll. Der Alcalde, oder vielmehr der Commandant, ein Mann von anerkannter Tapferkeit, gab sich lieber mit eigener Hand den Tod, anstatt sich zu übergeben; und viele der Einwohner und Frauen, die in Böten zu entkommen suchten, als sie der Uebermacht des Feindes weichen mußten, ertranken bei der Fahrt über die Barre in den Hafen, die stets — ganz besonders aber im Winter — gefährlich ist. Viele waren so glücklich, Portugalette sicher zu erreichen; andere blieben und wurden umgebracht.

Die Stadt Valmeseda oder Balmeseda liegt sehr romantisch an den Ufern des Salcedon, etwa vier Stunden von Bilbao und nicht weit von dem Anfange des ausgedehnten und sehr gut angebauten Thales La Mena. Die Straße von dem Dorfe Castro an der Küste, die sich ihm an der Nordseite naht und mitten durch die Stadt läuft, geht in der Richtung von Mobena de Poma und Villacajo weiter, führt hierauf — nachdem sie über den Ebro gesetzt — nach Burgos und der Chaussée, mit welcher sie an der Südseite zusammenstößt; hierauf führt sie in der Richtung von Pancorvo über Santa Maria, Oña und Soncillio nach Santander.

Rechts von Valmeseda — wenn man von Bilbao kommt — befindet sich ein ausgedehnter Höhenzug, die Sierra d'Orduna, deren Fuß sich bis zur Stadt hin erstreckt. Auf einer trichterförmigen Höhe oder einem Felsen, der den Eingang der Stadt beherrscht, steht ein Thurm, den man befestigt und mit einigen Leuten besetzt hatte. Die Befestigung und Besatzung dieses Punktes war jedoch ganz zwecklos, da die Berge der Sierra ihn überhöhten, und sich auf dem Thurm nur zwei leichte Geschütze befanden, die eigentlich nicht viel besser als Wallbüchsen waren. An der andern Seite der Stadt fließt der Salcedon vorüber, der nirgend sehr tief und an einigen Stellen zu durchwaten ist. Ueber ihn führt eine Brücke nach der Straße von Orduna; die Gegend an dieser Seite ist ebenfalls gebirgig und beherrscht den Thurm. Die beiden Stadtthore im Norden und Süden waren stark verbarrikadirt, und — so wie die Häuser an der Außenseite — mit Schießlöchern versehen. Die aus 200 Mann bestehende Besatzung war ganz isolirt, und hatte von keiner Seite her auf Unterstützung zu rechnen; unter den bewandten Umständen hätte sie sich bei einem Angriff der Carlisten auch wohl ohne Verrätherei ergeben müssen.

Was Plentia anbetrifft, so ist dieß eine sehr kleine Stadt an der Küste nordwestlich von Bilbao, und es war zur Zeit der Vertheidigung und Einnahme nur durch Urbanos besetzt.

In Folge der eingetroffenen Nachrichten von den glücklichen Operationen der Carlisten gegen Balmeseda marschirte Espartero mit seiner Division in der Richtung von Pena d'Orduna; und Espeletta, der die Reserve commandirte und sein Hauptquartier zu Miranda del Ebro hatte, rückte nach Modena de Poma, Laroaga und Frias vor — die beiden letzteren am Ebro, den westlichen oder linken Flügel der Operationslinie einnehmend. Zum Unglück kam er jedoch auch dießmal — wie immer — nur an, um zu vernehmen, was sich bereits zugetragen, und was er sehr gut hätte abwenden können. Anstatt alsdann das Geschehene durch irgend einen energischen Schritt wieder gut zu machen, wurde die Zeit mit nutzlosem Bedauern über das vorgefallene Unglück verloren.

General Evans, der sich stets auf seinem Posten befand, marschirte mit dem größten Theil der durch Krankheit und Mangel an Nahrungsmitteln bedeutend geschwächten Legion, um Espartero's Division zu decken und zu unterstützen, damit dieser im Stande wäre, den Bewegungen des Feindes um so unbesorgter zu folgen. Zu viel Zeit war jedoch bereits verloren, als daß man noch auf ein glückliches Resultat hätte rechnen dürfen; denn die Carlisten, welche nicht stark genug waren, ein Gefecht anzunehmen, zogen sich, nachdem sie Balmeseda geräumt, mit ihrer gewöhnlichen Schnelligkeit nach ihrer früheren Position zurück, und bedrohten Portugalette. Bei dieser Nachricht machte die Legion einen Contremarsch nach Armenion, um den Rückweg nach Vittoria offen zu erhalten, und die bereits angefangenen Festungswerke von Trevino zu beenden.

Balmeseda *) ist später von den Christinos wieder mit Garnison belegt worden; doch ist die Richtigkeit dieser Maßregel sehr zu bezweifeln, da es nicht möglich ist, bei einem plötzlichen Angriff einen Ort zu unterstützen, der außerhalb der Operationslinie oder an der Küste liegt; denn ich habe bereits die große Leichtigkeit und die überraschende und außerordentliche Schnelligkeit erwähnt, mit welcher die Carlisten von Punkt zu Punkt fliegen, so daß es stets in ihrer Gewalt steht, eine schwache Position in jedem beliebigen Augenblick anzugreifen.

Seit mehreren Monaten, besonders aber seit der Affaire von Arlaban hatte meine Gesundheit so sehr gelitten, daß die Aerzte meine Rückkehr nach England für durchaus noth-

---

*) Der Verfasser der „Briefe vom Kriegsschauplatz" nennt diesen Ort bald Balmaseda, bald Balmeceba oder Balmaceba; — wir sind bei Balmeseda geblieben.   Anm. d. Uebers.

wendig erklärten, und General Evans war so gütig, sie mir zu gestatten.

Ich machte mich daher von Vittoria aus am 23. Februar 1836 mit einem Freunde auf den Weg nach Santander. Trotz aller historischen Erinnerungen, die an Vittoria haften, ließ diese Stadt jedoch nur einen widrigen Eindruck bei mir zurück, und ich kann eben nicht sagen, daß ich mich mit einem herzbrechenden Gefühl von ihren unbegreiflichen und gefühllosen Bewohnern trennte; denn nie ist ein Geschöpf mit weniger Aufmerksamkeit und Mitleid behandelt worden, als meine unglücklichen Landsleute durch diese Unmenschen. Sie schienen nur — ob Carlisten oder Christinos — von einem Gedanken beseelt zu sein, nämlich von dem der Plünderung und der Erpressung. Was ich hier sage, ist buchstäblich wahr; dennoch bin ich vielleicht etwas unbillig; denn man muß bedenken, daß es den Spaniern auch nicht eben angenehm sein kann, während der drückenden Lasten des Bürgerkrieges ihren heimathlichen Herd auch noch von Fremden bestürmt zu sehen. Wenn noch ein Funke des stolzen Geistes und der alten Vaterlandsliebe in dem Herzen der Spanier lebt, so mögen sie ihn zur Flamme anfachen, und sich in Masse erheben, um, mit Verachtung fremder Hülfe, den unerhörten Gräueln eines Krieges ein Ende zu machen, von denen nur diejenigen einen Begriff haben können, die sie mit eigenen Augen gesehen.

Ich bin weder aufgelegt noch vorbereitet, mich in irgend eine politische Discussion über einen Gegenstand einzulassen, der bereits die Quelle von Streitigkeiten durch ganz Europa geworden ist. So sehr ich nun auch dem Kampfe der Partei, welcher ich diente, einen glücklichen Ausgang wünsche, so muß ich doch gestehen, daß man die einstmalige Besiegung der Christinos — trotz der zahlreichen Vortheile, welche die

Natur des Landes den Carlisten bietet — mehr dem Mangel an Unternehmungsgeist, an Thätigkeit und militärischen Kenntnissen bei den christinischen Anführern, als dem numerischen Uebergewicht der Royalisten zuzuschreiben hat.

Wir waren überglücklich, die fieberische Atmosphäre von Vittoria endlich mit der reinen Luft eines hellen Wintertages zu vertauschen, und nahmen unsern Weg in kleinen Tagereisen über La Puebla, Armenion, Miranda del Ebro, Pancorvo, Santa Maria und Oña.

Niemand von meinen Lesern ist vielleicht jemals durch ein Land gereist, wo jeder Mensch, dem man begegnet, jeder Arbeiter auf dem Felde und jeder Winzer im Weinberge im Stande ist, dem Vorüberziehenden ohne die geringsten Gewissensbisse eine Kugel durch den Kopf zu jagen. Daher wird man sich auch wohl kaum den Gemüthszustand denken können, in welchem wir durch den Theil der Provinzen fuhren, der den eigentlichen Herd des Krieges bildet. Die Freude, unser Vaterland wieder zu sehen, vermochte nicht die Furcht und das Mißtrauen zu überwinden, die wir bei jedem menschlichen Wesen empfanden, das sich uns auf der Straße zeigte.

Von Oña nach Soncillo gelangt, hielten wir uns für ziemlich sicher, und blieben daher eine Nacht in diesem Ort. Am Tage darauf erreichten wir Murcia, etwa vier Stunden von Santander, wo wir uns noch zu unserm Einzuge in diese Stadt für den nächsten Morgen gehörig stärken wollten. Kaum war der nächste Tag angebrochen, als ein lautes und anhaltendes Trommeln mich zum Aufstehen veranlaßte, um mich nach der Ursach dieser unerwarteten Reveille zu erkundigen. Ich fand, daß die Trommeln etwa 600 Quinta oder neu ausgehobene Rekruten zusammenriefen, die sich auf dem Marsch nach Santander befanden, um

nach Bilbao und St. Sebastian zum Ausexerciren einge-
schifft zu werden.

Der unsaubere Anblick dieser unglücklichen jungen Männer, die man aus ihren Familien abgerufen hatte, um Theil
an einem Kriege zu nehmen, der schon so viele ihrer Landsleute hingerafft hatte, und auch sie nicht verschonen wird,
vermehrte noch unser freudiges Gefühl, welches uns durch
das Verlassen eines so traurigen Landes eingeflößt wurde.

Wir erreichten noch an demselben Tage glücklich das
Ziel unserer Reise, und gingen mit dem nächsten Dampf-
schiff nach England ab.

Es ist jetzt meine Absicht, einige Erklärungen über die
wirkliche Lage der Dinge zu geben, um das Publikum in
den Stand zu setzen, die verschiedenen Berichte, welche England von Zeit zu Zeit erreichen, gehörig zu würdigen. Zunächst habe ich einen Bericht über die »Wiedereinnahme
von Valmeseda durch die Christinos« gesehen. Man
hätte eigentlich nur Wiederbesetzung sagen sollen; denn
es ist eine allgemein bekannte Thatsache, daß die Carlisten
einen eroberten Ort, der eine isolirte Lage hat, oder außerhalb der Grenzen desjenigen Theiles des Landes liegt, den
sie wirklich inne haben, niemals besetzt behalten. Sie haben
nur stets den Zweck, solche Oerter zu brandschatzen; und
nachdem sie Lebensmittel, Geld, Waffen, Munition u. s. w.
eingetrieben haben, verlassen sie ihn wieder, wie bereits mit
Valmeseda berichtet. Eben so würden sie verfahren sein,
wenn es ihnen gelungen wäre, Bilbao zu erobern.

Sie beurtheilen ihre eigenen Streitkräfte und Hülfs-
quellen selbst viel zu richtig, um sich irgend eine Art von
Falle zu legen, was die Besetzung oder Vertheidigung einer
Stadt für sie offenbar sein würde. Die Natur ihres Landes, ihre persönliche Thätigkeit und Kühnheit, so wie ihre

ganze Fechtweise sind die einzigen Mittel, die es ihnen möglich machen, sich gegen einen überlegenen Feind zu halten; wenn sie sich jedoch mit der Besetzung und Vertheidigung von Städten befaßten, würden sie sehr bald aufgerieben werden.

Wie es jetzt mit den Carlisten steht, so hält es für disciplinirte Truppen äußerst schwer, sie zu einem regelmäßigen Gefecht zu bringen, außer unter Umständen, die für die Christinos höchst ungünstig sind, wie sich bisher stets gezeigt hat. Diese Abneigung gegen ein regelmäßiges Gefecht rührt bei ihnen nicht von Mangel an Tapferkeit her, sondern sie ist nur die Folge einer richtigen Beurtheilung ihrer Vortheile, die sie bei kleineren, unregelmäßigeren Gefechten über den Feind haben.

In den baskischen Provinzen ist jeder Mann, jede Frau und jedes Kind für die Sache der Carlisten begeistert, und daher ist ein jedes Haus und jede Hütte eine Heimath für den Soldaten, wo man ihn stets mit offenen Armen empfängt, und ihn mit allem versieht, was sich auftreiben läßt. Die Fruchtbarkeit von Navarra und den baskischen Provinzen ist bedeutend, und diese Länder bringen Wein, Getreide, Schlachtvieh und alle Lebensbedürfnisse im Ueberfluß hervor; des vielen baaren Geldes gar nicht zu gedenken, welches die sparsamen Bewohner von Jahr zu Jahr aufhäufen, ohne es als Betriebscapital zu verwenden, oder auf Zinsen auszuleihen. Das Mißtrauen in Spanien gegen die Regierung ist so groß, daß die reichen Landbesitzer, anstatt ihr Geld in Staatspapieren anzulegen, es lieber in leinenen Beuteln vergraben.

Viele der reichsten Gutsbesitzer haben sich entweder ihrer liberalen Gesinnung wegen, oder um den Gräueln des Bürgerkrieges zu entgehen, nach Frankreich oder Madrid zurückgezogen, und es ist wohl nicht anzunehmen, daß ihnen unter diesen Umständen die Pachtgelder richtig gezahlt werden sollten. Der reiche Ertrag der Ländereien bleibt daher natürlich in den Taschen der Pächter, und man findet Hände genug, um das Feld zu bauen und die Waffen zu führen, welches Alles zur Unterhaltung und Unterstützung der carlistischen Armee beiträgt.

Natürlich fehlt es zu Zeiten auch dieser Armee an Nahrung und Kleidung; im Allgemeinen sind jedoch die Carlisten — und ich habe sehr häufig Gelegenheit gehabt, sie zu sehen — gut gekleidet, wohlgenährt, gesund und rüstig. Es gab eine Zeit, wo der Enthusiasmus für den braven Zumalacarregui so groß war, daß man diese kühnen Gebirgstruppen sehr leicht mit Erfolg nach der Hauptstadt hätte führen können; man benutzte diese günstige Stimmung jedoch nicht, sondern verschwendete seine Zeit mit der unnützen Belagerung von Bilbao. Mit dem Tode des unternehmenden Zumalacarregui ließ die Begeisterung sehr nach; doch haben sich — nach den letzten Ereignissen zu urtheilen — die Carlisten gänzlich wieder erholt, und es ist gewiß, daß noch Tausende von Menschenleben hingeopfert werden müssen, bevor dieser grausame Krieg sein Ende erreichen wird. Madrid ist nicht das Ziel der Royalisten, wenn es auch das ihrer Anführer sein möchte. Die Leute haben eine entschiedene Abneigung, ihre eigenen Provinzen zu verlassen; der Navarrese, welcher sich auf den Schlachtfeldern von Navarra auszeichnete, wird dieß nicht auch südlich vom Ebro thun, so sehr die Leute auch von einem tiefen Rachegefühl beseelt sein mögen; denn mancher Herd steht nun verlassen, der einst der Zeuge häuslichen Glückes war. Sie fechten vielmehr für ihre eigene Unabhängigkeit und ihre Rechte, und nicht für Don Carlos. Ich bin der Meinung, daß es neun Spanier von zehn immer ganz gleich ist, ob Carlos oder Christine auf dem Throne sitzt. Die Basken halten sich nur für verletzt durch die zu übereilten Maßregeln derjenigen, die sich ihre Pläne besser überlegt haben sollten, bevor sie es versuchten, dieser edlen und hochherzigen Race ihre Neuerungen aufzubringen. Wenn man auch die Hauptmasse der carlistischen Armee vernichten könnte, so würden doch noch Tausende von kleinen Parteien das Land entzweien, und es mit Mord und Blutvergießen erfüllen.

Eine französische Armee, die über die Pyrenäen ginge, um das Bastan-Thal zu besetzen, würde in Vereinigung mit einer brittischen Flotte an der Küste die Carlisten zwingen, die Waffen niederzulegen und auseinander zu gehen. Hierdurch hätte man jedoch nur die Flamme auf einige Zeit unterdrückt, die bei nächster Gelegenheit nur um so heftiger wieder auflodern würde. Eine militairische Occupation der baskischen Provinzen möchte vielleicht das wirksamste Mittel dagegen sein; doch müßte diese so lange dauern, bis sich alle Gemüther beruhigt und der Wunsch nach Frieden ausgebildet hätte; natürlich müßten vorher alle Aufwiegler des Volkes und alle Ruhestörer entfernt werden. Das stehende Heer von Spanien ist jedoch in diesem Augenblick nicht stark genug, um eine solche Occupation zu unternehmen. Weder 50,000 noch 100,000 Mann sind im Stande, die Carlisten zu unterdrücken, und noch weniger, die Provinzen zu occupiren; und die Pläne und Absichten des weitberühmten Mendizabal, die Armee bis auf die erforderliche Stärke zu bringen, scheinen doch nicht ausführbar zu sein.

Napoleon war mit der glänzendsten Armee von Europa nicht im Stande, das kleine Guerrillas-Corps zu vernichten, welches unter Mina in den Bergen sein Wesen trieb.

Viele Leute aus diesem Corps dienen jetzt in den Reihen der Carlisten. Man konnte daher von Cordova die Vernichtung derselben durchaus nicht erwarten, der allerdings mit vielen Schwierigkeiten zu kämpfen hatte, und außerdem noch gegen seine eigenen Landsleute Krieg führte.

Es ist von der Legion oft gesagt worden, sie sei 10,000 Mann stark, und Viele haben dieß geglaubt. Dieß ist jedoch durchaus unrichtig, da sie niemals nur aus zwei Dritteln dieser Anzahl bestand. So lange ich in Spanien war, ist es ihr niemals gelungen, mit 8000 Mann auszurücken. Als ich Spanien verließ, hatte Krankheit und jegliche Art von Entbehrung ihre Glieder bedeutend gelichtet, und den Eifer und den Enthusiasmus, der spanischen Regierung zu dienen, gänzlich getödtet.

Nie waren Leute, die aus Professionisten, Landleuten, Gaunern und Taschendieben bestanden, mehr aufgelegt, Soldaten zu werden als diese, und nie haben Leute ihrer Art, die zum großen Theil dem Trunk ergeben waren, weniger Excesse begangen. Ihre Fortschritte in der Disciplin und in der Manövrirfähigkeit waren ganz unglaublich. Fast alle Regimenter wurden durch Offiziere der brittischen Armee befehligt, die auf halben Sold gestanden hatten, so wie auch durch solche, die aus der activen Armee nur bei der Legion eingetreten waren, um Kriegserfahrungen zu sammeln, die spanische Sprache zu erlernen, oder einen Theil der pyrenäischen Halbinsel zu sehen, wo die brittischen Waffen bereits so viel Lorbeern erfochten hatten.

Der ganze Generalstab bestand aus Offizieren auf halben Sold, oder aus solchen, die erst seit kurzer Zeit die Armee verlassen hatten; die meisten jüngeren Offiziere waren jedoch mit der militairischen Disciplin und dem Dienste gänzlich unbekannt. Die Instruction derselben vermehrte daher die Geschäfte der Commandeurs und Adjutanten. Selbst unter diesen schwierigen Umständen wurde die Legion sehr bald zum Felddienst fähig; und hätte man ihr in jener Zeit gestattet, in Bilbao, St. Sebastian und in Städten an der Küste in Garnison zu bleiben, während die spanischen Truppen das Feld behaupteten, so würden sicher Plentia und Valmeseda mit den zahlreichen Gefangenen nicht in die Hände der Carlisten gefallen sein.

Die entsetzlichen Krankheiten, welche unter der Legion ausbrachen, würden sich auf keinen Fall eingestellt haben, und statt der verpesteten, ungesunden Luft zu Vittoria, dessen enge Straßen nicht wenig dazu beitrugen, das Fieber zu vermehren, würde die Legion die frische Seeluft eingeathmet und im Nothfall Lebensmittel aus Frankreich bezogen haben. Oder hätte man dem General Evans gestattet, unabhängig im Rücken der carlistischen Armee zu agiren, d. h. vielleicht die Richtung des Bastan-Thales einzuschlagen, oder eine Communicationslinie über Irun nach der französischen Grenze hin zu eröffnen, so bin ich fest überzeugt, daß dieß einen bessern Erfolg gehabt haben würde, als die übereilte und unüberlegte Bewegung nach Vittoria. Hierdurch nöthigte man ganz junge Truppen, die kaum mit dem Gewehr umzugehen wußten, einen langen beschwerlichen Gebirgsmarsch zu machen, wodurch sie mit erschöpftem Muth gegen einen thätigen und wachsamen Feind geführt wurden.

Diejenigen, welche den brittischen Soldaten kennen, wissen sehr wohl, daß er beständig gut genährt, regelmäßig bezahlt und mit Gerechtigkeit behandelt sein will. Nur wenn dieß geschieht, kann man sich auf ihn verlassen; wenn man jedoch ungerecht gegen ihn ist, und ihm das nicht zukommen läßt, was ihm gebührt, so wird er höchst ungehorsam und widerspenstig. Dieß war der Fall mit den Leuten der Le=

gion, und zwar in einem viel stärkeren Grade, da die meisten den niedrigsten Volksklassen angehörten. Mangel an Löhnung, an guter und gesunder Nahrung und an allen Bedürfnissen erzeugte eine gänzliche Demoralisation, und vernichtete den Enthusiasmus, der sie anfänglich in der That beseelte. Trotz dem muß man ihnen die Gerechtigkeit widerfahren lassen, daß sie sich bei allen Gelegenheiten vor dem Feinde wie brave Engländer benommen haben; und hätte man ihnen erlaubt, gehörig vorzurücken, wie sie es wünschten, und sie dabei hinreichend unterstützt — in welchem Fall General Evans gewiß nicht ermangelt haben würde, sie anzuführen — so würden sie denjenigen gute Dienste geleistet haben, von denen sie so ungroßmüthig behandelt wurden.

Es hat wohl Niemand die Idee gehabt, die Erscheinung von 5000 Rothröcken auf dem Schlachtfelde würde den Carlisten, die so bedeutende Vortheile auf ihrer Seite hatten, den Muth nehmen. Die Ueberlegung eines Augenblicks würde hingereicht haben, Cordova zu sagen, daß die Carlisten eben so wohl von der Organisation der Legion unterrichtet sein mußten, wie er selbst. Hierzu kommt noch, daß der englische Soldat zu einem Gebirgskriege durchaus untauglich und gänzlich unfähig ist, den schnellen Bewegungen des kleinen Krieges zu folgen, worin gerade die spanischen Tirailleurs eine so große Uebung haben. Man konnte wohl leicht einsehen, daß ein Haufen Rekruten, übel mit Offizieren versehen *), und von Schwierigkeiten umringt, wie man sie in den bisherigen Kriegen noch niemals erlebt hatte, nicht im Stande sein würde, es mit den Carlisten aufzunehmen.

---

*) „Badly officered" sagt das Original, welches wörtlich „schlecht beofficiert" heißen würde.

Selbst unter diesen äußerst schwierigen Umständen rettete die Legion St. Sebastian. Durch den Fall dieser Stadt wäre eine der stärksten Festungen der Welt in die Hände der Carlisten gefallen, und dieß würde auf die öffentliche Meinung in Madrid höchst nachtheilig gewirkt haben, um nichts von dem üblen Eindruck zu sagen, den es auf das ganze Land gemacht haben würde, und von den bedeutenden Kriegsmitteln, die hierdurch in die Hände des Feindes gerathen wären. Zwei Compagnien der Legion deckten auch den Rücken der fliehenden spanischen Armee nach dem Gefecht von Arrigorriaga, und verhinderten das Eindringen der Carlisten in Bilbao, — vieler andern Dienste gar nicht zu erwähnen. Man versorge die Legion mit Lebensmitteln, so wird man sich überzeugen, daß ihr Muth derselbe geblieben; die Leute sind noch jetzt bereit, obgleich ihre Anzahl durch die Krankheit zusammengeschmolzen ist — gegen den Feind zu rücken; und wenn dieß geschieht, werden sie siegreich sein. Aber weder funfzig- noch hunderttausend Mann sind mit der besten Kenntniß der Gegend und mit der größten Disciplin im Stande, die Carlisten zu überwinden, wenn sie nicht von Männern angeführt werden, bei denen strenge Rechtlichkeit und unzweideutiger Patriotismus eine unbegrenzte Ostentation und weibische Schlaffheit überwiegen.

2. Intriguen am Hofe Ferdinands VII. zur Abschaffung des Salischen Gesetzes.

Ferdinand VII. war geboren zu St. Lorenzo am 4ten October 1784. Nachdem sein Vorgänger Carl IV. am 19ten März 1808 die Krone niedergelegt, wurde er zum König ausgerufen. Bald darauf ward er durch Napoleon als Gefangenen nach Valency geführt, und erst 1814 gelangte er zum Wiederbesitz der Krone. Er war viermal vermählt. Im Jahre 1802 heirathete er noch als Prinz von Asturien Maria Antoinette, die fünfte Tochter Ferdinands IV., Königs von Neapel; — diese starb 1806. Zum zweiten Mal vermählte er sich 1816 mit seiner Nichte, der Prinzessin Isabella Maria Francisca, der Tochter König Johann's VI. und seiner Schwester Carlotta Joaquina, Infantin von Spanien; — diese starb 1818. Im Jahre 1824 vermählte er sich zum dritten Male mit Maria Josephina Amelia, der Tochter des Prinzen Maximilian von Sachsen; diese starb zu Anfang des Jahres 1829, ohne dem Könige, wie ihre beiden Vorgängerinnen, Kinder zu hinterlassen. Endlich vermählte sich der König am 14ten December 1829 zum vierten Mal mit Maria Christine, der Tochter Franz I., Königs von Neapel. Diese beschenkte ihn mit zwei Töchtern, von denen die ältere, Donna Maria Isabella, geboren im Jahre 1830, die Veranlassung zu der jetzigen spanischen Revolution und dem Bürgerkriege geworden ist.

Die königliche Familie von Spanien bestand vor der letzten Vermählung des Königs

1) aus Ferdinand VII.
2) Aus dem Infanten Don Carlos, dem jetzigen Carl V., geboren am 29sten März 1788. Er vermählte sich am 26sten September 1816 mit der Infantin Franziska d'Assis, der Tochter Johann VI., Königs von Portugal, und der Schwester von Don Pedro und Don Miguel. Sie war geboren am 22sten April 1800.
3) Aus dem Infanten Francisco de Paula, geboren am 10ten März 1794. Dieser vermählte sich am 12ten Juni 1819 mit der Prinzessin Luisa Carlotta, der Tochter Franz I., Königs von Neapel. Sie war am 24sten October 1804 geboren.
4) Aus der Infantin Maria Theresa, der Herzogin von Beira, Tochter Königs Johann VI., und Schwester der Gemahlin des Don Carlos. Sie war geboren am 29sten April 1793, und die Wittwe des Infanten Don Pedro, des Vetters Ferdinands VII., und die Mutter des am 4ten November 1811 gebornen Infanten Don Sebastian.

Um sich einen richtigen Begriff von dem damaligen Treiben am Hofe des Königs von Spanien zu machen, muß der Leser wissen, daß dieser Hof seit langer Zeit in zwei Parteien getheilt war, die sich feindlich gegenüberstanden, und entgegengesetzte Zwecke verfolgten. Die eine, die portugiesische Partei, bestand aus den Prinzessinnen von Portugal; von ihnen war die eine die Gemahlin des Don Carlos, die andere die Wittwe des Infanten Don Pedro, die jetzige Prinzessin von Beira. Die andere Partei, die neapolitanische, bestand aus der Prinzessin Luisa Carlotta von Neapel, der Gemahlin des Infanten Franzisco de Paula, mit ihrem Anhange. Diese Prinzessin ließ sich durch die sogenannte Camarilla leiten, durch welche sie zu politischen Intriguen veranlaßt wurde; sie handelte stets im Interesse ihrer Familie.

Die Kinderlosigkeit der drei ersten Ehen Ferdinands erweckte den Ehrgeiz der Mitglieder aus dem neapolitanischen Hause; und die Prinzessin Luisa Carlotta entwarf den Plan zu einer vierten Heirath Ferdinands VII., um sich mehr Einfluß auf ihn zu verschaffen, der ihr von der Gegenpartei so heftig bestritten wurde. In den Mitteln, die sie zur Ereichung ihres Zwecks in Bewegung setzte, fand sie bei der liberalen Partei Spaniens die größte Unterstützung; denn diese hatte immer noch nicht die Hoffnung aufgegeben, ihre verlorene Macht wieder zu gewinnen, und sie fürchtete die Annäherung des Tages, wo die Krone auf Don Carlos übergehen mußte, dessen streng monarchische Grundsätze und fester Charakter sie mit Gefahr bedrohten.

Das Hauptbestreben der Revolutionären war daher, den Infanten Don Carlos von der Thronfolge auszuschließen, und eine vierte Heirath des Königs schien am sichersten zum Ziel zu führen. Demgemäß unterstützten sie mit aller Macht einen Plan der Infantin Luisa Carlotta. Diese Prinzessin hatte sich bald nach dem Tode der Königin Amelia das Portrait ihrer Schwester, der Prinzessin Maria Christina, verschafft, die sie zur vierten Gemahlin des Königs ausersehen. Sie zeigte dem Könige das Bild, — er wurde von der

Schönheit der Prinzessin ergriffen, und erklärte sogleich, daß er den Heirathsvorschlag sehr gern annehme. Der König Franz I. gab den Bitten seiner Tochter Luisa Carlotta nach, und bewilligte seinem Vetter, dem König von Spanien, die Hand seiner Tochter Maria Christina. Die glänzenden Feste, welche der Vermählung vorangingen und folgten, leben noch in der Erinnerung von Jedermann; begleitet von ihren hohen Anverwandten durchreiste die Prinzessin die südlichen Provinzen Frankreichs, wo sie einen Besuch von der Herzogin von Berry, ihrer Schwester, bekam; an der Grenze von Spanien, wo diese sie verließ, wurde sie durch den General-Capitain von Catalonien empfangen. Auf der Straße von Barcelona nach Madrid ward sie von der ganzen Bevölkerung mit ununterbrochenen Beweisen von Hochachtung überschüttet. Die Einwohner von Madrid hießen sie mit tausend Ausbrüchen von Freude und der König mit den Beweisen seiner Liebe willkommen. Bald erwarb sie sich über ihn den Einfluß, den ihr Ehrgeiz verlangte, und von dieser Zeit an bildete sie mit ihrer Schwester den Mittelpunkt einer thätigen Partei. Der Einfluß der portugiesischen Prinzessinnen nahm ab, — die Freundschaft, welche bisher zwischen Don Carlos und Ferdinand bestanden hatte, verminderte sich mit jedem Tage, und der Infant wurde als ein Gegenstand des Argwohns durch die Königin und ihre Partei in den Hintergrund gedrängt.

Die liberale Partei in Spanien, entschlossen, Don Carlos von der Thronfolge auszuschließen, faßte den Plan, die Abschaffung des salischen Gesetzes im Königreiche zu bewirken *), welches Philipp V. im Jahre 1713 mit Ge-

---

*) Das salische Gesetz hat seinen Namen von dem Volke der Sa-

nehmigung der Cortes des Königreiches durch ein Gesetz eingeführt hatte, die zur Regulirung der Thronfolge zusammengerufen worden waren. Dieses Gesetz erklärte, »daß die von König Philipp V. abstammenden Prinzen, wie weitläufig sie auch mit ihm verwandt sein möchten, den Thron vor den Töchtern des regierenden Königs besteigen sollten. Als die Schwangerschaft der Königin bekannt wurde, ward sie durch die Faction aufgefordert, einen Antrag der Cortes von 1789 — ein sogenanntes Expediente — wieder in Anregung zu bringen, der sich auf die Thronfolge bezog, und ganz in Vergessenheit gerathen war. Carl IV. hatte nämlich 1789 die Cortes zusammenberufen, damit sie sich über ein Finanzgesetz

---

lier, welches, wahrscheinlich von der Saale herkommend, zum ersten Mal bei seiner Einwanderung in Batavia genannt wird. Das salische Gesetzbuch, welches von ihnen herrührt, das älteste geschriebene Gesetzbuch von allen vorhandenen, wurde von vier der angesehensten Männer Arogast, Bobogast, Salogast und Windagast gesammelt, und wahrscheinlich in lateinischer Sprache abgefaßt. Besonders merkwürdig daraus ist der 62. Artikel, zufolge dessen bei salischen Gütern, d. h. bei solchen, welche die salischen Franken in Gallien erobert hatten, die Töchter von der Erbschaft ausgeschlossen, und nur die Söhne derselben fähig geachtet wurden. Trotz dem sich dieser Artikel anfänglich nur auf die Privatgüter bezog, so wurde er jedoch sehr bald auch auf die Krone ausgedehnt. Gewiß ist, daß von den frühesten Zeiten der französischen Monarchie an nie Prinzessinnen zur Thronfolge gelangten, ohne daß dafür ein anderes Gesetz als das Herkommen angeführt wurde. Erst in den Streitigkeiten, die Philipp VI. von Frankreich (von 1328 — 1350) mit Eduard III. von England (von 1327 — 1377) um die französische Krone hatte, wurde das salische Gesetz wider Eduard angeführt, und es hat seitdem unverändert gegolten. Als das Haus Bourbon auf den spanischen Thron gelangte, wurde es in aller Form auf Veranlassung Ludwigs XIV. zum Fundamental-Gesetz dieses Landes gemacht. Anm. d. Uebers.

berathen sollten, und bei dieser Gelegenheit überreichten sie
ihm im Monat September d. J. eine Petition, worin sie
ihn um die Abschaffung des salischen Gesetzes ba=
ten. Da die Abgeordneten der Provinzen keine specielle
Vollmacht zu diesem Zweck erhalten hatten, konnte natürlich
eine solche Bitte nicht bewilligt werden, die mit dem Wun=
sche des Volkes auf keine Weise übereinstimmte, und die
Sache mußte fallen gelassen werden; das Expediente wurde
jedoch — wie dieß immer geschieht — zu den Acten gelegt.
Aber auch weder König Ferdinand, noch die Cortes konnten
jetzt für den Fall, daß die Königin Maria Christina mit ei=
ner Prinzessin niederkam, den Infanten Don Carlos seiner
Rechte auf den Thron berauben, die, wenn sie einmal durch
die Geburt erworben sind, so lange bestehen wie der Gegen=
stand, auf den sie sich beziehen. Es folgt hieraus, daß wenn
selbst die 1789 zusammengerufenen Cortes die Abänderung
des alten Thronfolge=Gesetzes beschlossen hätten, dieß nicht
auf einen Prinzen ausgedehnt werden konnte, der 1788, also
vor dieser Zeit, geboren war.

Der Infant Don Carlos ward 1788 geboren, die Cor=
tes von 1789 vermochten daher unter keinen Umständen,
ihm die Rechte auf den Thron nach dem Absterben seines
Bruders Ferdinand zu entreißen.

Die Liberalen ließen sich jedoch durch diese einfachen
Betrachtungen nicht abschrecken; sie wünschten nur einen
Vorwand, den Infanten von der Thronfolge auszuschließen,
obgleich sie von der Gültigkeit seiner Ansprüche überzeugt
waren. Um dieß zu erreichen, versuchten sie, die Mitglieder
der Camarilla der Königin auf ihre Seite zu ziehen, wel=
ches ihnen auch nicht schwer wurde.

Der einflußreichste Günstling Ferdinands war Juan
Grijalba, den man von dem niedrigsten Bedienten zur Würde

des Großsiegelbewahrers emporgehoben hatte. Ihn ersuchte man, die ersten Unterhandlungen zu eröffnen, und dem Könige, dessen ganzes Vertrauen er besaß, seine Zustimmung zur Abänderung des Thronfolge=Gesetzes abzulocken. Zuerst widerstand der König; Grijalba erneute jedoch seine Bitten so oft, und wurde dabei so sehr durch die Intriguen der Königin und der Camarilla unterstützt, daß Ferdinand endlich versprach, bei der Schwangerschaft der Königin das Expediente der Cortes von 1789 veröffentlichen zu lassen, und ihm Gesetzeskraft zu geben.

Wenige Tage nachher stellten sich bei der Königin die Zeichen der Schwangerschaft ein; und Grijalba begab sich sogleich zum Justizminister Don Francisco Tadeo de Calomarde, um ihn im Namen des Königs aufzufordern, das Expediente der Cortes von 1789 hervorsuchen zu lassen, und dem Könige zur Unterschrift vorzulegen. Calomarde gehorchte dem Befehl, und nahm das Document mit zum König, der es, nachdem er es zwölf Tage behalten hatte, dem Minister mit den von seiner eigenen Hand darauf geschriebenen Worten: »Publique se« — (Es werde publicirt) zurückschickte.

Calomarde machte dem Könige jedoch einige Bemerkungen über das Unzeitgemäße einer solchen Publication; er lenkte seine Aufmerksamkeit auf die Unruhen hin, die einem Staatsstreich folgen möchten, der ein Fundamentalgesetz der Monarchie aufzuheben beabsichtige; und er verbarg ihm nicht, daß er dadurch der revolutionären Partei nur neue Waffen zur Störung der Ruhe in die Hände gäbe. Der König achtete auf diese Bemerkungen nicht, sondern befahl dem Minister mit aller Strenge, die einen festen Entschluß ankündigt, seinen Auftrag auszuführen. Calomarde kam diesem Befehl mit dem äußersten Widerwillen nach, denn er sah die traurigen Folgen desselben voraus. Richtiger von ihm würde es gewesen sein, eher den Abschied zu fordern, als sich zum Mitschuldigen einer solchen That zu machen; man muß jedoch den spanischen Charakter genau kennen, um die Wirkung zu beurtheilen, welche die drei magischen Worte »Io el Rey« auf einen spanischen Unterthan hervorzubringen vermögen. Auf das Abschiedsgesuch des Ministers wäre höchst wahrscheinlich ein Verhaftsbefehl als Antwort erfolgt. Calomarde fühlte sich nur veranlaßt, von jetzt an mit mehr Vorsicht zu verfahren; längst hatten ihn seine Feinde für einen Anhänger des Don Carlos ausgegeben, und Ferdinand selbst hielt ihn dafür. Steht der Minister bei dieser Gelegenheit auch nicht ganz rein da, so hat er den Fehler seiner Nachgiebigkeit durch sein späteres Benehmen vollständig wieder gut gemacht.

Das Expediente wurde am 29sten März 1830 zu Madrid mit aller bei solcher Gelegenheit üblichen Feierlichkeit bekannt gemacht. Diese Publication donnerte die Royalisten des Königreiches nieder, und belebte die Hoffnungen der Liberalen; doch kann man sagen, daß der größte Theil der Bevölkerung sich über diesen Act höchlichst betrübte. In Spanien bilden die Royalisten den bravsten, den gebildetsten und den besten Theil der Nation; denn sie bestehen aus der Armee, der Geistlichkeit, dem Adel und den Landleuten. Zur liberalen Partei gehören nur die Manufacturisten und die spanischen Granden, Leute, die sich seit der Usurpation Josephs jeder nachfolgenden Regierung hingegeben haben.

Der König von Neapel befand sich damals in Madrid, und obgleich er selbst bei der Abänderung der Thronfolge in Spanien sehr interessirt war, so wurde er dabei nicht einmal zu Rathe gezogen, und protestirte daher gegen diesen Act. Auch Carl X., die Rechte seiner Familie geltend ma=

chend, legte mit dem damaligen Herzog von Orleans Protest ein; und ebenso der König von Sardinien.

Der Infant Don Carlos hielt das seit 1713 in Spanien eingeführte salische Gesetz für so unauflöslich, daß er es gar nicht der Mühe werth hielt, erst gegen eine ungültige Aufhebung desselben zu protestiren; sondern er behielt es sich vor, sein Recht in Anspruch zu nehmen, wenn man es nach dem Tode Ferdinands wirklich antasten sollte.

Ferdinand, dessen Gesundheit bereits sehr geschwächt war, bekam während einer Reise des Hofes nach St. Ildefonso im September 1832 einen ernsthaften Gichtanfall, der sein Leben in so augenscheinliche Gefahr brachte, daß man ihn einige Minuten lang für todt hielt; selbst die Aerzte ließen sich täuschen; schon bedeckte man sein Gesicht mit einem Tuch und öffnete die Fenster, wie dieß bei Sterbefällen üblich ist. Im ersten Augenblick der Verwirrung stürzte sogleich ein Courier mit der Todesnachricht nach Madrid; sie verbreitete sich über ganz Spanien, und die Gesandten schickten sie durch Couriere an ihre Höfe. Der Telegraph zu Bayonne hatte bereits die Nachricht an Louis Philipp befördert, als der von St. Ildefonso plötzlich das Erwachen des Königs aus einer lethargischen Krisis meldete. Er erlangte bald so viel Kräfte wieder, um sich mit denen, die sich seines Zutrauens erfreuten, über Staatsangelegenheiten zu unterhalten; dennoch waren die gefährlichen Anzeichen der Krankheit unverändert geblieben, und die Aerzte erklärten sich für unfähig, sein Leben noch länger zu fristen.

Da sich nun Alles dem Ende zu nahen schien, hielt es die Königin für nothwendig, ihrem Gemahl einen Vergleich mit Don Carlos anzuempfehlen, und der Graf de la Alcudia wurde mit der Eröffnung dieser Negociation beauftragt. Dieser gewissenhafte Royalist, der sich gewiß nie dazu verstanden haben würde, die Rechte des Infanten zu kränken, wollte seinen Herrn auf dem Sterbebette nicht noch durch die Ablehnung dieses Auftrages beleidigen.

Ferdinand hatte der Königin Christine seiner Krankheit halber eben die Regentschaft übergeben; er ließ jetzt seinen Bruder ersuchen, seine Ansprüche auf den Thron freiwillig aufzugeben, und die Stelle eines Rathgebers bei der Regentin anzunehmen; hierdurch wollte man dem Act der Willkür einigen Anschein von Recht verleihen. Am 17. September 1832 begab sich der Graf de la Alcudia nach dem Palast des Infanten, um ihm die Wünsche seines königlichen Bruders vorzutragen. Das gesunde Urtheil von Don Carlos bewahrte ihn jedoch vor dieser Schlinge, und er lehnte die Stelle eines Rathgebers unter dem Vorschützen einer alten Tradition ab, nach welcher es keinem volljährigen Prinzen vom königlichen Hause Bourbon erlaubt sei, sich bei Lebzeiten des Königs in Staatsgeschäfte zu mischen. Er kleidete seine Ablehnung in alle Formen der Unterthänigkeit und Hochachtung; doch lehnte er das Anerbieten auf das entschiedenste ab.

Nachdem der Graf de la Alcudia dem Könige diese Antwort hinterbracht hatte, kam er nach einer halben Stunde zum Infanten mit Anträgen zurück, die sich deutlicher aussprachen. »Er sollte in Gemeinschaft mit der Königin regieren, und sein Sohn die Infantin Isabella heirathen.« Da sich Don Carlos jetzt veranlaßt fühlte, seine Meinung frei herauszusagen, so erklärte er, »er werde nie in einen Vorschlag willigen, der auf nichts weniger hinzwecke, als ihn, seine Kinder und andere Mitglieder seiner Familie der Ansprüche auf die Krone von Spanien zu berauben.«

Der Graf de la Alcudia machte ihm bemerkbar, diese

Verweigerung werde das Land in einen Bürgerkrieg von unberechenbaren Folgen verwickeln.

»Nur um diesen zu vermeiden,« versetzte der Infant, »bin ich entschlossen, meine Rechte zu vertheidigen, und mich an die Nation zu wenden, die mich in der Vertretung derselben unterstützen wird; denn wir sind überzeugt, daß mein Bruder nicht die Macht hat, ein Fundamentalgesetz aufzuheben, dessen Aufrechthaltung er bei der Besteigung des Thrones beschwor. Das ganze diplomatische Corps theilt meine Ansicht; und für den Fall, daß es dem Allmächtigen gefallen sollte, meinen Bruder zu sich zu rufen, werde ich meine Rechte zu vertheidigen wissen, wenn man versuchen sollte, sie zu Gunsten meiner Nichte anzutasten; und der Ausgang des Kampfes kann nicht zweifelhaft sein.«

Der Graf de la Alcudia, der die edlen Gesinnungen des Prinzen bewunderte, drang nicht länger in ihn, sondern ging, um den König von dem Stand der Dinge in Kenntniß zu setzen. Ferdinand war über die Gefahren erschreckt, in welche er die Monarchie durch das Verfolgen seiner Familien-Interessen stürzen möchte, und er beschloß daher, die Aufhebung des salischen Gesetzes zu widerrufen; vielleicht billigte er sogar die edle Handlungsweise seines Bruders. Der Minister verbarg dem Könige nicht, daß er seine Befürchtungen theile, und daß es schwer sei, wenn ein solcher Kampf einmal begonnen, das Ende des Blutvergießens abzusehen. Die Königin, die ihren Gemahl keinen Augenblick verließ, sagte mit Bewegung, daß sie nie ihre Einwilligung zum Blutvergießen bei der Vertheidigung ihrer eigenen Interessen geben würde. Der König fragte den Grafen de la Alcudia, zu welchen Mitteln man schreiten müsse, um den Sturm abzuwenden. »Das einzige und wirksamste Mittel, dem Unglück vorzubeugen,« versetzte sogleich der Minister,

»ift, die Aufhebung des salischen Gesetzes zu widerrufen. Diese Rückkehr zu den alten Institutionen der spanischen Monarchie wird auf der Stelle die Hoffnungen der Revolutionären ersticken.«

Der König gab den religiösen Mahnungen, die bei seinem gefährlichen Gesundheitszustande sein Gewissen bestürmten, nach; er sah mit Schrecken das Unglück voraus, welches nach seinem Tode über Spanien hereinbrechen würde; und fürchtend, daß man auf ihn die Schuld des Blutvergießens werfen möchte, beschloß er, das salische Gesetz in seiner vollen Gültigkeit wiederherzustellen, und sein Testament aufzuheben, durch welches er die Königin während der Minderjährigkeit ihrer Tochter zur Regentin des Reiches bestimmt hatte. Er sagte mit unverhohlener Bewegung zu seinem Minister: »Das Glück meines Volkes ist stets der Zweck meiner Handlungen gewesen; ich kann nicht zögern, die Derogation, welche Sie von mir verlangen, zu bewilligen, da sie dazu beiträgt, die Ruhe Spaniens zu sichern; fertigen Sie das Document aus, wodurch die Aufhebung des salischen Gesetzes zurückgenommen wird!«

Der Graf de la Alcudia stellte dem Könige vor, dieß gehöre nicht in sein Ministerium, sondern in das des Justizministers. Der König trug dem Grafen daher auf, den Justiz-Minister Calomarde für den folgenden Tag zu ihm zu bescheiden, und dieser fand sich am Morgen des 18. September im Zimmer des Königs ein. Der König setzte ihn von dem, was mit seinem Bruder Carlos vorgegangen war, in Kenntniß, und befahl ihm, das erwähnte Decret der Derogation auszufertigen. Calomarde lobte den Entschluß des Königs; da dieser jedoch verlangte, das Decret solle bis nach seinem Tode geheim gehalten werden, stellte der Minister ihm die Nothwendigkeit vor, dieses Document mit aller gesetzlichen Form zu versehen und dem Ministerrath zu übergeben, um ihm auf diese Weise eine unantastbare Rechtskräftigkeit zu verleihen. Der König beraumte daher noch für denselben Tag eine Versammlung des Cabinetsraths um 6 Uhr Abends in seinem Zimmer an. Calomarde theilte die Absicht des Königs seinen Collegen mit, die sie sämmtlich lobten; alsdann setzte er folgendes königliche Rescript auf:

»Bemüht, meinem Volke einen neuen Beweis meiner Liebe zu geben, habe ich es für geeignet erachtet, die Abschaffung des salischen Gesetzes und alle in meinem Testament darauf bezüglichen Clauseln zu widerrufen. Ich befehle hiermit, daß dieses Decret bis nach meinem Tode bei dem Justizminister deponirt werde. Danach zu achten.«

»Ich, der König.«

Alle Minister begaben sich zur festgesetzten Stunde nach dem Zimmer des Königs, und umringten sein Bett. Calomarde las das Decret laut vor, und Ferdinand billigte die Abfassung. Hierauf legte die Königin selbst eine Schreibmappe auf das Bette ihres Gemahls und reichte ihm eine Feder. Nachdem er seinen Namen darunter gesetzt, händigte er das Document dem Justizminister Calomarde ein, der es bis zum Tode des Königs aufbewahren sollte.

Die indiscreten Freunde der Königin und ihre mißvergnügten Anhänger ermangelten nicht, diesen Widerruf der Aufhebung des salischen Gesetzes zu verbreiten; sie bezeichneten Calomarde als den Urheber davon, und er wurde der Gegenstand des bittersten Hasses der Liberalen. Von diesem Augenblick an schien der König ruhiger und gefaßter, und sagte am folgenden Tage zu Calomarde, indem er ihm die Hand drückte: »Von welchem großen Gewicht ist mein Herz nun befreit! Ich werde jetzt in Frieden sterben.«

Das Decret, welches allen Unruhen vorbeugte, und die Thronfolge in der Art und Weise fortbestehen ließ, wie sie ursprünglich festgesetzt war, empfing die Zustimmung des ganzen diplomatischen Corps.

König Ferdinand VII. handelte bei dieser Gelegenheit mit völliger Freiheit des Bewußtseins; er gab weder den Einflüsterungen seiner Hofleute Gehör, noch handelte er aus Furcht vor den Freunden seines Bruders, wie die Anhänger der Königin später behauptet haben; sondern er unterschrieb seinen Namen aus eigenem Antrieb. Alles was in dieser Beziehung zu St. Ildefonso vorging, geschah daher ohne Gewalt und ohne den Anschein irgend einer Verschwörung, was auch die Schriftsteller der revolutionären Partei darüber sagen mögen; dieß können alle diejenigen bekräftigen, die dem Acte als Augenzeugen beigewohnt haben.

Ich muß jetzt berichten, auf welche Weise dieses wichtige Document dem Publicum entzogen und wie es annullirt wurde, bevor es bekannt geworden war. Das ältere Mitglied des Rathes von Castilien, welches das ihm geschenkte Vertrauen nicht verdiente, überlieferte das Document, sobald es sich mit der Gesundheit des Königs etwas gebessert hatte, der Königin. Seine Gefälligkeit wurde später dadurch belohnt, daß man ihn zum Präsidenten dieses Rathes machte.

Eigentlich hatte die Königin schon Alles aufgegeben, und dachte nur noch an ihre persönlichen Interessen. Da sie fürchtete, daß ihr unziemliches Benehmen gegen die Gemahlin des Don Carlos auf ihr künftiges Geschick nachtheilig einwirken möchte, hatte sie ihr die Frage vorlegen lassen, ob sie, wenn sie Königin geworden, des ihr zugefügten Un=

rechts gedenken würde. Die Infantin Donna Francisca antwortete mit Würde, »sie werde besondere Sorge tragen, nicht dasjenige nachzuahmen, was der Königin jetzt tadelnswerth erscheine; und jegliche Beleidigung sei von dem Augenblick an vergessen, wo die Königin ihr Unrecht eingestanden.«

Die Infantin Luisa Carlotta, die Schwester der Königin, befand sich mit ihrer ganzen Familie zu Sevilla, als sie durch einen Courier die Nachricht von dem erhielt, was sich in Ildefonso zugetragen. Dieß wirkte wie ein Donnerschlag auf sie. Aufgebracht über den Triumph der portugiesischen Partei, eilte sie nach St. Ildefonso in der Hoffnung, Ferdinand noch am Leben zu treffen, und ihn zum Widerruf des Decrets zu bewegen. Ihre Ankunft änderte auf der Stelle den Stand der Angelegenheiten; sie warf der Königin vor, die Interessen ihrer Kinder verscherzt zu haben; sie führte heftige Reden gegen die Minister und besonders gegen den Grafen de la Alcudia, den sie des Verrathes anklagte, weil er ihr nicht gleich bei den ersten Krankheitssymptomen des Königs einen Courier geschickt, wie es seine Pflicht sein sollte.

Hierauf legte sie dem Könige Alles vor, was die royalistischen Journale in Frankreich bei seiner Todesnachricht publicirt hatten; sie wußte ihn dergestalt für ihr Interesse zu gewinnen, und den König so zu bestürmen, daß er sich überreden ließ, alles Geschehene zu widerrufen. Calomarde wurde auf sein Gut verbannt, und drei Wochen nachher erhielt der General-Capitain von Valladolid den Befehl, ihn auf eine Festung zu bringen. Noch bei guter Zeit in Kenntniß davon gesetzt, entfloh er mit der Abschrift des ihm früher anvertrauten Decrets nach Frankreich. Man verfuhr so hart gegen ihn, weil er sich geweigert hatte, das wichtige Document herauszugeben.

Der Graf de la Alcudia wurde zum Gesandten nach England ernannt; doch verweigerte er die Annahme dieses Postens, und zog sich nach Italien zurück. Die andern Mitglieder des Cabinets wurden viel günstiger behandelt; sie blieben im Staatsrath und behielten ihr Ministergehalt, denn sie gehörten fast alle zur Faction. Cafranga, ein Mitglied des Rathes von Castilien, und der der Person des Königs zugethan war, erhielt den Posten des Justiz-Ministers. Er verdankte diese Ernennung dem Umstande, daß er den Marquis von Ceralbo auf einer Gesandtschaftsreise im Jahr 1819 begleitet hatte, wo derselbe an verschiedenen Höfen Negociationen zu einer neuen Vermählung Ferdinands anzuknüpfen beauftragt war.

Von Cafranga erzählt man sich in Wien noch eine höchst spaßhafte Anekdote. Bei seiner Ankunft in jener Stadt hatte er beim Fürsten Metternich eine von seiner eigenen Hand geschriebene Visitenkarte hinterlassen. Auf ihr stand unter seinem Namen **chef de bourreau** (anstatt **bureau**) **du ministère de grace et justice.** Diese Unwissenheit amüsirte den Fürsten Metternich höchlichst, und er erzählte mehrern Mitgliedern des diplomatischen Corps, der **Scharfrichter von Spanien** habe ihn mit einem Besuche beehrt. Dieser Cafranga erhielt den Befehl, gemeinschaftlich mit Grijalba ein neues Ministerium zu bilden, und sie setzten es aus lauter unbedeutenden Männern (jedoch von liberalen Gesinnungen) zusammen. Zu ihnen gehörte Zea Bermudez, Monet, Uloa ad interim bis zur Ankunft des Admirals Laborde, u. s. w. Diese bemächtigten sich gänzlich der Herrschaft über die Königin, der Ferdinand abermals die Regentschaft übertragen hatte.

Unter andern gehörte zu dem neuen Ministerium auch der Marquis von Ceralbo, der sich bisher nur durch seine bereits erwähnte Reise im Jahr 1819 bekannt gemacht hatte. Von seinen Talenten ist folgende Anekdote geeignet einen guten Begriff zu geben. Während seiner diplomatischen Reise hielt er sich auch einige Zeit in Turin auf; und da er aus einem alten genealogischen Kalender ersehen haben mußte, daß der König eine Tochter Namens Beatrix hatte, so verlangte er sie für Ferdinand VII. zur Gemahlin. Der König von Sardinien war hierüber höchlichst erstaunt, doch antwortete er mit ironischer Gutmüthigkeit: »Ich fühle mich durch die Ehre, welche Sie mir im Namen Sr. katholischen Majestät erweisen, sehr geschmeichelt; und hätte er mir seine Absichten früher kund gethan, so würde ich nicht über die Hand meiner Tochter zu Gunsten des Herzogs von Modena verfügt haben, mit welchem sie seit sieben Jahren verheirathet ist.«

Von der Art waren die Männer, welche die Königin während ihrer Regentschaft zu allerlei Handlungen verleiteten, die besser ungeschehen geblieben wären.

Noch ein anderes Individuum muß hier angeführt werden, das großen Theil an den politischen Intriguen hatte. Sein Name ist Ronchi, und sein Leben ein vollständiger Roman. Er war früher ausübender Arzt in Tanger, und sollte daselbst gespießt werden, weil er der Lieblingsmaitresse des Sultans einen Zahn abgebrochen hatte; doch war es ihm gelungen, zu entwischen. Später hatte er die Witwe des spanischen Consuls zu Tanger geheirathet, und war mit ihr nach Madrid gekommen, wo er sich als Mäkler niedergelassen hatte. Hier wurde er kurz nach der Ankunft der Königin Maria Christine mit dem Hofe bekannt, und wußte sich ihre Gunst zu erwerben; auf ihre Veranlassung ward er endlich zum Titular=Consul ernannt.

Als die Uneinigkeiten zwischen den Prinzessinnen von Neapel und Portugal ausbrachen, wurde er durch die Königin beauftragt, jede Handlung der Infantin Donna Francisca und der Prinzessin von Beira auszuspähen. Während ihrer Regentschaft ernannte ihn die Königin zum Finanzrath und Lotterie=Director, welches die einträglichsten Aemter im ganzen Königreiche sind.

Er theilte das Vertrauen der Königin mit einer jungen Putzmacherin Namens Teresita, die ihren Mann verlassen hatte. Diese Person war dergestalt in der Gunst der Königin gestiegen, daß alle Minister ihre Freundschaft suchten; denn sie allein hatte die Macht, sie bei der Königin einzuführen, ein Amt, welches sonst nur ein Grande von Spanien verwalten konnte. Später wurde Teresita auf Zea's Veranlassung verbannt, und sie ging nach Frankreich, wo sie mit vielem Glanz lebt. Für ihre geleisteten Dienste hat ihr die Königin eine hohe Pension bewilligt; denn sie befindet sich im Besitz von Geheimnissen, deren Aufdeckung mehr Werth als den der Neuheit haben würde.

Der einzige Grund, warum ich diese beiden Individuen anführe, ist der, daß man ihnen während der Regentschaft die geheimsten und wichtigsten Aufträge gab. Sie sind es auch, die die Königin dahin vermochten, sich gänzlich der constitutionellen Partei zu übergeben, um den Royalisten Widerstand leisten zu können.

Während der letzten Krankheit des Königs machte die revolutionäre Partei bedeutende Fortschritte, und täglich erhielten sie durch die Regentin neue Concessionen. Sie fingen an, geheime Gesellschaften zu bilden, und in der Hauptstadt sowohl wie in den Provinzen eine große Anzahl sogenannter Freimaurer-Logen einzurichten, die sie Christina nannten. Als sie hiermit nicht schnell genug zum Ziele kamen, und besonders die Offiziere den Eintritt in diese Logen verweigerten, gaben sie eine Verschwörung gegen das Leben der Königin und ihrer Töchter vor, und versuchten, einen Aufstand in der Hauptstadt zu erregen; doch auch dieß gelang ihnen nicht.

Ferdinand VII. bot um diese Zeit das traurige Schauspiel eines Königs, der vor seinem versammelten Hof, vor allen Granden des Königreichs und vor allen hohen Staatsbeamten erklärte, daß diejenigen ihn hintergangen hätten, welche sein Sterbebette umgäben. Zea Bermudez verlangte vom König einen feierlichen Widerruf alles dessen, was er in St. Ildefonso unterzeichnet hatte. Dieser Versuch, der der königlichen Würde eine so tiefe Wunde schlug, wurde von allen Parteien mit gleicher Verachtung aufgenommen. Man muß jedoch zur Entschuldigung Ferdinands anführen, daß seine Krankheit große Fortschritte gemacht, und ihn des Gebrauchs seiner Sinne beraubt hatte. Er war ein sterbender Mann, ohne Kraft und Willen; bestürmt durch die Königin, ihre Schwester und durch die Minister willigte er mechanisch in Alles, was sie von ihm verlangten, um nur Ruhe zu haben. Keine Zeit wurde verloren, um sogleich die angebliche Entscheidung der Cortes von 1789 zu publiciren; man schickte sie an alle Civil- und Militair-Behörden, und las sie dem Volk und den Truppen vor. Diese Vorsicht beweist, wie sehr man die öffentliche Meinung fürchtete, die sich laut gegen diesen Act der Staatspolitik aussprach.

Da die liberale Partei fand, daß ihr aus diesen Maßregeln noch kein hinreichender Vortheil erwuchs, gab sie wieder neue Conspirationen vor, um die Verbannung derjenigen zu bewirken, die der königlichen Familie am meisten zugethan waren. Der Chef der Polizei, der Beschützer der Logen, der beständig eine Menge demoralisirter Menschen in seinem Sold hatte, machte der Königin die Anzeige von einer »großen, durch alle Provinzen verzweigten Verschwörung,« die zum Zweck habe, die Königin, ihre beiden Töchter und die Minister zu ermorden, Ferdinand VII. für regierungsunfähig zu erklären, und Don Carlos zum König auszurufen.

Diese Verschwörung, welche nirgend anders als in den Polizeibüreaus existirte, brachte auf das schwache Gemüth des Königs diejenige Wirkung hervor, die man davon erwartet hatte. Sie wurde zum Vorwand für strenge Maßregeln gegen seine eifrigsten Anhänger benutzt, und eine große Menge derselben verbannt oder ins Gefängniß geworfen; man respectirte selbst den Palast des Don Carlos nicht, und verhaftete den Grafen Negri am Spieltisch des Infanten. Der einzige Grund zu dieser Verfolgung war die Anhänglichkeit einiger getreuen Spanier für die Sache dieses Prinzen, dessen strenge Gerechtigkeit zu sehr bekannt war, als daß man ihn einer solchen Verschwörung gegen den König, seinen Bruder, fähig halten konnte. Die in den Provinzen vorgefallenen Unruhen waren nur die Folge der harten Behandlung der Royalisten; der Aufruhr der Stadt Leon rührte von der Festnehmung des ehrwürdigen Bischofs dieser Diöcese her. Seine unerschütterliche Zuneigung für Don Carlos, seine hohen Talente und der große Einfluß, den er auf die Geistlichkeit übte, hatten ihn bei der revolutionären Partei zu einem Gegenstand der Furcht gemacht. Außerdem hatte er einige Tage nach der politischen Katastrophe zu St. Ildefonso seine Entlassung aus dem

Staatsrath gefordert, dessen bedeutendstes Mitglied er gewesen war.

Die beklagenswerthe Ereignisse, die sich jetzt in Spanien einander folgten, veranlaßten Don Carlos, bei Don Miguel ein Asyl in Portugal gegen die Verfolgungen der Königin Christine zu suchen. Kühn gemacht durch die täglich zunehmenden Concessionen, wagte es die revolutionäre Partei endlich, den König durch die Regentin um die Verbannung der Prinzessin von Beira bitten zu lassen. Ihre strengen politischen Grundsätze, und ihre Zuneigung für ihre Schwester Donna Maria Francisca, die Gemahlin von Don Carlos, hatten ihr längst den Haß der liberalen Partei zugezogen. Diese Prinzessin wurde von Allen geliebt, die ihr nahten, und die Königin Christine zwang ihrem Gemahl einen Befehl ab, in welchem ihr geboten wurde, sich nach Portugal zurückzuziehen.

Da Don Carlos fand, daß seine Feinde jegliche Gelegenheit heraussuchten, ihn bei seinem Bruder zu verschwärzen, indem sie ihn als die Ursach verschiedener Aufstände im Königreiche bezeichneten, so beschloß er, seinen Feinden die Macht zu nehmen, ihm ferner zu schaden; und er bat seinen Bruder um Erlaubniß, seine Schwägerin mit seiner ganzen Familie nach Portugal begleiten zu dürfen.

Anfänglich verweigerte König Ferdinand seine Einwilligung; als ihn Zea Bermudez jedoch darauf aufmerksam machte, daß es nöthig sei, Don Carlos zu entfernen, weil er sonst bei der bevorstehenden Jura leicht Einspruch thun möchte, gab er mit vielem Widerstreben nach; denn er bewilligte überhaupt Alles, was von ihm verlangt wurde. Er konnte sich jedoch nicht ohne Bewegung von einem Bruder trennen, der ihm so viele Beweise seiner Zuneigung gegeben, der seine Gefangenschaft in Frankreich und alle Gefahren in Spanien mit ihm getheilt hatte, und der — wenn seine Rechtlichkeit ihn nicht daran gehindert, hundert Gelegenheiten gehabt hätte, sich der Krone zu bemächtigen. Die königlichen Exilirten bestanden aus acht Personen: Don Carlos, seine Gemahlin Maria Francesca, seine drei Söhne; die Prinzessin von Beira, ihr Sohn Don Sebastian, und dessen Gemahlin Maria Amelia. Sie traten ihre Reise nach Portugal am 16ten März 1833 zum allgemeinen Bedauern des Volkes an, das ihnen auf ihrem Wege tausend Beweise von Zuneigung gab. Don Carlos schlug seinen Sitz zu Ramalhao, einem königlichen Lustschloß fünf Stunden von Lissabon, bei Cintra auf.

Hier empfing er, wie bereits in dem zwölfmonatlichen Feldzug berichtet, am 29sten April 1833 Cordova, den damaligen spanischen Gesandten am portugiesischen Hofe, der im Namen Ferdinands die Anerkennung seiner Tochter zur Königin von Spanien von ihm verlangte. Er antwortete auf dieses Verlangen durch den bereits angeführten Brief an seinen Bruder und die Declaration für Spanien und alle Höfe. Hierauf erfolgte von Ferdinand VII. an Don Carlos folgendes Schreiben:

»Mein sehr geliebter Bruder Carlos!«

»Ich habe niemals an Deiner Liebe zu mir gezweifelt, und hoffe, Du zweifelst eben so wenig an der meinigen zu Dir; ich bin jedoch genöthigt, sowohl über meine eigenen Rechte, als über die meiner Krone und meiner Kinder zu wachen. Ich will Deinem Gewissen keinen Zwang anthun, indem ich Dich nöthige, auf Deine angeblichen Rechte zu verzichten, von denen Du Dir einbildest, nur Gott allein könne sie Dir nehmen, obgleich sie nur von der Entscheidung der Menschen abhängen. Die brüderliche Zuneigung jedoch, welche ich stets für dich empfunden habe, veranlaßt mich,

Dir die Unannehmlichkeiten zu ersparen, denen Du in einem Lande ausgesetzt sein würdest, welches Deine Rechte nicht anerkennt. Meine königlichen Pflichten zwingen mich, einen Infanten zu entfernen, dessen Gegenwart den Mißvergnügten leicht Anlaß zu Ruhestörungen geben möchte. Da nun die wichtigsten Staatsgründe, die Gesetze des Königreiches und Deine eigene Ruhe — die mir so theuer wie das Wohl meiner Unterthanen ist — Deine Rückkehr nach Spanien ferner nicht gestatten, so erlaube ich Dir, mit Deiner Familie sogleich nach dem Kirchenstaate abzugehn. Du wirst mich von Deiner Ankunft daselbst und von dem Orte in Kenntniß setzen, den Du zu Deinem künftigen Aufenthalt erwählst. Eins meiner Kriegsschiffe wird unverzüglich im Hafen von Lissabon anlangen, um sich zu Deiner Verfügung zu stellen. Spanien ist in Bezug auf seine innere Verwaltung frei von jeglicher fremden Intervention, und ich würde der Unabhängigkeit meiner Krone zuwider handeln, und den durch alle Beherrscher in Europa allgemein anerkannten Grundsatz der Nicht=Intervention verletzen, wenn ich ihnen die Mittheilung machte, die Du in Deinem Briefe von mir verlangst.«

»Madrid, den 6ten Mai 1833.«

Diesen Verbannungsbefehl hatten die Anhänger der Königin ausgewirkt, weil sie die Nähe des Don Carlos fürchteten; denn von Portugal aus war es ihm nicht schwer, mit seinen zahlreichen Anhängern in Spanien Verbindung zu halten; auch mußte es ihm leicht sein, nach dem Tode seines Bruders von dort aus auf Madrid vorzurücken.

Da Don Carlos bis auf den letzten Augenblick seiner Pflicht als Unterthan getreu bleiben wollte, entschloß er sich, dem Befehl seines Königs Folge zu leisten, so tyrannisch und ungerecht dieser auch war. Er beeilte seine Vorbereitungen zur Abreise, und nahm keinen Anstand, sich selbst, seine Gemahlin und seine drei Söhne dem Befehlshaber eines Kriegsschiffes anzuvertrauen, der ein naher Verwandter von Cordova, seinem persönlichen Feinde, und von einem Ministerium auserwählt worden, das seinen Untergang sehnlichst wünschte.

Für den Transport seiner Suite und seiner Equipage miethete er ein englisches Kauffahrteischiff; bevor er jedoch Portugal verließ, wollte er Abschied von Don Miguel und und seinen Schwestern nehmen, die er seit seiner Ankunft noch nicht gesehen hatte. Die Zusammenkunft fand zu Coimbra statt. Don Carlos hatte sein ganzes Gefolge und den größten Theil seiner Equipage in Lissabon zurückgelassen, wo dieselbe bereits auf das englische Schiff gebracht worden war, und nur wenige Diener mitgenommen. Kaum befand er sich vierzehn Tage in Coimbra, als er die Nachricht von der Einnahme Lissabons durch Don Pedro erhielt.

Die Equipage des Don Carlos befand sich unter der Aufsicht des spanischen Consuls in Lissabon, und die Regierung Don Pedro's, heimlich durch die Anhänger der Königin dazu aufgereizt, verweigerte ihr das Verlassen der Stadt. Die Juwelen der Gemahlin des Don Carlos liefen Gefahr, in die Hände der Soldaten zu fallen, und wurden nur durch einen treuen Diener mit genauer Noth gerettet. Das Gefolge des Infanten konnte ihn nur nach vielen Schwierigkeiten wieder erreichen.

Die Einnahme von Lissabon hatte für Don Carlos jedoch das Gute, daß sie seine Abreise nach Italien unmöglich machte, und er leistete endlich auf die Ausführung seines früheren Vorsatzes Verzicht; dennoch lehnte er es fortwährend ab, so lange sein Bruder lebte, etwas für sich oder für die Royalisten in Spanien zu unternehmen, so oft er auch dazu aufgefordert wurde, und so nöthig und klug dieß gewesen wäre.

Er befand sich zu Santarem, als am 4. October Cordova zu ihm kam, um ihn von dem am 29. September erfolgten Tode Ferdinands in Kenntniß zu setzen, und ihm einen Befehl Seitens der Königin-Regentin zur ungesäumten Abreise nach Italien zu überbringen.

Don Carlos, allen Groll vergessend, reichte dem Gesandten die Hand und fragte ihn, ob er ihn jetzt als seinen König anerkenne. Cordova antwortete mit »Nein.«

Die fruchtlosen Bemühungen des Don Carlos, von Portugal aus in Spanien einzudringen, sind bereits berichtet worden; durch Don Pedro's Erfolge wurde Don Miguel zur Capitulation von Evora gezwungen; dieß brachte Don Carlos zwischen zwei feindliche Armeen, die der Pedroisten und die Robils. In dieser Lage erhielt er von Zumalacarregui einen Brief; er beschwor ihn im Namen aller getreuen Unterthanen, nach Navarra zu kommen, und sich an ihre Spitze zu stellen; »eine längere Abwesenheit des Königs,« sagte er, »würde die ganze Bevölkerung entmuthigen.«

Don Carlos antwortete ihm, von Portugal aus nach den baskischen Provinzen durchzukommen, sei unmöglich; der jetzige Stand der Dinge in Portugal nöthige ihn, sich nach England einzuschiffen, doch verspreche er ihm, in weniger als sechs Wochen bei ihm zu sein.

Er hielt Wort. Am 30sten Mai 1834 Morgens um 3 Uhr nahm er Abschied von Don Miguel, (der nach Sines reiste, um sich nach Genua einzuschiffen), und ging dann mit seinem Gefolge nach Aldea Gallega, von wo aus er sich am 1sten Juni auf dem »Donegal« nach England übersetzen ließ. Er landete erst am 18ten Juni in Portsmouth, und empfing hier abermals Briefe von Zumalacarregui, der ihn bringend aufforderte, herüber zu kommen und das Commando der Truppen zu übernehmen. Es wurde demnach Alles zur Abreise nach Frankreich vorbereitet. Don Carlos ging nach Brighton, setzte von hier nach Dieppe über, und langte am 4ten Juli in Paris an; noch an demselben Tage verließ er diese Hauptstadt, und es gelang ihm, endlich unerkannt durch ganz Frankreich zu reisen und die Pyrenäen glücklich zu überschreiten.

3. Belagerung und Entsatz von Bilbao im December 1836.

Von Frederick Burgeß, Chirurgus in der Armee des Don Carlos*).
(Aus dem „United Service Journal.")

Nachdem General Villareal die gehörigen Anordnungen getroffen, marschirte er am 21. Oktober (1836) in die Nähe von Bilbao. Trotz der Unglücksfälle, die unsere Armee vor diesem Orte getroffen hatten, ist er doch den Christinos fast eben so verderblich geworden. Villareal hatte ein und zwanzig Bataillons mit sich, nämlich fünf von Castilien, acht von Biscaya, vier von Navarra, drei von Alava und eins von Guipuzcoa. Außerdem folgte ihm ein Artillerie=Train, bestehend aus funfzehn Stücken, und zwar aus einem Sechsunddreißig=Pfünder, zwei Haubitzen, einem großen und einem kleinen Mörser, drei Vierundzwanzig=Pfündern, drei Sechzehn=Pfündern und vier Acht=Pfündern.

Die Straßen boten eine sonderbare, lebhafte Scene, — jeder Baum schien sich für das Gelingen des Unternehmens zu interessiren. Und da wir unter einem Schüler Zumalacarregui's eine Belagerung wieder aufnahmen, die jener Held

---

*) Capitain Henningson spricht in seinem „Zwölfmonatlichen Feldzuge" stets sehr anerkennend von Burgeß und seinen Talenten.

selbst angefangen hatte, so war diese Bewegung so populär, daß alle Unannehmlichkeiten, von denen diese Operation begleitet war, — der Regen fiel in Strömen herab, und die Soldaten bivouakirten in Koth und Schnee, — eher ein Vergnügen als eine Beschwerde zu sein schienen.

Während die brittische Legion in Bilbao stand, hatte sie die drei Hügel im Südwesten und Osten der Stadt befestigt. Diese waren bei unserer ersten Belagerung mit Artillerie besetzt, und bestrichen die Chaussée und Puente Nuevo, als wir vorrückten, welches uns nöthigte, den Fluß auf der Brücke von Galbacano zu passiren. Wenn man dem Höhenzuge bis zu den Bergen von San Domingo folgt, die sich im Ost-Nord-Osten von Bilbao 800 Fuß über den Meeres-Spiegel erheben, und über welche die Straße nach Munguia und Guernica läuft, kommt man nach der Stadt Bilbao, die an dem Fuß dieser Berge — und zwar an drei Seiten von ihnen und den oben erwähnten Hügeln umgeben — liegt. An der Nordwestseite windet sich der Ybaizabal vier bis fünf englische Meilen weit durch die schmale Ebene, und theilt die Stadt in die Alt- und Neustadt. Seine Ufer sind sehr schön angebaut und mit zahlreichen Landhäusern besetzt. An seiner Mündung — und zwar am rechten Ufer — liegt Portugalete, welches durch eine Brücke mit dem linken Ufer verbunden ist. Weiter stromaufwärts nach Bilbao zu liegt Desierto an derselben Seite; noch weiter hinauf am linken Ufer Olabiaga, eine halbe englische Meile lang, und in der Mitte zwischen der Flußmündung und Bilbao; — dann kommt Deust.

Am 23. Oktober wurde die Stadt von allen Seiten eng eingeschlossen, nur von der Flußseite nicht. Diese Versäumniß kann nur dadurch erklärt werden, daß General Willareal hoffte, die Stadt binnen vierzehn Tagen durch Sturm zu nehmen.

Nachdem wir am 28. Oktober unsere Batterien gleichweit von der Stadt und den Bergen von San Domingo errichtet hatten, eröffneten wir unser Feuer mit solchem Erfolg, daß wir im Verlauf von sechs Tagen die Batterien der Christinos gänzlich zum Schweigen brachten; wenigstens hatten wir die meisten ihrer Geschütze demontirt, und sie schossen nur noch in großen Zwischenräumen, während die unsrigen ganz unversehrt von dem feindlichen Feuer geblieben waren.

Unser Verlust würde in der ganzen Zeit höchst unbedeutend gewesen sein, wenn nicht der junge und tapfere Graf de la Rochefoucauld, Capitain der Artillerie, geblieben wäre. Er bekam einen Schuß durch den Kopf, während er ein Geschütz richtete. Zu gleicher Zeit wurde auch ein portugiesischer Brigadier, der General Cuellho, durch eine 24pfündige Kugel in Stücke gerissen.

Es war um diese Zeit, wie ich glaube, wo die französische Legion, aus 600 Deserteurs bestehend, durch drei Compagnien von einem der Bataillons von Biscaya unterstützt, den Befehl erhielt, die in Campo Santo gelegte Bresche zu stürmen. Dieß geschah um halb neun Uhr Abends; und wäre der Sturm besser unterstützt und besser geleitet worden, so hätte er gewiß Erfolg gehabt. Der Baron de los Vallos hatte sich freiwillig gemeldet, die Leute auf die Bresche zu führen. Der Befehl lautete dahin, sich nach dem Ersteigen derselben in Campo Santo zu formiren, alsdann diejenigen mit dem Bajonnet anzugreifen, die sich ihren Fortschritten widersetzen würden, und sie bis an das Stadtthor zurück zu werfen, welches hiernächst genommen werden sollte. Es thut mir leid, sagen zu müssen, daß dieß nicht ausgeführt wurde, obgleich es mehreren Leuten gelang, durch die Schießscharten zu klettern, und in Campo Santo festen Fuß zu fassen. Diese Leute fingen jedoch zu früh, und zwar noch in der Abwesenheit des Baron de los Vallos an zu schießen; dieß lockte sehr schnell zwei Bataillons Christinos aus der Stadt herbei, welche einige von den braven Leuten mit den Bajonnetten niederstachen und die andern zur Flucht nöthigten. So wird dieser Vorfall von Offizieren berichtet, die als Augenzeugen zugegen waren.

Als Anfangs November Espartero mit vierzehn Bataillons und zwei Escadrons bei Castrejana erschien, beschloß Villareal, ihn mit acht Bataillons und achtzig Cavalleristen in seiner Position anzugreifen. Er that dieß, und das Gefecht dauerte drei Stunden. Die Christinos, welche bereits wankten, wurden durch den Grafen Casa-Eguia mit drei Bataillons in den Rücken genommen. Dieser Umstand brachte sie zu einer übereilten Flucht; sie gaben ihre Verwundeten auf, viele warfen ihre Waffen von sich, und ließen uns in dem Besitz ihrer ganzen Bagage, ihrer vier Geschütze mit Munition u. s. w.

Villareal würde sicher diesen Sieg verfolgt haben, wäre ihm nicht gerade durch einen Befehl aus dem königlichen Hauptquartier die Fortsetzung der Belagerung abgenommen worden. Man hatte dieß durch Intriguen bewerkstelligt, die fortwährend gegen Zumalacarregui's Offiziere angesponnen wurden, und gegen welche Villareal so lange Zeit mit Glück gekämpft hatte. Von dem Augenblicke an, wo er seine Niederlage im Hauptquartier bemerkte, hielt er sich auf der Vertheidigung und schien den Erfolg mit gleichgültigen Augen anzusehen. Es ist sehr zu beklagen, daß dieser Offizier nicht im Stande war, die Sache des Don Carlos von seiner eigenen zu trennen, und nach wie vor für jene zu fechten, anstatt sie für verloren zu halten, welches er wirklich that.

Ihm folgte am 6. November im Commando des Belagerungscorps der Graf Casa-Eguia, der sogleich die Belagerung wieder aufnahm, den Fluß sperrte, und demnach Bilbao ganz einschloß.

Am 8. November fielen die Banderas und das Capuzinerkloster, in Folge dessen 330 Gefangene und zwei Geschütze in unsere Hände kamen.

Nachdem wir am 10. November an der Flußseite im Kloster St. Mames Bresche gelegt, nahmen wir es mit Sturm, machten 270 Gefangene, und eroberten fünf Geschütze, wobei wir, wie gewöhnlich, obgleich gegen die Regeln des Krieges, den gemeinen Soldaten Pardon gaben.

Bei dieser Gelegenheit bewies Lord Ranelagh die Tapferkeit, wodurch sich die Männer auszeichnen, welche aus Grundsätzen der Ehre fechten. Als er nämlich die Truppen in der Richtung des Klosters den Fluß durchwaten sah, gesellte er sich sogleich zu ihnen. Der Capitain, welcher zuerst einbrang, wurde erschossen und der Lieutenant, der ihm folgte, tödtlich verwundet. Lord Ranelagh ermunterte die Leute, in der einen Hand seine Mütze, in der andern seinen Degen haltend, und erstieg schnell die Bresche, von den braven Castilianern gefolgt, welche riefen: »Viva el Rey Carlos Quinto!« »Muera la Reyna!« Durch seinen Muth wurde das Kloster genommen, und er ist jetzt allgemein unter dem Namen des »Inglese valiente,« — des tapfern Engländers — bekannt; denn der spanische Soldat theilt nicht immer die neidische Gesinnung seiner Offiziere, sondern faßt oft eine große Liebe zu Ausländern, deren Muth er im Felde Gelegenheit hatte zu erproben. Vierzehn Tage später fiel San Augustin mit seinen Linien im Nord-Nord-Westen von Bilbao gelegen, in unsre Hände. Als es uns nach großer Mühe gelungen war, eine Bresche zu legen, wurde es sogleich durch drei aragonische Compagnien gestürmt, welche die aus 250 Mann bestehende Garnison zu Gefangenen machten. Hier wurde, wie gewöhnlich nach der Einnahme eines Ortes, die Beute sehr wohlfeil verkauft. Ein französischer Deserteur, welcher Salz aus einem Blumentopf nahm, den er in einer Ecke des Klosters gefunden hatte, entdeckte, daß dieser Blumentopf bis zur Hälfte mit Goldmünzen angefüllt war. Dieser Dummkopf rühmte sich seines glücklichen Fundes, dessen Gewicht ihm — wie man sich leicht denken kann — von den biscayischen Soldaten sogleich bedeutend erleichtert wurde.

Deserteurs, die jetzt aus Bilbao zu uns herüberkamen, machten uns eine furchtbare Beschreibung von den Leiden der Garnison in der Stadt. Reiß sei die einzige Nahrung, sagten sie; die Schildwachen ließen sich durch Bestechung bewegen, die Urbanos aus der Stadt zu lassen; jeder männliche Einwohner sei gezwungen, die Waffen zu tragen, oder an den Festungswerken zu arbeiten. Die Verluste der Besatzung schienen um diese Zeit sehr zugenommen zu haben, da sie nicht mehr im Stande war, die Wachen abzulösen, sondern nur noch die Posten wechselten. Der Gouverneur San Miguel war noch in der Zeit, als Villareal das Belagerungscorps befehligte, schwer verwundet worden, und von 500 Peseteros blieben nur funfzig übrig. Zwischen den regulairen Truppen und den Urbanos fielen ernsthafte Uneinigkeiten vor, weil jene geneigt waren zu capituliren, während diese es nicht zugeben wollten; denn sie hatten ihr Wort gebrochen, die Waffen abermals ergriffen, und mußten daher einem sicheren Tod entgegensehen. Espartero's Colonne war ohne Kleidung, und bekam täglich nur einen halben Zwieback.

Anstatt in diesem Augenblick einen Sturm anzubefehlen, forderte Eguia Freiwillige dazu auf; es meldete sich jedoch nicht ein einziger Mann. Dieß ist ein gewöhnliches Zeichen der Unzufriedenheit der carlistischen Soldaten; und man muß bedenken, daß sie nach einer sechswöchentlichen Blockade im schlechtesten Wetter, ohne Schuhe und fast immer unter freiem Himmel weit eher aufgelegt waren, die Aufforderung Eguia's abzulehnen, als sie anzunehmen.

Hier erfuhr ich auch den zweiten Ueberfall Ituralde's durch Irribarren, während jener mit dem Capitain Arana nebst dreißig Mann der Guiden von Alava in dem Dorfe Sorlada am Fuß von San Gregorio in der Beruesa übernachtete. Die Frau und die Tochter von Ituralde versuchten zu entkommen, und befanden sich noch in der Haft, als ich die Armee verließ; denn es war die allgemeine Meinung der alten carlistischen Offiziere, daß er durch Verrath das Gefecht von Allo und 1100 Gefangene in demselben verlor, und sich später, nachdem er sich — in Ungnade gefallen — nach Sorlada zurückgezogen, selbst in die Hände Irribarrens geworfen. Ich bin jedoch mehr geneigt, das erste Unglück seinem Mangel an militairischen Kenntnissen zuzuschreiben, die weder durch Verstand noch Erfahrung ersetzt wurden; denn die vielen Fehler, die er noch unter Zumalacarregui beging, und seine oft bewiesene Tapferkeit sprechen ihn sowohl frei von Verrath als von Mangel an Muth.

Unser Feuer wurde jetzt eingestellt; die Colonne der Christinos ging während der Nacht von Portugalete aus über den Fluß, und besetzte die beiden Dörfer im Thale nördlich der Höhen von San Domingo. Unsere Truppen, die zehn Bataillons zur Blockade zurückließen, besetzten eine sieben englische Meilen lange Linie, die sich von San Domingo über Banderas, Burceña und Castejana hinzog. Zwei von unsern Bataillons besetzten die Berge rechts vom Thale, um die Straße nach Guernica und die Chaussée zu sperren, die von San Domingo in das Thal herunterkommt, und durch das erste Bataillon von Castilien, zwei Vierundzwanzigpfünder, eine Haubitze und zwei Sechzehnpfünder gedeckt wurde, welche den Feind, wenn er vorrücken sollte, vollständig von den Höhen aus bestrichen haben würden.

Selbst die Brücke von Derio auf der Chaussee am Fuß der Berge bewies sich als ein zu großes Hinderniß für die Christinos. Sie war mit Baumstämmen verbarrikadirt, mit einer Brustwehr versehen, und durch zwei Compagnien von Castilien besetzt. Das Almacen oder das Proviant=Amt für unsere Truppen lag nur einen Gewehrschuß von dieser Brücke entfernt. Die Christinos standen kaum zwei englische Meilen davon; obgleich sie jedoch vor Hunger umkamen und nur im Schutz des Waldes hätten vorrücken dürfen, um ihre Truppen auf zwei Tage mit Brot, Fleisch und Wein zu versehen, so hatten sie doch nicht den Muth dazu.

Ich kenne nichts Schöneres als die Wachtfeuer lagernder Armeen. Die Unsrigen nahmen den Rücken eines gekrümmten Höhenzuges ein, — die der Christinos in der Ebene brannten gewöhnlich in einer schnurgeraden Linie. Häufig wurden sie durch Gruppen von Soldaten verfinstert, die halb erfroren und fortwährend durchnäßt sich an der Glut zu wärmen und zu trocknen suchten. Hier und da sah man kräftige Soldaten, deren Gewehre in kurzer Entfernung zusammengesetzt waren, auf dem nassen Boden ihrer ganzen Länge nach liegen, das Gesicht mit der Bouina bedeckt, die Hände unter dem Kopf statt eines Kopfkissens, die Beine gekreuzt, Hals und Brust bloß, an der einen Seite durch die Hitze des Wachtfeuers fast verbrennend, und an der andern vor Kälte erstarrend und mit Thau bedeckt; andere waren beschäftigt, Schweine- oder Rindfleisch zu braten, welches sie statt eines Spießes an einen Stock gesteckt hatten, und nahmen von Zeit zu Zeit einen Schluck aus ihrem Schlauch von Ziegenfellen. An einer andern Stelle bemerkte man eine Gruppe von Offizieren und Soldaten, die sich mit einander unterhielten, ein Lied zur Erinnerung an Zumalacarregui, oder den patriotischen Gesang »Viva Carlos, viva Carlos! por siempre adorado« anstimmten. Dann hörte man auch wohl den »Fandango,« der einer alten, schnarrenden Guitarre entlockt wurde; zwanzig bis dreißig Soldaten tanzten danach, und ergötzten sich durch das wiederholte Rufen von »Altzer,« bis sie — allmählich ermüdet — sich einzeln fortschlichen, um die Nacht über am Feuer zu schlafen, und nicht eher wieder die erstarrten Glieder zu regen, als um 4 Uhr des Morgens, wo die Trommel sie ruft.

Mein Quartier war nicht das schlechteste, obgleich auch eben nicht beneidenswerth. Ich war früher mit einem Capitain der königlichen Garde bekannt geworden, der jetzt beim dritten Provinzial-Regiment von Castilien stand. Dieser lud mich ein, sein Quartier in der Eremitage von San Domingo mit ihm zu theilen, welches ich ohne weitere Complimente annahm. Dieß Gebäude ist zwanzig Fuß lang und funfzehn breit; auf der Erde lag schmuziges Stroh umher; die Bilder waren zum Feueranmachen gebraucht worden. Wir hatten zwei Feuer ohne Schornstein, wovon uns der Rauch sehr lästig wurde, weßhalb mir der Verlust meines Mantels, den man mir vor einigen Wochen gestohlen hatte, um so empfindlicher war.

Belagerung und Entsatz von Bilbao im December 1836.

Sehr früh am Morgen des 5. December stiegen drei Bataillons unter Villareal in das Thal hinab, um den Feind anzugreifen. Dieser hatte damit angefangen, zwei Tage vorher mehrere Häuser zu verbrennen; und an diesem Morgen gab er seine Absicht, den Rückzug anzutreten, dadurch zu erkennen, daß er die Hälfte der Dörfer seiner Außenlinie in Brand steckte. Hierauf zog er sich in der That zurück, von unsern Bataillons hart verfolgt, und rettete sich nun unter dem Schutz seiner Escadrons. Er formirte sich auf den Höhen gegenüber von Portugalete in Colonne, und blieb dort stehen, da die Brücke durch unser Artilleriefeuer zerstört war.

Jetzt war der Zeitpunkt gekommen, wo Villareal die feindliche Colonne vernichten konnte und mußte, denn die Christinos waren schlecht verpflegt, ohne Kleidung und ohne Sold, gänzlich entmuthigt — (sie hatten in kurzer Zeit drei Gefechte gegen eine geringere Anzahl verloren) — ihr General Castanet verwundet; — aber Villareal schien gänzlich die Energie vergessen zu haben, durch welche er sich als Divisionsgeneral unter Zumalacarregui ausgezeichnet hatte.

Während sich die Colonne am Morgen unangefochten zurückzog, machten 800 Christinos aus Begoña einen Ausfall, und trieben unsere Vorposten zurück. Ein eben aus Madrid angelangter Cadet bekam, als er seine Leute zum Stehen ermahnte, einen Schuß durch den Schenkel; er fiel, und wurde auf der Stelle durch die nachdringenden Christinos erstochen, die sich, nachdem sie fünf bis sechs Häuser verbrannt, mit einem Verlust von 15 Todten und 42 Verwundeten — wie ich später von Deserteurs erfuhr — ruhig wieder zurückzogen. Auf unserer Seite waren von der fünften Compagnie des dritten Provinzial-Regiments von Castilien zwei Mann getödtet und siebzehn verwundet worden.

Während ich mich hier aufhielt, sah ich den Pfarrer Merino, einen Mann von sechs und funfzig Jahren, klein, stämmig und mit dem Aussehen eines Parteigängers etwas von der Verschlagenheit des Priesters verbindend. Er trug einen eckigen oder castilianischen Hut zur Zamarra, und gewöhnlich in der rechten Hand einen dicken Stab, fast so lang wie er selbst, so daß man ihn trotz seiner zwei oder drei Adjutanten, die ihn fast immer begleiten, kaum für einen General hielt. Seit den letzten funfzehn Monaten ging er — der Beschwerden überdrüssig — ganz müßig umher; es fehlte an einem Zumalacarregui, der ihn zur Thätigkeit anhielt und ihn mit Erschießen bedrohte, wenn er über den Ebro käme.

Die Erzählung der Ursachen, welche ihn veranlaßten, den Krummstab mit dem Schwerte zu vertauschen, mag nicht uninteressant sein; doch ist meiner Meinung nach kein Grund hinreichend genug, um den Priester irgend eines Glaubens zu veranlassen, sein geistliches Amt niederzulegen, und alle Gräuelthaten eines Bürgerkrieges zu begehen.

Zu Anfange der französischen Invasion war er Pfarrer in einem kleinen Dorfe in der Nähe von Burgos. Einige Dragoner hatten zwei bis drei Säcke Gerste mit dem Befehl bei ihm niedergelegt, ihnen dieselben nach Burgos in ihr Quartier zu senden. Da der Pfarrer dieß nicht gethan und sie die Gerste nicht erhalten hatten, kamen sie nach kurzer Zeit zurück und befahlen ihm, die Säcke jetzt selbst hinzutragen. Auf seine Weigerung luden sie ihm einen Sack mit Gewalt auf, und prügelten ihn bis in ihre Quartiere nach Burgos.

Da er die Franzosen überdieß schon haßte, so kann man sich leicht denken, welche Wirkung eine solche Gewaltthat auf einen Mann von seinem rachsüchtigen Charakter hervorbringen mußte. In seine Wohnung zurückgekehrt ergriff er seine escopeta oder Flinte, die er den Nachsuchungen der Regierung sorgfältig zu entziehen gewußt hatte, und begab sich, von einem Bauer aus dem Dorfe begleitet, ins Gebirge.

Hier stellte er sich, als eine Schwadron Dragoner durch die Berge zog, mit seinem Begleiter verdeckt auf. Es dauerte nicht lange, so verließen zwei Dragoner den Haupttrupp und schlugen einen Nebenpfad ein; — ihnen folgte in ziemlicher Entfernung ein dritter. Sie kamen mit langsamen Schritten lachend und singend heran, — der Pfarrer und sein Begleiter schossen, — die beiden vordersten fielen, der dritte wandte erschreckt sein Pferd um und entfloh. Hierauf bemächtigten sie sich der Pferde und Waffen der Gefallenen, und gingen hin, um das Corps zu sammeln und zu organisiren, welches den Franzosen so verderblich wurde und zwei Jahre lang Schrecken selbst bis Burgos verbreitete.

Nachdem die Christinos die Brücke von Portugalete ausgebessert, kehrten sie in der Nacht vom 9. December über den Fluß zurück.

Am 12. um zwei Uhr Nachmittags versuchten sie, unsere Stellung bei Castragana zu nehmen; um fünf Uhr hörte jedoch das Feuer auf, und der Feind schien sich zurückzuziehen. Um halb acht Uhr rückte er abermals mit Macht vor, wurde jedoch gänzlich abgewiesen.

Während dieser Zeit bemühte sich Lord Ranelagh auf alle mögliche Weise, Don Carlos zur Zurücknahme des Dekretes von Durango zu bewegen; und es gelang ihm, den Befehl zur Respektirung der britischen Kokarde auszuwirken. Zu gleicher Zeit bekamen die verschiedenen Bataillons-Commandeurs die Ordre, das Feuer der englischen Kriegsbriggs »Saracen« und »Ringdove« nicht zu erwiedern, wenn diese auch schießen sollten, welches übrigens bis jetzt noch nicht geschehen war. Durch die große Vorsichtigkeit des Don Carlos haben die Carlisten manche günstige Position und manchen Vortheil eingebüßt. Es wäre etwas Leichtes gewesen, durch drei Vierundzwanzig-Pfünder von den Bergen aus, die den Fluß beherrschen, die brittischen Kriegsbriggs in den Grund zu bohren. Die Menschlichkeit, welche Lord Ranelagh bei dieser Gelegenheit bewies, verdient sowohl für den Eifer und die Uneigennützigkeit in der Sache des Don Carlos, als auch in der seines eigenen Vaterlandes die größte Anerkennung, und es wird ihm gewiß auch noch gelingen, Pardon für die Gefangenen der Legion auszuwirken.

Durch eine sonderbare Gestaltung der Dinge verlangten unsere Soldaten jetzt, Bilbao zu stürmen; es war jedoch unterdeß zu Duesto unter dem Vorsitz Morreno's ein Kriegsrath gehalten worden, in Folge dessen ein königlicher Befehl einging, die Stadt nicht zu stürmen, sondern auszuhungern.

Dieser Befehl entsprang aus der Furcht, daß im Fall eines Sturmes die Belagerten der Wuth der Sieger anheim fallen und zu viel Menschenleben geopfert werden möchten, — eine Furcht, die nach Zumalacarregui's Tode Eraso abgehalten hatte, die Stadt zu nehmen, und die uns jetzt nun zum zweiten Mal um den Besitz derselben brachte. Wäre Don Carlos nur ein halb so arger Barbar, wie General Evans und die Christinos aus ihm machen, so ständen wir schon längst vor den Mauern von Madrid; und aller Schaden, den er seiner eigenen Sache bisher zugefügt, rührt nur von seiner übergroßen Menschlichkeit her. So ungerecht ist oft die öffentliche Meinung in Bezug auf den Charakter hochgestellter Personen.

Noch weiß ich, wie man Zumalacarregui anschwärzte; und kaum war er acht Monat todt, als die Christinos in Vittoria und Pampelona Heldenlieder zu seinem Gedächtniß sangen. Noch bis auf den heutigen Tag sprechen sie von ihm in einer Weise und mit einem Gefühl, das sehr deutlich die hohe Meinung bekundet, die sie von seiner Menschlichkeit sowohl, als von seinem wohl verdienten Ruhm haben.

Da zu Anfang der Belagerung das Wetter sehr rauh war und wir bivouakiren mußten, so hatte ich eine heftige Augenentzündung bekommen, und mußte gegen meinen Willen in das Hospital von Bergara gehen. Die spanischen Aerzte sind zwar recht gute Theoretiker, doch sind sie in der Behandlung der Kranken gänzlich unerfahren. Sie ließen mir zur Ader und quälten mich mit Caldo, oder Dämpfen von heißem Wasser, wobei sie mir nicht gestatteten, einen Bissen Brot zu essen. Es ist dieselbe Behandlungsweise, welche Doctor Sangrado im Gil Blas anwendet, und die hier noch allgemein üblich zu sein scheint. Dieses veranlaßte mich jedoch, so bald wie möglich das Hospital zu verlassen, und die Beschwerden der Belagerung mit guten Lebensmitteln dem Caldo und dem Leben im Krankenhause vorzuziehen.

Auf meinem Rückwege kam ich durch Sornoza, und wurde hier zuerst in einem Hause mit drei Nonnen einquartirt, die sich erst vor fünf Monaten aus dem Kloster de la Concepcion in Bilbao hierher zurückgezogen hatten. Meine ganze Beredtsamkeit konnte meine Wirthin nicht bewegen, mich zu behalten, sondern sie schickte ihren Bedienten fort, um das Billet wechseln zu lassen. Da der Alcalde eine Viertelstunde davon wohnte, benutzte ich die Gelegenheit, den hübschen Nonnen meine Aufwartung zu machen. Sie befanden sich im Schlafzimmer — die eine lag krank im Bett, die beiden andern saßen einfach gekleidet dabei und sangen geistliche Lieder.

Es war ein schöner und feierlicher Anblick; doch wurde mir nur ein Augenblick gestattet, ihn zu genießen, denn die alte Dame, die, beiläufig gesagt, nur ein Auge hatte, war mir auf den Fersen und rief voller Verzweiflung: »Por Dios, por Dios, Señor, no anda usted por ahi,« — »Um Gotteswillen, um Gotteswillen, mein Herr, gehen sie nicht da hinein!« — Ich bot der Kranken meine Hülfe an; statt des Dankes aber wurde ich schnöde entlassen. Die alte Wirthin — eine Wittwe — konnte indeß nicht umhin, einzugestehen, daß sie den Ehestand der klösterlichen Abgeschiedenheit doch bei weitem vorziehe.

Nachdem ich mein Billet noch drei bis viermal gewechselt hatte, gelang es mir endlich, für die Nacht ein Bett in dem Hause eines Priesters zu erlangen, der vor einigen Monaten bei dem Besuch eines seiner Freunde in Bilbao seiner carlistischen Gesinnungen halber mit Steinen und Koth geworfen worden war.

In der Nacht vom 17ten Dezember warfen die Christinos eine starke Avantgarde bei Portugalete über den Fluß. Es entstand hierauf ein kleines Gefecht; doch führte es zu keinem bedeutenden Resultat, da die Christinos fortwährend unter den Kanonen von Portugalete blieben.

Das Wetter war unterdeß erträglich geworden, — die Nächte waren sehr kalt mit häufigen Windstößen.

Gomez und Quilez rückten jetzt an der Spitze von 4000 Mann alter Infanterie und 900 Mann Cavallerie in Biscaya ein, nachdem sie auf einen schnellen, einundzwanzigtägigen Rückzug von dem neutralen Grund und Boden von Gibraltar her den Nachstellungen der zahlreichen christi=

nischen Colonnen, deren Stärke sich im Ganzen auf 28,000 Mann belief, glücklich entgangen waren. Gomez hatte 300 junge Pferde verloren, die unterwegs gefallen waren, und 250 Mann waren ihm zu Villa Robledo durch den Ueberfall von Alaiz abgenommen worden. Dreihundert junge Pferde ließ er bei Cabrera's Division in Aragonien zurück; seine Artillerie, sowie eine Menge kostbarer Kirchengefäße, welche die Christinos in Cordova deponirt hatten, und die ihm in die Hände gefallen waren, hatte er vergraben. Obgleich Gomez Furcht und Schrecken in die Reihen der Christinos gebracht, so verdient er doch die Untersuchung, die jetzt gegen ihn eingeleitet ist; denn er hat die ihm zugegangenen Befehle nicht befolgt, den Plan der letzten Campagne verdorben, und alle seine Offiziere beklagen sich bitter über ihn.

Am 20sten Dezember traf ich Don Miguel Bial, dessen Vater vor einigen Jahren Gesandter in London war. Er ist einer von den drei Brüdern, die für unsere Sache fechten. Er war damals Adjutant beim General Guibelalbe, und in Folge seiner Verwegenheit schwer verwundet. Als nämlich unsere Artilleristen anfingen zu wanken, ermahnte er sie, fest zu stehen; und da sie dieses nicht thaten, so ergriff er die Lunte und blieb allein beim Geschütz. Im nächsten Augenblick wurde ihm der rechte Schenkel zerschmettert; er mußte sogleich amputirt werden, und ertrug diese schmerzhafte Operation mit der größten Stärke.

An diesem Tage — dem 20sten Dezember — langten auch zwei Sechszehnpfünder aus Lequizio an, doch kehrten sie am nächsten Tage schon wieder dahin zurück.

Der 24ste Dezember begann mit sehr stürmischem Wetter und einem starken Schneefall. Villareal beschloß, die Feinde in ihrer gegenwärtigen Lage anzugreifen; denn sie hatten abermals den Fluß mit einer Verstärkung von 4000

Mann paffirt. Goui befehligte den rechten, Sanz den linken Flügel und Guergue das Centrum. Es entspann sich ein leichtes Gefecht; da uns jedoch der heftige Wind den Schnee gerade ins Gesicht trieb, so waren wir bald genöthigt, unsere Operationen einzustellen. Sanz wurde leicht verwundet, während er ein Geschütz deckte, welches die zurückgehende Infanterie verlassen hatte. Billareal beabsichtigte den Angriff wieder zu beginnen, sobald das Wetter sich aufgeklärt haben würde; das Schicksal hatte es jedoch anders bestimmt.

Um vier Uhr Nachmittags benutzte der Feind das schlechte Wetter, und ruderte in Kanonenböten den Ybaizabal hinauf. Es gelang ihm, ohne daß wir etwas merkten, sich der abgebrochenen Brücke von Luchana zu bemächtigen, über welche er sogleich Bretter legte, da nur der mittelste Bogen zerstört war. Nachdem die Colonnen der Christinos die Brücke paffirt hatten, nahmen sie auf der Stelle unser dabei liegendes befestigtes Haus in Besitz; als — es war jetzt fünf Uhr — sie jedoch weiter vorrücken wollten, wurden sie durch Lord Ranelagh und Capitain Fitztomas an der Spitze von vierzig Biscayern mit dem Bajonnet angegriffen, und — obgleich an Zahl bedeutend überlegen — bis zu jenem Hause zurückgeworfen. Wir würden auch dieses sogleich wieder genommen haben, hätte sich nicht der Capitain der Biscayer geweigert, mit seinen Leuten weiter vorzurücken, indem er den Befehl zu haben vorgab, als Reserve stehen zu bleiben. Auf diese Weise ging uns, wie es so häufig geschieht, durch die Eifersucht und Feigheit eines einzigen Mannes Bilbao aus den Händen. Dieß waren in der That die einzigen Truppen zwischen den Christinos und Bilbao, da unser Vierundzwanzigpfünder, welcher die Brücke von Luchana beherrschte, am Tage zuvor wegen Mangel einer

Brustwehr, um die Leute in der linken Flanke gegen das Gewehrfeuer des Feindes zu decken, der einige Häuser am andern Ufer des Flusses besetzt hatte, abgefahren worden war.

Sechs Uhr Nachmittags. Die Christinos erstiegen jetzt durch einen Riß in dem Damm zu ihrer Linken einzeln den Berg, und umgingen auf diese Weise vollständig die linke Flanke Villareals, der, obgleich er bis halb sechs Uhr früh am 25sten Dezember aushielt, endlich genöthigt war, sich zurückzuziehen, welches auf eine sehr unordentliche Weise geschah. Das erste Bataillon von Guipuzcoa, das zweite von Alava, und das dritte von Navarra — Riquete genannt — griffen die dichten Massen des vordringenden Feindes, als er die Banderas in geschlossenen Colonnen erstieg, viermal nach einander mit gefälltem Bajonnet an, und warfen ihn zurück; doch mußten sie endlich der Uebermacht weichen. Unsere Soldaten schritten auf dem Rückmarsch so langsam einher, — wobei sie Flüche ausstießen — als folgten sie einer Leiche, und nicht, als wichen sie der Uebermacht eines Feindes. Die Christinos schienen jedoch vollkommen damit befriedigt, die Höhe erstiegen zu haben; und sie hatten auch vielleicht zu sehr gelitten, um ihren Vortheil weiter verfolgen zu können. Sie ließen uns abziehen, ohne einen Schuß in unsere Arriergarde zu thun.

Diese Affaire ist in der That ein Ueberfall zu nennen. Wer dabei zu tadeln ist, wage ich nicht zu entscheiden. Sicher ist, daß Villareal den Oberbefehl führte; hätte jedoch Eguia, der ebenfalls für die Auffstellung der Artillerie verantwortlich war, eine Brustwehr zum Schutz der Artilleristen errichten lassen, um die Bedienungsmannschaft des erwähnten Vierundzwanzigpfünders zu schützen, welcher die Brücke von Luchana beherrschte, so würden wir schon längst nähere Bekanntschaft mit dem Innern von Bilbao gemacht haben.

Villareal zog sich mit dem Haupttheil seiner Streitkräfte nach Galdacano zurück, stellte eine Viertelstunde von Bilbao eine starke Avantgarde auf, und besetzte Ponte-nuevo mit einem Piquet. Gomez begab sich von Burcena nach Mirivalles. Morreno ging mit dem Rest der Artillerie und drei Bataillons nach Murgia, und wenn auch nicht in bester Ordnung, doch mit der Genugthuung, die Christinos geschlagen zu haben.

Unser Verlust in diesem Nachtgefecht belief sich auf 216 Mann an Todten, Verwundeten und Vermißten, und wenn man die Verluste der beiden Belagerungen hinzurechnet, so waren im Ganzen 987 Mann verloren worden. Die Christinos büßten nach ihrer eigenen Angabe in dieser Nacht über 800 Mann ein; und ein Kaufmann, der während der beiden Belagerungen in Bilbao war, und den ich später in Bayonne traf, schätzt ihren Verlust in Bilbao und den umliegenden von uns eroberten Forts auf 2500 Mann. Von unsern Verwundeten, die nicht entfliehen konnten, geriethen 80 im Hospital von Olabiaga in die Hände der Christinos.

Es gelang uns, einen 13½zölligen Mörser, einen kleineren Mörser, zwei Haubitzen und vier Geschütze zu retten, die in aller Frühe am Morgen des 25sten über Murgia nach Guernica gebracht wurden. Funfzehn Geschütze, mit Einschluß der elf, die wir vor einigen Wochen den Christinos abgenommen hatten, gingen verloren. Sie standen auf der Linie von den Banderas über Olaviaga, Bercina u. s. w. und konnten des schlechten Wetters halber nicht fortgebracht werden. Mit ihnen fielen auch 25 Maulthiere, welche die Geschütze zogen, in die Hände des Feindes. Auf der andern Seite gelang es uns jedoch, hunderttausend Portionen Proviant zu retten; wäre der Feind uns rasch gefolgt, so möchte uns auch dieß unmöglich gewesen sein.

Der Morgen des 25sten Dezember war der unangenehmste, dessen ich mich aus meinem ganzen Leben erinnere; es wehte ein schneidender Nordwestwind, und der Schnee lag vier Fuß hoch.

Am folgenden Tage forderte Villareal seine Entlassung. Unsere Truppen, welche die Dörfer rings um Bilbao besetzt hatten, machten die Christinos zu Gefangenen, die so keck waren, sich aus den Thoren der Stadt zu wagen, um Holz oder Lebensmittel zu holen. Der Offizier, welcher das erste Boot zu Luchana befehligte, betrat an diesem Tage mit acht Mann von der königlichen Garde unsere Linie, und machte einen traurigen Bericht über den Zustand der Colonne in Bilbao; er schilderte sie ohne Schuhe, Kleidung und Lebensmittel. Sie plünderten die Stadt, als sie dieselbe betraten, und behandelten die Einwohner, als hätten sie die Stadt erobert, zerschlugen ihre Geräthschaften und beraubten sie. Diese bedauerten jetzt, jedoch zu spät, daß sie nicht längst ihre Thore geöffnet und sich den Carlisten in die Arme geworfen hatten.

4. Bericht über die Ereignisse im nördlichen Spanien vom November 1836 bis Ende Februar 1837.

Von einem Augenzeugen.
(Aus dem „United Service Journal.")

Da die Einzelheiten der Belagerung von Bilbao bereits erzählt sind, so werde ich mich darauf beschränken, nur dasjenige anzuführen, was ich persönlich vor den Mauern dieser Stadt sah und erlebte.

Bei meiner Ankunft — am 26. November — schwiegen die Batterien, weil die Armee Espartero's die Gegend von Bilbao durchschwärmte. Ein Theil derselben hatte die Höhen Portugalete gegenüber besetzt, und der Rest stand zwischen ihnen und dem Kloster San Bosania. In wenigen Tagen zog sich Espartero jedoch zurück, und die Batterien begannen ihr Feuer wieder.

Zur Verständigung dieses Umstandes muß angeführt werden, daß die Carlisten wegen Mangel an Positions-Geschütz stets genöthigt waren, wenn der Feind sich in einiger Stärke zeigte, die meisten Kanonen aus den Batterien zu nehmen und in die Position auf die Höhen zu stellen. Beim Abziehen des Feindes wurden sie wieder herabgenommen und an die früheren Stellen gebracht; natürlich mußte während der Zeit das Feuer der Belagerungsbatterien schweigen.

Ich habe alle diese Batterien besucht. Die Offiziere und Artilleristen bestanden größtentheils aus Franzosen. Munition wurde nur sehr spärlich geliefert, und darum das Feuer oft eingestellt. Die meisten Kugeln lieferten eigentlich die Christinos; denn jeder Soldat oder Bauer erhielt für jede, die er ins carlistische Lager brachte, einen Real.

Es ist sehr zu bedauern, daß Don Carlos den bestimmten Befehl ertheilt hatte, nicht auf die Stadt zu schießen, da die Christinos überdies schon viel stärker an Positions-Geschütz waren, als die Carlisten, so daß sie zu einer Zeit achtzehn Geschützen der Carlisten sechzig Stück gegenüber stellten.

Nach Verlauf einiger Tage erschien Espartero abermals, schlug eine Schiffbrücke über den Fluß, und nahm, durch drei- bis viertausend Mann verstärkt, seine alte Stellung Portugalete gegenüber wieder ein. Dieß hatte abermals zur Folge, daß die Carlisten die meisten ihrer Geschütze aus den Batterien nahmen und sie auf die Berge brachten.

Hierauf vergingen acht bis neun Tage ohne irgend eine Bewegung weder auf einer noch auf der andern Seite, bis endlich am 23. December Villareal den Entschluß faßte, die Offensive zu ergreifen.

Trotz des stürmischen, mit Schneegestöber vermischten Wetters wurden am 24. December 1836 die nöthigen Dispositionen getroffen, und eine Abtheilung über die Brücke von Assua auf dem äußersten rechten Flügel der Position der Carlisten über den Bach vorgeschickt, der beide Parteien trennte. Die Schlacht begann, und Alles ging glücklich, als sich der Oberbefehlshaber zum Unglück veranlaßt fühlte, zum Rückzug blasen zu lassen; denn er hielt dafür, die Operationen könnten nicht fortgesetzt werden, da der Wind den Truppen den Schnee gerade in's Gesicht wehte. Dieß beklagenswerthe Ereigniß wendete das Glück des Tages von den Carlisten ab; denn nach dem, was ich später erfahren habe, ist gar nicht daran zu zweifeln, daß Espartero sich auf jeden Fall eiligst zurückgezogen haben würde, wenn man ihn gedrängt hätte; er soll durchaus nicht viel von dem Organe der Kampflust besitzen.

Am Morgen dieses Tages hatte ich wie gewöhnlich die ganze Position von der Brücke von Luchana, dem äußersten linken, bis zu der von Assua, dem äußersten rechten Flügel, abgeritten, und da ich beim Einschlagen der Wege ins Gebirge durchaus keine Schwierigkeiten fand, so glaube ich, daß die Truppen eben so glücklich hätten sein können wie ich. Wenn die Christinos um vier Uhr Nachmittags an demselben Tage nach einem ununterbrochenen Schneefalle die carlistische Position mit Glück angreifen konnten, so möchten die Letzteren um acht Uhr Morgens ihre Absichten auf den Feind wohl mit noch mehr Aussicht auf Gelingen haben ausführen können. Als ich den Gipfel des Berges erreicht hatte, waren die Truppen bereits in ihre Bivouaks zurückgekehrt, und Alles war still.

Auf der Höhe oberhalb der Brücke von Luchana angelangt bemerkte ich, daß mehrere Trincadores oder Kanonenböte auf dem Fluß viel weiter stromaufwärts gerückt waren als gewöhnlich. Ich leitete die Aufmerksamkeit des Stabs-Offiziers, der den Posten an diesem Punkt befehligte, darauf hin, und sagte, er würde gut thun, den Batterien den Befehl hinabzusenden, sie zu vertreiben. Er nahm die Sache jedoch sehr leicht, und bemerkte, der Feind habe bereits seinen Rückzug angetreten, wobei er auf einen Trupp von Leuten am jenseitigen Ufer des Flusses deutete. Diese Abtheilung wies sich nachher als diejenige aus, welche den Carlisten durch die Besetzung der Häuser auf jener Seite so lästig wurde, und zwar, weil sie dadurch die Batterie von Luchana in die Flanke nahm.

Ich kehrte um drei Uhr Nachmittags nach Oliviaga in mein Quartier zurück, und um vier Uhr hörte ich einzelne Flintenschüsse, die ich zuerst nur für ein Vorpostengefecht hielt; das Feuer wurde jedoch immer stärker, und um sechs Uhr erfuhr ich zu meinem größten Erstaunen, daß der Feind die Brücke genommen habe. Dieser Punkt, der eigentliche Schlüssel der Stellung, war zum Unglück um diese Zeit durch zwei Compagnien des sechsten Bataillons von Biscaya besetzt. Ein Freund von mir befand sich bei Lord Ranelagh, als das Gewehrfeuer begann. Beide begaben sich auf der Stelle nach der Brücke; doch war diese vor ihrer Ankunft schon verloren. Lord Ranelagh, in der Meinung, die Brücke sei noch wieder zu erobern, setzte sich ohne Zögern mit seinem gewöhnlichen Muth an die Spitze von dreißig Mann, und forderte sie auf, ihm mit gefälltem Bajonnet zu folgen. Da ihre eigenen Offiziere jedoch Furcht zeigten, zögerten die Leute, und der günstige Augenblick ging verloren.

Der Versuch zur Wiedereroberung der Brücke wäre auf jeden Fall mit Erfolg gekrönt worden, da die Christinos in Bezug auf ihre Bewegungen unentschlossen waren. So ging durch den Umstand, daß der Hauptpunkt der Stellung nicht durch alte, erprobte Truppen besetzt war, — denn dieß Bataillon war weit davon entfernt, sich bei andern Gelegenheiten besser benommen zu haben, — Bilbao verloren.

Nachdem die Christinos ihre Landung auf der carlistischen Seite des Flusses durch dieselben Kanonenböte bewerkstelligt hatten, die ich am Morgen bemerkt, verloren sie keine Zeit, Bretter über die in der Mitte zerstörte Brücke zu legen, und so ihrem Gros den Uebergang und das Vordringen auf die Position möglich zu machen. Da sie hier we=

nig oder gar keinen Widerstand trafen, erstiegen sie die Höhen, verfolgten ihr gutes Glück mit Eifer, umgingen die linke Flanke der Carlisten, und zwangen sie zum Rückzug, wie dieß bereits berichtet ist.

Dieser Rückzug, auf den man durchaus nicht gefaßt war, geschah mit so wenig Ordnung, daß die Armee auf eine furchtbare Weise gelitten haben würde, wenn Espartero nur ein Haar von einem guten General besessen hätte. Zum Glück für die Carlisten und uns Engländer waren die Christinos durch den unerwarteten Vortheil, den sie errungen hatten, so sehr zufrieden gestellt, daß sie nicht an Verfolgung dachten, und einen Jeden unangefochten den Weg ziehen ließen, den er einschlug, um irgend einen sichern Ort zu erreichen.

Ich war die ganze Nacht über auf den Bandeiras geblieben, und als der Rückzug begann, glaubte ich, er geschähe nur, um eine neue Stellung zu nehmen; denn die Natur des Terrains gestattete, jeden Fußbreit des Bodens zu vertheidigen. Nur erst nachdem Stunde auf Stunde verstrichen, fand ich zu meinem größten Verdruß, daß man Alles ohne Schwertstreich aufgab, was man mit so vieler Mühe erworben hatte.

Wenn man die natürliche Stärke der Position in Betracht zieht, welche die Carlisten inne hatten, — eine Stellung, die sich sehr leicht mit 5000 Mann gegen das Dreifache vertheidigen ließ, — so kann ich mir nicht ausreden, daß bei dieser Affaire nicht Verrätherei im Spiel gewesen sein sollte. Was die Entschuldigung eines Ueberfalls anbetrifft, so wird kaum eine Feder von dem Hute eines Generals dieser Meinung beitreten.

Der Verlust der Carlisten war eigentlich nur gering; — er belief sich mit den einzelnen Fällen in den Batterien

nur auf tausend Mann; die Christinos hatten viel bedeu=
tender gelitten. Funfzehn Geschütze, von denen elf den
Christinos in früheren Gefechten abgenommen worden, gin=
gen jedoch verloren. Von dem Positionsgeschütz wurde nur
ein 24pfünder, ein 13½zölliger Mörser, zwei 5½zöllige Hau=
bitzen und drei Achtpfünder, Feldstücke, gerettet.

Ob Bilbao durch den Entsatz und durch das hierauf
erfolgende Einrücken der Colonne Espartero's etwas gewann,
ist sehr die Frage; denn die Christinos begingen, wie ich
erfuhr, alle Arten von Excessen in der Stadt. Die Ein=
wohner entdeckten zu spät, daß es ihnen bei dem Einzuge
der Carlisten kaum hätte schlimmer ergehen können. Was
die Niedermetzelung anbetrifft, die sie vielleicht von ihnen
fürchteten, so bin ich vollkommen überzeugt, nichts der Art
würde sich zugetragen haben, und ich freue mich sehr, bei
dieser Gelegenheit nach umumstößlichen Thatsachen erklären
zu können, daß Don Carlos eher alles Andere als jener
kaltherzige Tyrann, Despot und Unterdrücker ist, wie man
ihn denjenigen, die ihn nicht kennen, gern darstellen möchte.

Um zwei Uhr Nachmittags am 25. December erreichte
ich Bermio, eine kleine Stadt am Meeresufer, etwa fünf=
undzwanzig englische Meilen von Bilbao, nach einem äußerst
anstrengenden Marsch über Berge, der stets beschwerlich ist,
und es bei dem tiefen Schnee nur noch mehr war. Hier
fand ich viele Flüchtlinge, und unter ihnen den Infanten
mit seinem Gefolge, der diesen Umweg nach Durango wahr=
scheinlich genommen hatte, weil er auf dem directen Wege
nach diesem Orte verfolgt zu werden fürchtete. Da ich in
der Gegend noch nicht Bescheid wußte und kein allgemeiner
Sammelpunkt angegeben war, begab ich mich am nächsten
Tage nach Guernica, wo ich glücklicherweise das Haupt des
Corps fand, dem ich zugehörte; und nun war Alles wieder

in Ordnung. Dieser Ort hat nur eine kleine Garnison, und ist sonst weiter nicht fest.

In einigen Tagen begab ich mich durchs Gebirge nach Durango, wo ich das Vergnügen hatte, alle meine englischen Freunde zu treffen. Mehreren von ihnen war es wie mir ergangen: sie hatten ihr ganzes Gepäck vor Bilbao eingebüßt, und besaßen nichts als was sie auf dem Leibe trugen.

Während der kurzen Zeit, die ich bei den Carlisten zubrachte, sah ich genug, um mich zu überzeugen, daß man die Ausländer nicht gern hatte. Dieß mit andern Sachen vereinigt, die ich später erfuhr, veranlaßte mich, die erste günstige Gelegenheit wahrzunehmen, das Land wieder zu verlassen. Eine solche zeigte sich jedoch für jetzt nicht. Unterdeß wurde ich nach Irun und Fuenterabia beordert, und von hier nach Hernani geschickt.

Kaum sechs Wochen waren vergangen, seitdem ich die beiden ersteren Städte verlassen hatte, und dennoch fand ich sie bedeutend besser zur Vertheidigung eingerichtet. An der Seite von Fuenterabia hatte man mehrere Positionen befestigt und einige Geschütze aufgestellt; es war auch eine bessere Einrichtung mit der Geschützmunition getroffen worden, und die verschiedenen Batterien hatten das Ansehen, als befänden sie sich nicht mehr in so ungeschickten Händen wie früher. Jedes Geschütz hatte hundertundzwanzig Schuß, die Munition wurde in sicheren Magazinen aufbewahrt, und das Ganze hatte etwas mehr den Anstrich dessen, was man sonst zu sehen gewohnt ist.

Die Spanier sind der irrigen Ansicht, ein Geschütz könne nirgend besser stehen, als auf dem Gipfel eines hohen Berges; und sie ermangeln nie, wo es sich nur irgend thun läßt, dieser Ansicht gemäß zu handeln. Sie bedenken hierbei nicht, daß ein Bohr=Schuß, der seinen Gegenstand nicht trifft, sich sein eigenes Grab gräbt, und weiter keinen Schaden anrichtet. In Fuentarabia ist ein unendlich großes, bombenfestes Gebäude, welches das Schloß genannt wird; es hat den Angriffen der Zeit getrotzt, und ist von einer beträchtlichen Höhe. Auf den Giebel dieses Gebäudes hatten sie sämmtliche disponible Geschütze gestellt, und für die andern Werke nicht ein einziges übrig gelassen, obgleich diese sich nicht mehr als zwanzig bis dreißig Fuß über den Meeresspiegel erheben. Ich fand jedoch jetzt, daß man diesem Uebelstande abgeholfen; auf dem Gebäude stand nur noch ein Geschütz, die übrigen waren gut und richtig in den andern Werken vertheilt. Dieß zu erreichen hatte indeß viel Schwierigkeiten gemacht; der die Artillerie des Platzes befehligende Offizier, ein Franzose, war jedoch als ein geschickter Offizier bekannt, und seinem entschlossenen Charakter gelang es, diese wesentliche Verbesserung durchzusetzen.

Nachdem ich zu Irun drei bis vier Wochen geblieben war, begab ich mich nach Hernani, woselbst ich Anfangs Februar 1837 anlangte. Die Christinos beabsichtigten damals von San Sebastian aus einen Angriff auf die carlistischen Linien und diese Stadt, den man täglich erwartete; und hätten sie ihn am 8. oder 9. Februar unternommen, so würden sie manche Schwierigkeiten nicht getroffen haben, auf welche sie später stießen. Die uns durch das Hinausschieben dieses Angriffes gestattete Zeit wurde nach Möglichkeit benutzt; das Kloster außerhalb der ersten Barriere zwischen den beiden Straßen nach San Sebastian und Irun wurde in Vertheidigungsstand gesetzt, und man stellte einige Geschütze so auf, daß sie diese beiden Straßen beherrschten. Der Oriamendi-Berg, etwa anderthalb englische Meilen von hier auf der Chaussee von San Sebastian wurde befestigt, und der Höhenzug, welcher ihn mit Renteria verbindet, mit

Truppen besetzt, die man in die Pachthäuser legte. Vom Oriamendi=Berg bis zu dem vorgeschobenen Posten auf der Straße nach San Sebastian wurden starke Traversen für die Infanterie aufgeworfen, die einen imposanten Anblick gaben. Viele der Berge hatten ebenfalls Befestigungswerke derselben Art, die, mit einander parallellaufend, bis zum Gipfel hinaufreichten; und die Carlisten wendeten Alles an, was ihre geringen Mittel erlaubten, um ihren Feinden den Kampf so verderblich wie möglich zu machen.

Wie vor Bilbao ließ ich selten einen Tag vergehn, ohne mehrere der Posten zu besuchen, und ein jeder überzeugte mich, daß er nur durch eine bedeutende Uebermacht und großen Verlust von Seiten der Angreifenden genommen werden konnte. Der Erfolg hat meine Ansicht bestätigt; denn es kann nicht bestritten werden, daß die Christinos im ersten Theil des Gefechts von Hernani das numerische Uebergewicht bedeutend auf ihrer Seite hatten, welches außerdem noch durch eine mächtige Artillerie unterstützt wurde. Die Erfolge der ersten Tage sind daher dadurch mehr als aufgehoben, daß sie beim Erscheinen des Infanten Don Sebastian mit seinen Bataillonen genöthigt waren, die bereits errungenen Vortheile aufzugeben, und sich nach denselben Quartieren zurückzuziehen, die sie vor dem Gefecht eingenommen hatten; die Streitkräfte des Infanten mit denen von Giubelalde vereinigt waren aber nicht einmal so stark wie die der Christinos, welche San Sebastian mit dem ausgesprochenen Vorsatz verlassen hatten, »einen jeden über die Klinge springen zu lassen, der sich ihnen widersetzen würde, und die Facziosos mit der Wurzel auszurotten.«

Das Einzige, was gewonnen wurde, ist Amezegaña; da die Carlisten diesen Punkt jedoch nie für wichtig hielten, so fragt es sich noch, ob sich der Besitz desselben als ein

Vortheil für diejenigen ausweisen wird, die ihn jetzt inne haben.

Am 24sten Februar wurde ich Zeuge einer Scene, bei welcher mein Blut erstarrte. Am Morgen dieses Tages lockte mich nämlich ein stärkerer Lärm als gewöhnlich an mein Fenster. Als ich hinaus sah, bemerkte ich, daß es durch die Ankunft einer Escorte von vier Gefangenen gemacht wurde, die ich auf der Stelle als zur brittischen Legion gehörend erkannte. Als sie das Quartier des commandirenden Generals erreichten, verschwand jeglicher Zweifel. Ich zitterte für das Geschick dieser Unglücklichen, da ich wußte, daß sie sich in den Händen von Leuten befanden, denen Mitleid fremd war. Ich beschloß jedoch, Alles zu thun, was in meiner Macht stand, um ihr Leben zu retten, und besprach mich daher mit einigen Offizieren vom General-Stabe über die Art und Weise, meinen Zweck am sichersten zu erreichen. Ich fand bei den meisten den besten Willen, mir dabei behülflich zu sein, ganz besonders aber bei den Obersten Vial und Save. Man rieth mir, einen Paß nach dem königlichen Hauptquartier zu nehmen, welches nur eine Stunde entfernt war, und man gab mir die Versicherung, der König werde meine Bitte für das Leben der Gefangenen gewiß nicht abschlagen. Ich verlor keine Zeit; noch ehe ich jedoch Hernani verließ, war bereits der Befehl zur Execution erlassen worden. Die Namen dieser Unglücklichen sind: — Nicol Cunningham, ein Katholik, — Robert Donaldson, Walter M'Gregor und Donald Maclean, Protestanten, von dem sechsten, durch Oberst Roß befehligten, schottischen Regiment.

Die Geschichte dieser armen Leute war, wie folgt:

Sie hatten an diesem Morgen ihre Quartiere unbewaffnet verlassen, um Holz zu holen; und da sie weiter gegangen waren, als sie hätten gehen sollen, hatte eine carlistische Abtheilung sie zu Gefangenen gemacht. Sie erklärten feierlich, »von dem Decret von Durango nichts erfahren zu haben; sie hätten sich nur auf ein Jahr zum Dienst verpflichtet gehabt, und man habe nach Verlauf dieser Zeit die nachgesuchte Entlassung verweigert; sie hätten, da sie mehrere ihrer Kameraden in ihrer Lage wegen Dienstverweigerung im Gefängniß gesehn, lieber eingewilligt, weiter zu dienen, als sich ähnlicher Behandlung auszusetzen;« — und daher schrieb sich ihr unglückliches Geschick.

Ich will nicht das Herzeleid schildern, das ich empfand, als ich Abschied von ihnen nahm. Ich erfuhr später, daß sie den Tod mit gehöriger Festigkeit und Ergebung erduldeten *).

Ich habe den König bereits als einen sehr humanen Mann beschrieben. Wäre er sein eigener Herr gewesen, so hätte er das Decret von Durango nie erlassen; er hängt jedoch für jetzt von Andern ab, wie man sich erinnern muß, und ist daher oft genöthigt, mehr nach ihrem als nach seinem Sinn zu handeln. Ich bin überzeugt, daß er diese blutdürstige Maßregel der Wiedervergeltung ohne Verzug aufheben würde, wenn er nach seinem eigenen Gewissen handeln dürfte.

Was den Zustand des Landes und die Gesinnungen der Einwohner gegenwärtig anbetrifft, so herrscht — nach dem, was ich gesehn habe — durchaus nicht jene Armuth, wie es uns von Manchen weis gemacht wird: die täg-

---

*) Die „liberalen" Blätter geben an, diese unglücklichen Leute wären auf die grausamste Weise gemartert und verstümmelt worden. Ich läugne dieß ganz bestimmt; — ich habe die Leichen gesehn, bevor sie bestattet wurden, und nichts der Art war an ihnen zu bemerken.

lichen Märkte an den Wochentagen in allen Städten sind mit jeglichem Lebensmittel angefüllt, und ganz besonders findet man auf den Sonntagsmärkten einen Ueberfluß an Brot, Fischen, Fleisch, Geflügel und Vegetabilien aller Art, zu denen es auch durchaus nicht an Käufern fehlt. Ich habe auch Gelegenheit gehabt, die Viehmärkte zu sehen; und auch diese waren reichlich mit Waaren und Käufern angefüllt.

Es ist unmöglich, den Enthusiasmus mit zu starken Worten zu schildern, von welchem die ganze Bevölkerung beseelt ist; — er hat einen gemeinschaftlichen Mittelpunkt, den Schutz der Rechte und Privilegien, für welche jeder Baske bis auf den letzten Blutstropfen kämpfen wird. Die äußerste Furchtlosigkeit, die sie bei mehreren Gelegenheiten und besonders bei der letzten Affaire bewiesen haben, wo sie trotz des mörderischsten Artilleriefeuers, ihre Nationallieder singend, auf den Feind stürzten, zeigt dieses ohne allen Widerspruch. Die Verachtung, in welcher die brittische Legion steht, ist bei ihnen zum Sprichwort geworden; Mann, Weib und Kind scheinen sich verschworen zu haben, sie zu vernichten. Gegen die brittische Marine ist man aber ganz anders gesinnt; es ist bekannt, daß sie nach Befehlen handelt, denen Folge geleistet werden muß, und die Carlisten achten sie daher.

Es ist sehr zu beklagen, daß es bei der carlistischen Armee nicht mehr Offiziere von Talent giebt, denn man findet in der ganzen Welt keine besseren Soldaten, als die Basken. Die Entbehrungen, welche sie ertragen, — die Märsche, welche sie zurücklegen, — ihre Genügsamkeit, Thätigkeit, Energie und Gehorsam können von keiner andern Truppe erreicht werden.

Von allen Generalen hält man Moreno, den jetzigen Chef vom Generalstabe des Infanten, für den besten; doch ist er weit davon entfernt, beliebt zu sein. Seine Ernennung erregte Mißvergnügen und Eifersucht.

Villareal ist ein braver Mann, zum Ober-Befehlshaber jedoch ganz untauglich. Er ist Stunden lang auf dem Schlachtfelde ganz unthätig geblieben, ohne einen einzigen Befehl zu ertheilen; in der That, er ist eigentlich nichts als eine Zielscheibe (target).

Casa-Eguia, der ihm in der Anführung des Belagerungs-Corps folgte, ist ein reizbarer alter Mann, nach meiner Meinung unfähig zu jedem militairischen Geschäft. Die vielen Vortheile, welche er sich während der Belagerung von Bilbao entgehn ließ, beweisen deutlich, daß er nicht in seinem Element war.

Als ich die Provinzen verließ, befand sich Gomez zu Mondragon im Arrest, und eine Untersuchung war gegen ihn eingeleitet. Trotz dem die allgemeine Stimme jetzt gegen ihn ist, so muß ich ihn doch für einen höchst unternehmenden Charakter erklären. Er verließ die Provinzen mit 4000 Mann, durchschnitt unangefochten ganz Spanien, und kehrte mit 6000 Mann, 1000 Pferden und 45000 Dollars zurück. Man hoffte allgemein, er würde nach seiner Rückkunft an die Stelle Villareal's treten; doch geschah dieß nicht. Daß ein Offizier Talente haben muß, der das auszuführen im Stande ist, was er möglich machte, ist wohl außer allem Zweifel. Ob er sich des Ungehorsams schuldig gemacht, oder ob er für sich geplündert, muß noch bewiesen werden.

Den Infanten zum Oberbefehlshaber zu ernennen, war sehr politisch und richtig, — die Soldaten wünschten es eifrig. Die Vortheile, welche er errungen, und die Art und

Weise, wie er sie benutzt hat, berechtigen zu der Hoffnung, aus ihm einen zweiten Zumalacarregui werben zu sehn.

Meine feste Ueberzeugung ist, — und sie gründet sich auf persönliche Betrachtung der natürlichen Stärke des Landes und auf die unbesiegbare Neigung seiner Bewohner, alle Unterdrücker zurückzuschlagen, — daß die Provinzen niemals besiegt werden können, und daß ein jeder Versuch der Anglo-Christinos von San Sebastian aus, — selbst angenommen, daß die spanischen Generale gemeinschaftlich mit ihnen operiren sollten, woran ich sehr zweifele, da neun Zehntheile günstig für Don Carlos gesinnt sind, und nur auf eine schickliche Gelegenheit warten, dieß zu zeigen, — nur dazu dienen wird, den englischen Namen durch schmachvolle Niederlagen noch mehr zu schänden.

Spanien ist jedoch ein sonderbares Land; Niemand vermag dort die Ereignisse des folgenden Tages vorher zu bestimmen.

E n d e.

Bücher-Anzeige.

Nachstehende empfehlenswerthe Bücher sind bei G. Basse, Buchhändler in Quedlinburg, sowie in allen übrigen Buchhandlungen Deutschlands zu haben:

Cooper: Erinnerungen an Europa.

Aus dem Englischen von A. v. Treskow. 2 Theile. 8. geh. Velinpapier. Preis 2 Thlr. 8 gGr.

Cooper's meisterhafte Darstellungsweise ist allgemein rühmlichst bekannt. Das gegenwärtige Buch enthält die treffendsten Bemerkungen über Frankreich, England und Amerika, so wie über ihre Bewohner und ihre geselligen und politischen Zustände.

W. Irving: Astoria,

oder die Unternehmung jenseit des Felsengebirges. Aus dem Englischen von A. v. Treskow. 2 Bände. 8. Auf Velinpapier. Preis 2 Thlr. 4 gGr.

Dieses Werk ist unbedingt das vollendetste, schönste und malerischste Erzeugniß des ausgezeichneten amerikanischen Schriftstellers. Dasselbe ist auf Thatsachen gegründet, die zu den merkwürdigsten und interessantesten in der Geschichte der Unternehmungen gehören.

v. Abrantes (Herz.): Genre-Bilder

aus Spanien. Aus dem Französischen. 2 Bändchen. 8. geh. Preis 1 Thlr. 20 gGr.

Die Herzogin von Abrantes, durch ihre Memoiren über Napoleon, die Revolution, das Directorium ꝛc., rühmlichst bekannt, übergiebt uns hier eine Reihe höchst reizender romantischer Gemälde aus Spaniens großer Welt, worin sich die Verfasserin als eine eben so geniale, feine Beobachterin menschlicher Sitte und Denkart, als äußerst gewandte, interessant erzählende Romanschriftstellerin zeigt.

v. Treskow (A.): Reisebilder

aus Dänemark und Schweden.

Mit Abbildungen. gr. 8. geh. Velinpapier.

Der Ruf, den dieser junge talentvolle Schriftsteller binnen kurzem erlangt hat, bürgt hinlänglich für den Werth dieser höchst anziehenden Reisebilder, welche die seither wenig besprochene skandinavische Halbinsel unsern Blicken vorführen, und sich durch Wahrheit, Treue und warmes Colorit in vorzüglichem Grade auszeichnen.

Reise nach St. Petersburg

und Moskau, durch Kur= und Liefland. Von Leitch Ritchie. Aus dem Englischen von A. v. Treskow. Mit 13 Abbildungen. 8. geh. Preis 1 Thlr. 16 gGr.

Ein ausgezeichnetes Werk des rühmlichst bekannten Engländers, das als Heath's picturesque Annual für das Jahr 1836 mit einem bedeutenden Kostenaufwande in London erschien und mit wohlverdientem Beifall aufgenommen ward.

Ritchie (Leich): Irland.

Aus dem Englischen von A. v. Treskow. Mit 4 Abbildungen. gr. 8. geh. Velinpapier.

Seit O'Connell den Prozeß seines Vaterlandes gegen England begonnen hat, sind die Blicke von ganz Europa auf Irland gerichtet. Das gegenwärtige, aus Leitch Ritchie's geübter Feder geflossene Werk hält sich zwar fern von jeder politischen Farbe, giebt uns aber ein höchst charakteristisches Bild Irlands, sowohl seiner hohen Naturschönheiten, als seiner Gebräuche und Lebensweise, ohne das dortige Elend zu verschweigen.

Madame Malibran.

Biographische Skizze. Nach dem Englischen von A. v. Treskow. 12. geh. Preis 16 gGr.

Im Blüthenalter rafft der unerbittliche Tod plötzlich die hochgefeierte Künstlerin dahin; ganz Europa trauert über ihren Verlust. Mannichfache Geschicke trübten ihr zartes Leben, das so reich an den herrlichsten Zügen von Herzensgüte und Edelmuth ist.

Die Burgen und Bergfesten

des Harzes und seiner nächsten Umgegend. Mit 12 Abbil=

bungen. Von Fr. Hoffmann. gr. 8. geh. 1 Thlr. 12 gGr. geb. 1 Thlr. 16 gGr.

In lieblichem Gewande übergiebt uns hier der Herr Verf. die Beschreibung und Geschichte der sämmtlichen Ritterburgen und Bergfesten des Harzes. 12 Vignetten, eben so viele der vorzüglichsten Burgruinen dem Auge bildlich vorführend, zieren das Ganze, das als eine höchst anziehende Lectüre Lesezirkeln und Leihbibliotheken zu empfehlen ist.

Leben und Sitten in Nord=Amerika.

Vom Oberst Hamilton. Aus dem Englischen übersetzt von Franz Bauer. 2 Bände. 8. Auf Velinpapier. Preis 2 Thlr. 16 gGr.

Unbedingt das gediegenste neue Werk über die Vereinigten Staaten von Nordamerika. Der Verfasser weiß philosophische Tiefe mit interessanter Unterhaltung meisterhaft zu verketten.

Mirabeau's Memoiren.

Geschrieben von ihm selbst, seinem Vater, seinem Oheim und Adoptivsohn. Aus dem Französischen von Dr. Le Petit und Anderen. 5 Bände. 8. geh. Preis 6 Thlr. 16 gGr.

Diese von Lucas Montigny, Mirabeau's Adoptivsohn, herausgegebenen Memoiren sind, wegen ihrer hohen Authenticität, eine eben so reiche historische Fundgrube, als, wegen ihrer sehr interessanten Darstellung, höchst piquante, angenehme Unterhaltungs=Lectüre.

Champollion's des Jüngern Briefe aus Aegypten und Nubien,

geschrieben in den Jahren 1828 und 1829. Vollständige, mit 3 Abhandlungen und mit Abbildungen versehene Ausgabe. Aus dem Französischen übersetzt von Eugen Freiherrn von Gutschmid. gr. 8. Mit 7 Tafeln Abbildungen. Preis 1 Thlr. 12 gGr.

CPSIA information can be obtained
at www.ICGtesting.com
Printed in the USA
LVHW110444151122
733128LV00003BA/305